Die schwarzen Reiter

ECON Historischer Kriminalroman

In Europa tobt der Dreißigjährige Krieg. König Gustav Adolf von Schweden, der mit seinem Heer die protestantische Sache unterstützt, steht vor der alles entscheidenden Schlacht gegen Wallenstein. Die Reiterschar, die den Schutz des Königs garantieren soll, wird von dem Herzog von Lauenburg befehligt, einem Überläufer, der noch kurz vorher unter kaiserlichen Fahnen geritten ist. Als der König während der Schlacht plötzlich aus dem Hinterhalt erschossen wird, ist der Lauenburger nicht mehr zu sehen. Ein schrecklicher Verdacht drängt sich den Getreuen des Königs auf: Verrat...

Manfred Böckl, Jahrgang 1948, freiberuflicher Schriftsteller, hat sich mit Titeln wie »Die Hexe soll brennen«, »Agnes Bernauer« und »Jennerwein« einen Namen als Autor gemacht, dem es gelingt, auf spannende Art und Weise Geschichte zum Leben zu erwecken.

Manfred Böckl

Die schwarzen Reiter

Eine Kriminalgeschichte aus dem 30jährigen Krieg

ECON Taschenbuch Verlag

Veröffentlicht im ECON Taschenbuch Verlag
Der ECON Taschenbuch Verlag ist ein Unternehmen
der ECON & List Verlagsgesellschaft
Originalausgabe

Umschlaggestaltung: Init GmbH, Bielefeld
Titelabbildung: AKG, Berlin
Lektorat: Esther Hansen/RR
Gesetzt aus der Bauer Bodoni, Linotype
Satz: Josefine Urban KompetenzCenter, Düsseldorf
Druck und Bindearbeiten: Elsnerdruck GmbH, Berlin
Printed in Germany
ISBN 3-612-25177-5

KAPITELVERZEICHNIS

1

DAS FELDLAGER

Die Blutbuche, die auf der Hügelkuppe in den nebelverhangenen Novemberhimmel ragte, erinnerte an ein satanisches Zerrbild. Ihr schräg gewachsener Stamm war geschält, ihre Äste – bis auf einen – zu splittrigen Stümpfen gekappt. Und an diesem einzigen, fast waagerecht wegstehenden Gabelast lehnte die Leiter: der knorrige Steigbaum, zu dem jetzt der Delinquent gezerrt wurde. Gezerrt und geprügelt vom Rudel der Schergen, während etliche dienstfreie Landsknechte dazu ihre Zoten rissen. »Heda, Beutelschneider! Freu dich doch über die Himmelfahrt!« schrie einer. »Darfst Hochzeit mit des Seilers Tochter halten, statt daß du morgen mit uns in die Schlacht mußt! Was plärrst du also?«

»Wie scharf die haarige Dame auf sie ist und wie schön sie's ihnen besorgt, wissen sie immer erst, wenn sie's genossen haben!« rief mit zynischem Grinsen der Henker. Gleichzeitig versetzte einer seiner Büttel dem Dieb einen dermaßen heftigen Hieb ins Genick, daß der halb Besinnungslose seinen Widerstand augenblicklich aufgab. Er stierte nur noch benommen vor sich hin, als zwei andere Schergen ihn die Leiter hochschoben und ein dritter, der rittlings oben auf dem Gabelast hockte, ihn unter den Armen packte.

Erst als der Dieb den rauhen Strick um den Nacken spürte, begann er noch einmal um sich zu schlagen. Doch dieses letzte Aufbäumen dauerte nicht länger als ein halbes Vaterunser. Dann sprangen die beiden Büttel zur Erde; gleich darauf riß der Henker die Leiter vom Galgenbaum weg. Zappelnd stürzte der Delinquent in die Schlinge. Nachdem sich der dritte Scherge oben auf dem Ast noch eine Weile an der Qual des Opfers geweidet hatte, gab er ihm den Rest: Er sprang den Baumelnden an, klammerte sich mit Armen und Beinen an den zuckenden Körper – und unter dem zusätzlichen Gewicht brach knirschend das Genick des Beutelschneiders.

Vom nahen Rand eines Krüppelwaldes lösten sich vier, fünf Geier. Mit schnalzendem Flügelschlag kamen sie schwerfällig heran, um sich ihren Tribut zu holen. Doch dann, als aus dem Zentrum des Feldlagers in der Talmulde plötzlich Fanfarenschmettern ertönte, schraubte sich einer der riesigen Aasvögel höher, ließ sich von einer trägen Luftströmung hinübertragen und begann als dunkler, bedrohlicher Schatten über dem Quartier des Königs zu kreisen.

Gustav Adolf von Schweden zählte zu jenem Zeitpunkt, in der Novembermitte 1632, knapp vierzig Jahre. Sein

Aussehen rechtfertigte den kriegerischen Beinamen, den er sich bei Freund und Feind erworben hatte: »Löwe von Mitternacht«. Kraft und Draufgängertum standen in seinen gletscherblauen Augen, trotzig verlängerte der dunkelblonde Knebelbart das kantige Kinn und bildete den Gegenpol zur kühnen, leicht gebogenen Nase. Dieser kämpferische Schädel saß auf dem Körper eines Hünen. In seinem elchledernen Koller wirkte der König beinahe wie ein Waldläufer; wie ein Jäger, der weder Bär noch Wolf zu scheuen brauchte.

Jetzt, als er aus seinem Befehlszelt trat und sich den draußen wartenden Offizieren seines engsten Gefolges zuwandte, glitt der Geier ein wenig tiefer, geriet ins Blickfeld des Herrschers aus dem Hause Wasa. Der König hob unwillkürlich die Brauen. Im selben Moment sagte ein junger Hauptmann: »Ein böses Omen, Herr! Der Aasfledderer über Eurem Haupt, zu dieser Stunde ...«

Gustav Adolf faßte den etwa zwanzigjährigen Offizier, der wie er selbst blond und von kräftiger Statur war, scharf ins Auge. Der Hauptmann hielt dem beinahe angriffslustigen Blick stand, während anderswo im Gefolge Tuscheln zu hören war. Plötzlich lächelte der Monarch und erwiderte: »Wenn du meinst, Björn Steenholm, dann hol das Vieh herunter ...«

»Wie Ihr befehlt, Herr!« Der junge Offizier nahm einem der Musketiere, die vor dem Zelteingang postiert waren, die Waffe mit der bereits glühenden Lunte ab. Er schlug die schwere Büchse an, visierte kurz und gab Feuer. Die gewaltige Detonation dröhnte wie ein Kanonenschuß. Mehrere Gäule bäumten sich erschrocken unter den Fäusten der Stallburschen. Der Pulverqualm nahm Gustav Adolf und seinem Gefolge die Sicht. Dann, als die nach Schwefel stinkende Wolke sich langsam verzog, wurde deutlich, daß der Hauptmann den Geier zumindest angeschweißt hatte. In taumelndem, schwerfälligem Flug suchte der schmutzigbraune Vogel den Rand des Krüppelwaldes hinter dem Galgenhügel zu gewinnen; eine unsichtbare Hand schien ihn dabei immer tiefer zu drücken.

»Gut gemacht, Björn Steenholm!« lobte der König. »Das böse Omen, das du zu erkennen vermeintest, hat sich in sein Gegenteil verkehrt! Die angebliche Bedrohung ließ sich verscheuchen durch einen windigen Schuß Pulver!« Gustav Adolf wandte sich den übrigen Offizieren zu: »Laßt es Euch eine Lehre sein, Ihr Herren! Hinsichtlich der morgigen Schlacht gegen Wallenstein! Wenn Ihr Euch dann ebensowenig ins Bockshorn jagen laßt wie soeben ich und nicht schlechter attackiert als unser Kamerad hier, dann treiben wir die Kaiserlichen zu Paaren!«

»Euer Wort in Gottes Ohr, Majestät! Vor allem, weil der Friedländer noch im letzten Moment gewaltige Verstärkungen unter dem General Pappenheim heranzuziehen scheint, wie unsere Spione melden!«

Der Sprecher, der die doppeldeutige Antwort gegeben hatte, stand etwa im selben Alter wie der König; ansonsten jedoch unterschieden Gustav Adolf von Schweden und der Herzog Franz Albrecht von Lauenburg sich – zumindest äußerlich – wie Feuer und Wasser. Wo der Monarch den Eindruck eines Jägers und Draufgängers machte, trug sich der Herzog selbst hier im Feldlager eher wie ein Höfling. Ein offener spanischer Helm, mit Reiherfedern geschmückt, überschattete seine dunklen Locken und sein schmales, habichtartiges Gesicht mit den stechenden grünen Augen. Sein Brustharnisch war von feinster Arbeit, protzig mit Gold und Silber eingelegt. Am Gürtel trug der Lauenburger lediglich einen langen italienischen Dolch: eine ganz und gar ungewöhnliche Bewaffnung für den Obristen eines norddeutschen Regiments.

»Der Pappenheimer muß seine Truppen in Eilmärschen heranführen! Wir brauchen sie nicht zu fürchten!« Deutlicher Tadel, an die Adresse des Lauenburgers gerichtet, lag im Tonfall des Königs. »Doch jetzt genug davon. Wir haben das Feldlager zu inspizieren, anstatt über die ungelegten Pappenheimschen Eier zu gackern ...«

Im Gefolge brandete Gelächter auf; mit verbissenem Gesicht zog sich Franz Albrecht von Lauenburg ins zweite Glied zurück. Er hielt sich auch abseits, als sich nun um den Monarchen auf seinem schweren Leibschimmel die Kavalkade der wichtigsten Offiziere und Vertrauten formierte. Zur Linken des Königs hielt sich der tapfere Herzog Bernhard von Weimar. Hart dahinter ritten der erprobte General Banér und der Haudegen Knyphausen. Erstaunlicherweise duldeten sie den einfachen Hauptmann Björn Steenholm ganz in ihrer Nähe. Er mußte, angesichts der viel höheren Chargen, die sich erst nach ihm eingereiht hatten, sehr hoch in der Gunst des Königs stehen, der den kriegerischen Pulk nun mitten hinein ins wilde und barbarische Treiben des Heerlagers führte.

Zehntausende Kürassiere und Dragoner, Musketiere und Pikeniere, Kanoniere, Plänkler und Pioniertruppen ballten sich in der Talebene nahe des ärmlichen und längst bis auf die letzte Krume Brot ausgeplünderten Dorfes Lützen bei Leipzig zusammen. Neben den schwedischen Kerntruppen Gustav Adolfs gab es gotische, finnische, uppländische und livländische Regimenter oder Kompanien; dazwischen lagerten Kampf-

verbände der protestantischen Fürsten des Deutschen Reiches. Narbenübersäte Veteranen waren zu sehen, die den Krieg, der später einmal als der Dreißigjährige bezeichnet werden sollte, schon ein halbes Menschenalter lang durchgestanden hatten; ebenso aber blutjunge Rekruten und Trommeljungen, die vielleicht erst vor wenigen Wochen aus Abenteuerlust Handgeld genommen hatten und nun in den Strudel des Schlachtens gerissen werden sollten.
Zusammen mit den erfahrenen Haudegen und denen, die ihre Feuertaufe erst noch erleben mußten, waren auch die Schmarotzer des Krieges nach der verstrüppten Heide bei Lützen gezogen: die Marketenderinnen und Glücksspieler, die Huren und Gesundbeter; die Kurpfuscher, Amulettverkäufer, Bader und Zahnbrecher; die Zinswucherer und Leichenfledderer, kurz, der ganze Rattenschwanz, den ein Landsknechtsheer jener Zeit unvermeidlich im Gefolge hatte: im Leben und Sterben, wohin auch immer die Soldateska zog.
Die Kavalkade des Königs bahnte sich, von Hochrufen, Fahnenschwenken oder schierem Gebrüll begleitet, ihren Weg durch die Lagergassen. Gustav Adolf spendete persönliches Lob, wenn er Truppenteile bemerkte, die von ihren Offizieren und Feldwebeln offenbar in Zucht und Ordnung gehalten wurden; anderswo sparte er nicht mit heftigem Tadel, sorgte zwei-, dreimal auch dafür, daß allzu pflichtvergessene Chargen vom Profos des Heeres, der mit seinen derben Waffenknechten ebenfalls im Troß des Monarchen ritt, unter Arrest gestellt wurden.
Als der Stab der protestantischen Armee einen Abschnitt erreichte, wo die Huren- und Marketenderwagen gleich zu Dutzenden im Karree aufgestellt waren und das schamlose Toben der Betrunkenen durch die

rot eingefärbten Segeltuchplanen drang, begann der König lauthals zu fluchen; es war bekannt, daß ihm die Unzucht im Heer mehr als alles andere zuwider war. »Profos!« befahl er, nachdem er sich cholerisch Luft gemacht hatte. »Hol auf der Stelle einen Feldprediger her und dann laß die Trommeln schlagen! Ich kann's, beim Himmel, nicht dulden, daß die Unkeuschheit am Vorabend der Schlacht derartige Urständ feiert!«
Mit gerunzelter Stirn, unbeweglich wie ein Monument, verharrte er auf seinem Schimmel und wartete, bis seine Befehle ausgeführt wurden. Derweil besprachen in seinem Rücken Banér und Knyphausen leise die militärische Lage, wobei sie auch einige Worte über den Lauenburger verloren, der sich auf seinem Schweißfuchs immer noch abseits des engsten Gefolges hielt. »Die Majestät hat recht, wenn sie auf die Zucht im Lager achtet, nachdem der Wallenstein fast schon auf Schußweite an uns herangerückt ist!« sagte der General. »Freilich geht's weniger um die Moral; auf die scheißt ein altgedienter Soldat ... Aber der Schlagkraft der Truppe schadet's, wenn unmittelbar vor dem Kampf die feurigsten Säfte derart vergeudet werden!«
»So ist's! Wir werden morgen an Feuerkraft nötig haben, was wir nur kriegen können«, versetzte Knyphausen. »Ganz egal, ob vom Kanonier oder vom Musketier. Denn wenn der Pappenheimer mit seinen schweren Reitern wirklich noch heranrückt, so wie der Lauenburger vorhin unkte ...«
Banér fuhr auf: »Ja, unkte! Gerade so, als ob er unsereinem den Mut und das Glück wegschwadronieren wollte ... Überhaupt will mir der Herzog nicht ganz geheuer erscheinen! Hat vor wenigen Wochen noch unter den kaiserlichen Fahnen gestanden. Ist zwar dann doch

noch zu uns gestoßen und hat seine Treue zur schwedischen Sache lauthals beschworen – hat aber letztlich bloß einen minderwertigen Haufen Soldateska unter des Königs Befehl gestellt ...«

»Ich habe auch das Gefühl, es ist ihm nicht zu trauen«, bestätigte Knyphausen. »Vielleicht sollten wir ...«

Er brach ab, denn in diesem Moment traf der Feldprediger ein, und der dröhnende Trommelwirbel des mit dem Profosen reitenden Kesselpaukers jagte eine ganze Rotte halbnackter Hurenböcke samt ihren Dirnen aus den anrüchigen Karren. Als sie des Königs gewahr wurden, stand selbst den Hartgesottensten unter ihnen der Schrecken auf den Gesichtern geschrieben. Der Feldpfaffe nutzte die Gelegenheit, kletterte flugs auf ein mächtiges Faß, das ehemals Einbecker Bier enthalten hatte, und legte mit seinem Sermon los.

»Ihr Baalsdiener und Götzenanbeter!« schrie er die ertappten Sünder an. »Mit nackten Ärschen wagt ihr es, eurem Monarchen unter die Augen zu treten, nachdem ihr eben noch auf wahrhaft sodomitische Art die protestantische Sache besudelt habt; ketzerische Drecksäue, ihr!« Er drohte den Verdatterten mit dem Kruzifix, das er wie eine Keule in der Faust schwang, erspähte einen, der samt seiner Gespielin unter eine Deichsel wegtauchen wollte, und geiferte hinterher: »Augenblicklich kommst du mit deinem Miststück zurück, du stinkender Bock! Oder der Profos wird dir die Eier kreuzweise aufs Rad flechten! Wirst auf diese Weise zum Lohn für deine Brunst einen Tod erleiden, der tausendmal ärger ist als der auf dem Schlachtfeld! Das schwör' ich dir bei den sieben Wundmalen Christi!«

Die unbeteiligten Landsknechte, die den Auflauf bemerkt hatten und jetzt näher herandrängten, brüllten höhnisch Beifall; das zustimmende Geschrei war

Wasser auf die Mühle des Feldkuraten. »Und was das Schlachtfeld angeht«, ließ er sich noch emphatischer vernehmen, »so sage ich euch, daß der wahre Soldat Christi dem Tod ins Antlitz schauen muß, ohne daß er sich zuvor am Anblick einer Hurenlarve stärkt! Denn das Sterben des Landsknechts soll freudig erfolgen; keiner braucht es im Vertrauen auf die göttliche Gnade und die Barmherzigkeit Christi fürchten, denn der jenseitige Lohn dafür wird, wie die Kirche lehrt, ganz unbeschreiblich sein! Das freilich gilt nur für die, welche nicht im Zustand der Todsünde an das Himmelstor pochen. Ihr anderen hingegen, die ihr es vorzieht, eure Schwengel an den Hurenfotzen zu wetzen, ehe euch das Schwert oder die Kugel trifft, werdet unweigerlich zur Hölle fahren und werdet dort erkennen müssen, daß der Schoß des Weibes in Wahrheit ein ganz grauenhafter und mit ätzendem Gift angefüllter Pfuhl ist ...«

Gustav Adolf, der sich den Sermon des Feldpfaffen offensichtlich ein wenig anders vorgestellt hatte, ließ seinen Schimmel, wie unabsichtlich, eine halbe Volte beschreiben. Dabei traf sein Blick den des jungen Hauptmannes Steenholm; unausgesprochenes, fast instinktives Einverständnis schien für einen Moment zwischen dem König und dem jüngsten Offizier seiner Eskorte zu entstehen. In beider Augen stand Abscheu – und im nächsten Moment kam der Befehl Gustav Adolfs: »Weiterreiten! Es gibt wichtigere Dinge für uns zu tun, als noch länger einer Hurenpredigt zu lauschen!«

»Außerdem will allmählich die Nacht einfallen«, pflichtete Bernhard von Weimar bei, während er seinen Braunen neben den Schimmel des antrabenden Königs trieb.

Mit Einbruch der Dunkelheit war der Inspektionsritt durch das Heerlager beinahe beendet; nichts Auffälliges hatte sich mehr ereignet. Schon entspannte sich Gustav Adolfs Antlitz in der Vorfreude auf das Bad und den Schoppen Wein, die er nun alsbald genießen würde, als eine Gestalt – plötzlich wie aus dem Nichts aufgetaucht – vor das Pferd des Monarchen huschte und den sonst so ruhigen Schimmel scheuen und erschrokken steigen ließ.
»Vorsicht!« schrie Knyphausen und zog blank. Mit dem schweren Degen wollte er auf den vermeintlichen Attentäter eindringen. Doch ehe er es schaffte, hatte Björn Steenholm seinen großen, isabellfarbenen Hengst zwischen die drohende Klinge und die gespenstische Gestalt getrieben; im nächsten Moment erklang sein erleichterter Ruf: »Sie ist unbewaffnet ... Nur ein harmloses Weib ...«
»Eine Bittstellerin?« fragte der König, während er sich bemühte, den Schimmel wieder zu bemeistern.
»Eine Welsche! Traut ihr nicht!« kam es von Knyphausen. »Wer weiß, wozu sie imstande ist; auch ohne Dolch!«
»Wer bist du? Und was willst du vom König?« Steenholm hatte sich vom Sattel niedergebeugt und musterte die südländischen Züge der jungen Frau eindringlich. »Wenn du ein Anliegen hast, so kannst du es mir vortragen ...«
Die Welsche schüttelte jäh den Kopf. Ihr rabenschwarzes Haar wehte wild im Wind; der Anblick ließ den Schimmel erneut unwillig die Ohren anlegen. »Nicht du!« schnappte die dunkelhäutige Frau, griff dabei blitzschnell nach dem Zaum des Pferdes, auf dem

Gustav Adolf saß. Mit dem nächsten Lidschlag stand das stampfende Tier wie gemeißelt; in die plötzliche Stille hinein fielen die Worte der Welschen: »Vermeide die morgige Schlacht, König von Schweden! Die Geier werden sonst über deinem Haupt kreisen!«

»Peitscht sie aus dem Lager! Oder hängt sie gleich!« Unversehens hatte der Herzog von Lauenburg sein Tier herangedrängt. Jetzt versetzte er der Frau einen Hieb mit der Reitpeitsche, schrie sie direkt an: »Was du treibst, ist Hexenzauber! Den Tod hast du dafür verdient!«

»Nein! Hört nicht auf diesen Mann, Majestät!« Das Flehen der jungen Frau hatte jetzt etwas Panisches an sich. Und dann überschlug sich ihre Stimme förmlich: »Schwarze Teufel bedrohen dich! Ausgeburten des Bösen, die dir nach dem Leben trachten!« Die Hände der Dunkelhaarigen zerrten am Zaumzeug des Schimmels. »Kehr um, König Gustav Adolf! Fliehe Lützen ...«

»Genug jetzt!« Während der Monarch betroffen starrte, schlug der Herzog erneut mit der Peitsche zu, diesmal mit dem silberbeschlagenen Griff. Der Hieb traf die Frau dermaßen hart gegen die Schläfe, daß sie taumelte und halb betäubt zur Erde gestürzt wäre, wenn der Lauenburger sie nicht aufgefangen und im raschen Anreiten mit sich geschleppt hätte. Ein halbes Dutzend Galoppsprünge weiter schleuderte er die Frau über den Sattel des Profos und befahl: »Wegbringen! Augenblicklich!« Und ehe noch einer der anderen Offiziere eingreifen konnte, preschte der Stock- und Blutrichter bereits davon.

Björn Steenholm, bleich im Gesicht, wandte sich an den König: »Herr! Laßt mich die Welsche zurückbringen! Mag sein, ich könnte etwas Handfesteres als diese

dunklen Andeutungen aus ihr herausholen, wenn ich noch einmal in Ruhe mit ihr spräche ...«
Gustav Adolf zögerte, wirkte verwirrt und unsicher. Auch auf den Gesichtern von Banér und Knyphausen malte sich die Bestürzung. Der Herzog von Weimar indessen nickte nachdenklich zu den Worten des blonden Hauptmanns und riet: »Folgt dem Vorschlag Steenholms, Majestät!«
Schon sah es so aus, als würde der König zustimmen wollen – doch im gleichen Moment kam der Lauenburger zurückgeprescht und drängte seinen Schweißfuchs rücksichtslos zwischen den Weimarer und den Monarchen. »Eine Schande ist's, welch liederliches Kroppzeug heutzutage mit dem protestantischen Heer zieht«, rief er. »Die Dirne war voll vom Branntwein, auch wenn man's ihr auf den ersten Blick nicht ansah. Aber als ich sie fortzerrte, roch ich den Fuseldunst. Kein Wunder, daß sie in ihrem Zustand Blödheiten aus sich seiberte. Aber der Profos wird's ihr austreiben. Gegen das Saufen hilft das Auspeitschen, und sollte sich herausstellen, daß sie etwa eine Alraune unterm Mieder trägt oder sich's sonstwie eingebildet hat, mit dem Verbotenen kokettieren zu müssen, dann kennt der Stock- und Halsmeister noch andere Mittel. Auf jeden Fall, Majestät, kann das Weib Euch nicht mehr belästigen ...«
»Wenn wir erst die Schlacht geschlagen haben, soll in meinem Heer einmal gründlich die Spreu vom Weizen getrennt werden!« entschied der König. »Es hat sich allzuviel Gesindel eingeschlichen in den vergangenen Monaten; so geht's nicht weiter! Und Ihr, Franz Albrecht von Lauenburg, habt schon richtig gehandelt, indem Ihr sofort eingegriffen habt.«
Mit devotem Lächeln verneigte sich der Herzog, ließ den Schweißfuchs dabei elegant tänzeln.

Knyphausen löste die Spannung völlig, als er feixend rief: »Was das Ausmisten nach der Schlacht angeht, so schlage ich vor, wir jagen die Dirnen, Galgenvögel und Geisterseher dann den fliehenden Truppen Wallensteins hinterdrein. Wenn die morgen erst einmal unsere Fäuste gespürt haben, geht's ihnen sowieso in eins – dann können die geprügelten Kaiserlichen sich drüber freuen, daß wenigstens der Abschaum noch ein Stück Brot von ihnen annimmt!«
Schmunzelnd spornte Gustav Adolf den Schimmel an; aufgeräumt jetzt wieder folgte ihm die Kavalkade. Allein Björn Steenholm blieb nachdenklich und blickte auf dem Weg zurück ins Quartier mehr als einmal besorgt in die Richtung des Königs.

Der Nebel war mit Einbruch der Nacht wieder dichter geworden; nur dann und wann trat die Mondsichel kurz zwischen den ziehenden Schwaden hervor, erinnerte in solchen Momenten an ein Krummschwert, das drohend über dem schwedischen Heerlager zu hängen schien. Als Björn Steenholm den Platz vor dem großen Zelt Gustav Adolfs erreichte und sich dort noch einmal fragte, ob er wirklich richtig handelte, war es der Anblick der geisterfahlen Sichel, der ihn schließlich dazu bewog, die letzten paar Schritte zu tun.
Die Musketiere am Eingang erkannten den jungen Hauptmann; sie wußten um seinen besonderen Status und ließen ihn deswegen auch zu dieser vorgerückten Stunde noch durch. Im Vorraum des Befehlszeltes bereitete einer der beiden Pagen, der siebzehnjährige Leubelfing aus Nürnberg, soeben den Schlaftrunk für

den König zu. Der andere, jüngere Bursche schlief bereits auf seinen Fellen in der Ecke: unruhig und gelegentlich wie in einem Alptraum aufstöhnend. Steenholm wechselte einige leise, eindringliche Worte mit dem Franken, worauf dieser zögernd nickte und flüsterte: »Weil Ihr es seid, will ich es versuchen; er hat sowieso gerade nach mir verlangt ...«

Nachdem der Page verschwunden war und Steenholm nichts weiter übrigblieb, als abzuwarten, verstärkte sich die seltsame Beklemmung in seinem Inneren noch, die ihn seit dem Zwischenfall mit der Welschen am frühen Abend nicht mehr losgelassen hatte. Wieder schien er ihre panisch hervorgestoßenen Worte zu vernehmen: von der Schlacht, den schwarzen Teufeln, den Geiern. Und einmal mehr befriedigte ihn die abwiegelnde Erklärung nicht, die der Lauenburger abgegeben hatte. Eine andere Stimme, die von weither aus den endlosen Wäldern seiner schwedischen Heimat heranzudringen schien, raunte etwas anderes: etwas ähnlich Bedrohliches wie der fahle Säbelmond, der in dieser Nacht über der Ebene von Lützen hing ...

Und diese Nacht, in der das Lager nicht wirklich zur Ruhe kam; die Nacht, die von Furcht und bohrender Spannung gepeitscht schien, dehnte sich immer qualvoller für Björn Steenholm. Der obere Kegel der Sanduhr, der bei seinem Eintreten noch gefüllt gewesen war, hatte sich jetzt beinahe geleert; der Leubelfing weilte nunmehr schon fast eine Stunde beim König. Und der Hauptmann begann zu fürchten, daß sein Vorstoß bereits gescheitert war: Wenn der Monarch etwa beschlossen hatte, sich zusammen mit seinem Pagen im Gebet auf den morgigen Tag vorzubereiten, dann würde er jetzt niemanden mehr empfangen; selbst ihn, Steenholm, nicht.

Schon war der junge Hauptmann versucht, die Flinte ins Korn zu werfen, es statt dessen gleich bei Sonnenaufgang noch einmal zu versuchen. Doch eben, als er dies dachte, huschte der Page in den Vorraum zurück – und gab ihm durch ein Kopfnicken das Zeichen.

»Björn, du? Noch immer im Dienst, selbst zu dieser späten Stunde?« Der König saß mit nacktem Oberkörper auf seinem Feldbett, an dessen Fußende in einer Wärmepfanne Holzkohlen glühten. Auf der Truhe daneben stand der irdene Topf mit der Dachssalbe, die ihm der Page einmassiert hatte, um ihm die Muskeln für die Anstrengungen der bevorstehenden Schlacht geschmeidig zu machen.

»Verzeiht, Majestät!« Steenholm verneigte sich ehrerbietig. »Was mich in meiner Sorge zu Euch vordringen ließ, hat weniger mit militärischen Angelegenheiten zu tun,vielmehr ...«

»Vielmehr mit der Welschen, nicht wahr?« fiel Gustav Adolf ein, als hätte er die Gedanken des anderen gelesen.

Der Hauptmann bestätigte es: »Ich mußte einfach versuchen, mit Euch unter vier Augen über sie zu sprechen!«

»Sie ist auch mir nicht mehr aus dem Kopf gegangen – obwohl der Lauenburger sicher recht hatte«, murmelte Gustav Adolf. »Dennoch ... Es war etwas an ihrer Art, in ihren Augen ...«

»Dann habt Ihr es also ebenso gespürt wie ich« versetzte Steenholm. »Die ganze Zeit denke ich, es war nicht nur eine Wahnidee, die sie dazu trieb, Eurem Pferd in die Zügel zu greifen. Und außerdem: Ich kann mich nicht erinnern, Fuselgeruch an ihr bemerkt zu haben, obwohl ich ihr doch auch sehr nahe war. Fast so nahe wie der Lauenburger, als er sie wegzerrte ...«

Der Hauptmann trat dicht an den Älteren heran; näher, als der Brauch es gestattete. Der König, seltsamerweise, duldete es. »Majestät! Ich bitte Euch, schlagt die Warnung dieser Frau nicht in den Wind! Auch wenn sie dunkel war ... Auch wenn es so schien, als spräche etwas aus ihr, was die Pfaffen nicht so gerne sehen würden ... Ich glaube, sie meinte es gut mit Euch, fürchtete ehrlich, es könnte Euch morgen etwas Schlimmes zustoßen ...«
Als Gustav Adolf zögerte, setzte Steenholm flüsternd hinzu: »Ihre Pupillen ... Es war etwas in ihnen, das ich auch im Norden schon gesehen habe ... Dort, wo unsere schwedischen Wälder am tiefsten sind ... Wo die weisen Frauen mit Hilfe der Runenstäbe ...«
»Genug jetzt!« Die Stimme des aufspringenden Königs klang unwillig. Steenholm trat hastig zwei Schritte zurück; wußte im selben Moment, daß er einen Fehler gemacht, den eisernen protestantischen Glauben des Älteren angetastet hatte. Und Gustav Adolf bestätigte ihm das mit seinen nächsten, nunmehr beinahe barschen Worten: »Ich will nichts von diesen heidnischen Dingen hören! Nicht wenige Stunden vor der Schlacht, die vielleicht die wichtigste meines Lebens sein wird! Ich bin nicht der Friedländer! Der abergläubische Wallenstein, der keinen Schritt ohne den Rat seines Astrologen zu tun wagt! Was morgen zählt, ist allein meine Kriegskunst; meine Regimenter und Kanonen, der Mut meiner Offiziere und Landsknechte! Auf die muß unsereiner zählen! Die beschützen, so es im Willen Gottes steht, auch ihren Feldherrn!«
»Dann laßt mich morgen an Eurer Seite fechten! In Eurer Leibwache!« bat der Hauptmann, wobei er sich dem König erneut zwei Schritte näherte. »Entbindet mich von meinem Kommando im Hintertreffen des

rechten Flügels, den Ihr führen wollt. Die Reiterschwadron, die in Eurem Rücken in Reserve stehen soll, muß nicht unbedingt von mir befehligt werden ...«
Gustav Adolf zögerte, kniff gequält die Augen zusammen, die jetzt plötzlich sehr müde wirkten. Und dann legte er dem Jüngeren wie behütend die schwere Hand auf die Schulter. »Nein, Björn!« hörte Steenholm die Stimme des Mannes, für den er durch die Hölle gegangen wäre. »Nein! Ich habe dich aus sehr guten Gründen ins Hintertreffen gestellt; habe mir durchaus etwas gedacht dabei ... Und jetzt Punktum! Du wirst deine Pflicht tun, ich die meine!«
Wie zur Bekräftigung drückte der König die Schulter seines Offiziers, zog die Hand dann langsam zurück. Als er die schmerzliche Enttäuschung in den blauen Augen des Hauptmanns sah, fügte er mit weicherer Stimme hinzu: »Ich verstehe dich, Björn. Und ich achte dich sehr dafür, das sollst du wissen ... Doch unser aller Schicksal liegt in Gottes unerforschlichem Willen beschlossen; weder ich noch du werden etwas daran ändern können ...«
Björn Steenholm war nicht fähig, darauf eine Antwort zu geben. Er nickte lediglich, tauschte noch einmal einen langen Blick mit Gustav Adolf und ging, die Schritte sehr behutsam setzend, hinaus.
Als er im Vorraum die Pagen sah, die mittlerweile beide schliefen, verspürte er so etwas wie jähe Eifersucht. Denn der junge Leubelfing und sein Kamerad würden morgen im engsten Gefolge des Königs in die Schlacht reiten.

2
DIE SCHLACHT VON LÜTZEN

Im ersten Morgengrauen dieses 16. November 1632 zog König Gustav Adolf von Schweden das gesteppte und mit Roßhaar gefütterte Untergewand über und gab seinen beiden Pagen sodann den Befehl, ihm beim Anlegen der Rüstung behilflich zu sein.

Leubelfing und sein Kamerad nahmen zunächst den Metallschurz mit dem geschuppten Oberschenkelschutz vom hölzernen Ständer neben dem Bett, schnallten den Hüft- und Beinharnisch fest und befestigten anschließend die Gesäßplatten. Der Monarch, mit mißmutiger Miene, reckte sich, versuchte einen Spreizschritt, schnauzte daraufhin unglücklich: »Und jetzt, weil's denn nicht anders geht, den Brustpanzer!«

Die Pagen hoben ihm zunächst den flacheren Rückenschild über die Schultern, verschnürten die Riemen kreuzweise über der Herzgrube und versuchten, die Rüstung durch die gewölbte Brustplatte zu vervollständigen. Doch als sie dabei notgedrungen heftig preßten

und zerrten, explodierte der ohnehin schon eine ganze Weile unterdrückte Unmut des Königs.
»Himmelbombenelement!« fuhr er die Burschen an. »Plant ihr, mich bereits vor der ersten Attacke umzubringen?! Ihr preßt mir ja den letzten Atem aus dem Leib, ihr Tölpel!«
»Verzeiht, Herr!« wehrte sich Leubelfing, der Unerschrockenere der beiden. »Es ist nicht unsere Schuld! Vielmehr scheint's, als hättet Ihr allzusehr an Gewicht zugenommen seit dem Tag, da Ihr den Brustpanzer zum letzten Mal trugt. Es ist einfach unmöglich, die Riemenhaken in die Ösen am Rückenschild zu zwingen ...«
»Ich soll mich herausgefressen haben?! Gefastet habe ich seit einer Woche, mir jeden zweiten Tag nur eine einzige Mahlzeit gegönnt!« wetterte der Monarch. »Also, unterstell mir nicht so was, du ...« Er besann sich; er mochte den Pagen und lenkte deswegen ein: »Was soll's – ist nicht meine Schuld und auch nicht die eurige. Der verdeixelte Harnisch hatte schon immer seine Tücken; hat mich in jedem Treffen bisher bis aufs Blut geschunden. Und wenn's heute noch schlimmer ist als sonst, dann liegt es wahrscheinlich an der Nässe: an dem Nebel, der schon seit Tagen über dem Lager brütet. Der hat wohl das Riemenzeug verzogen ...«
»Wir könnten es mit der anderen Rüstung versuchen, die Ihr noch in der Truhe liegen habt«, schlug Leubelfing vor.
»Nein, laßt nur«, wehrte der König ab. »Nehmt die ganze vermaledeite Panzerung wieder weg und gebt mir statt dessen mein Koller. Hab' damit dreimal mehr Armfreiheit als im Stahl; die Kaiserlichen werden's merken, um wieviel kräftiger ich auf diese Weise das Schwert führe ...«
»Aber dann habt Ihr doch kaum einen Schutz gegen die

Kugeln!« platzte erschrocken der jüngere Page heraus.
»Gegen Stückkugeln wäre ich auch dann nicht gefeit, wenn ihr Folterknechte mich dreifach panzern würdet«, scherzte mit rauhem Lachen der König. Er löste, da die Burschen noch immer zögerten, eigenhändig den Brustharnisch und warf ihn aufs Feldbett. »So, jetzt noch weg mit der elenden Rückenplatte, die mir die Nieren malträtiert, und dann endlich her mit dem Elchleder!«
Leubelfing und sein Kamerad wußten, daß der Monarch keinen weiteren Widerspruch dulden würde, und gehorchten. Wenig später dehnte der König die Brust aufatmend in dem alten Koller, das ihm wie eine zweite Haut paßte. Und auch die langen Stiefel mit den metallenen Einsätzen, deren Schäfte bis zu den Oberschenkeln reichten, saßen wie angegossen. Zuletzt legten die Pagen ihrem Herrn das Schwertgehänge um: den Gurt mit der abgewetzten Scheide, in der die drei Finger breite, doppelt geschliffene Klinge aus bestem schwedischen Stahl stak; in einem Futteral daneben der dreikantige Dolch. Die Langwaffe brachte den Hüft- und Beinschutz leise zum Klirren, als der Monarch seinen Weg ins Freie nahm; dankbar dachte Leubelfing, daß er sich immerhin zu diesen Teilen des Harnischs bequemt hatte.
Während die Pagen drinnen im Zelt noch einmal die Ladungen der beiden ellenlangen Reiterpistolen überprüften, die später ihren Platz in den Holstern links und rechts am Sattel des schlachtenerprobten Schimmels finden sollten, hörten sie von draußen plötzlich ein neuerliches wütendes Donnerwetter ihres Herrn. Als sie erschrocken ins Freie rannten, wo sich bereits die kommandierenden Offiziere zu versammeln begannen, sahen sie, wie ein Veterinär mit sorgenvoller Miene

die Sprunggelenke des bewußten Streitrosses abtastete, während der König außer sich vor Zorn brüllte: »Ist denn an diesem Morgen der Leibhaftige ins Lager gefahren?! Erst bringt mich dieser höllische Harnisch fast um, und jetzt stellt sich auf einmal heraus, daß mich der Schimmel nicht in die Schlacht tragen kann!«

»Ich versteh's beim allerbesten Willen nicht, Majestät«, jammerte der Roßarzt. »Gestern abend war noch alles in Ordnung mit dem Tier ...«

»Bei meinem Seelenheil kann ich's beschwören!« fiel der Stallmeister ein.

»Das weiß ich selbst; habe den Hengst ja bei der Inspektion noch geritten!« fiel ihm der König ins Wort. »Aber ich frage mich, wie er dann über Nacht so plötzlich lahm werden konnte?!«

Der Veterinär zuckte die Achseln. »Das ist mir ein Rätsel, Herr. Meiner Lebtag ist mir so etwas noch nicht untergekommen – und ich verstehe was von Rössern; habe seit einem halben Menschenalter mit ihnen zu tun. Aber jetzt kann ich Euch nur sagen: Der Hengst braucht seine Ruhe; es ist mir unmöglich, ihn auf die Schnelle zu kurieren ...«

Unwillig wandte sich Gustav Adolf von ihm ab und wieder dem Stallmeister zu: »Dann schaff mir schleunigst einen von den Reservegäulen heran, Thorgeir!«

Der Angesprochene, ein drahtiger Livländer, zog sein Gesicht in bedenkliche Falten.

»Ja, verflucht, ich weiß!« schnaubte der König. »Ich habe keine große Auswahl! Kaum ein Zossen taugt für mein Gewicht ...«

»Es kommen wahrhaftig nur der Schecke oder der junge Brabanter in Frage«, sagte der Stallmeister zögerlich.

»Nicht der Schecke!« versetzte Gustav Adolf. »Der hat mir neulich arge Sperenzchen gemacht, als ihm eine ungarische Stute zu nahe kam. Und die Kroaten in der Armee Wallensteins reiten fast alle diesen höllischen Schlag ...«

»Dann bleibt nur der Brabanter«, erwiderte Thorgeir und saugte dabei mißmutig an seinem fuchsroten Schnauzbart. »Aber der hat wiederum kaum Erfahrung im Treffen ...«

»Hilft nichts. Ich halte ihn trotzdem für zuverlässiger als den Schecken«, entschied der König. »Also bring ihn her – und beeil dich! Ich will noch bei den äußeren Verschanzungen rekognoszieren, ehe der Nebel dünner wird und den Kaiserlichen das genaue Zielen ermöglicht ...«

Quer über den Talboden, mehr als eine Meile weit, war die feuchte Erde aufgewühlt. Im Zickzack zogen sich die Stolpergräben durch Brachland und dünnes Gestrüpp. Dazwischen duckten sich Schützennester und Artillerieposten; ihre aus verflochtenen Krüppelstangen errichteten Halbschilde wirkten von weitem wie riesige aufgeschnittene Bienenkörbe. Im Inneren dieser Deckungen glühten bereits die Lunten der Musketen und Wallbüchsen; anderswo stapelten Kanoniere Dutzende von Steinkugeln, um später ausreichend Vorrat zu haben. Beißender Schwefel- und Salpetergeruch hing über diesen Stellungen, mischte sich dann und wann mit dem animalischen Dunst von Roßschweiß, wenn ein Meldereiter vorüberpreschte oder ein zusätzliches schweres Geschütz von einem ganzen

Gespann dampfender Kaltblüter nach vorne gezogen wurde.
Das Wiehern der zottigen Friesländer fand dann gelegentlich ein entsprechendes Echo von der gegenüberliegenden Front. Nachdem er von der Stadt Leipzig heranmarschiert war, hatte Wallenstein seine Verbände jenseits des kleinen Flusses Elster in tiefer, bedrohlicher Staffelung aufgestellt: böhmische, mährische, bayerische und andere süddeutsche Regimenter, dazu italienische und spanische Heerhaufen; vor allem aber die Kavallerie des Generals Isolani, bestehend aus Tausenden von Kroaten, die im Ruf bestialischer Grausamkeit standen. Außerdem, so hatten die protestantischen Spione noch spät in der Nacht gemeldet, war auf der katholischen Seite nun tatsächlich noch der Pappenheimer zur Kriegsmacht des Herzogs von Friedland gestoßen. Der Lauenburger hatte also mit seinem Unken, das am Vortag den schwedischen General Banér so erregt hatte, letztlich recht behalten.
Trotzdem schien Banér an diesem nebelverhangenen frühen Morgen des 16. November 1632 neuerlich kein gutes Haar an dem norddeutschen Herzog lassen zu wollen. »Wenn sich der Lauenburger schon darum gerissen hat, in der Schlacht den schändlich kleinen Trupp zu kommandieren, der Eurer persönlichen Bedeckung dienen soll, dann sollte er sich gefälligst auch rechtzeitig einfinden!« räsonierte der General. »Das, Majestät, wäre doch bei Gott seine verdammte Pflicht und Schuldigkeit!«
Gustav Adolf, im Kreis seiner wichtigsten Offiziere nahe eines vorgeschobenen Artilleriepostens haltend, reagierte nicht. Die dumpfen Geräusche, die von jenseits der Front durch den Nebel drangen, schienen ihn ungleich mehr zu fesseln. Jetzt stellte er sich sogar in

den Bügeln des fahlbraunen Brabanters auf, horchte und spähte noch schärfer. Gleich darauf erklärte er mit gedämpfter Stimme: »Der Friedländer läßt umgruppieren ... Wirft offenbar das Gros seiner Truppen auf den linken Flügel ...«

»Um so wichtiger wird's sein, daß Eure Leibwache wie ein Mann steht!« insistierte Banér erneut. »Nachdem Ihr es Euch schon nicht nehmen lassen wollt, unseren rechten Flügel zu kommandieren, für den es jetzt noch härter wird, wenn der Wallenstein seinen Hauptstoß tatsächlich gegen ihn zu richten gedenkt!«

»Daß sich der Lauenburger trotzdem so pflichtvergessen herumtreibt, läßt mir die Leber schwellen!« raunzte zustimmend der ruppige Knyphausen. »Fast scheint's mir, als hätte er schon Fersengeld gegeben, noch ehe die erste Attacke kommt ...« Als er den tadelnden Blick des Königs bemerkte, knirschte er: »Verzeiht, Majestät, aber es ist wahr! Der Lauenburger ist kein Soldat, sondern ein Schranze ...«

»Mag sein«, erwiderte Gustav Adolf und setzte sich wieder im Sattel fest. »Aber dieser Höfling ist aus diplomatischen Gründen für mich wichtig. Er besitzt ausgezeichnete Verbindungen quer durchs ganze Reich, die uns, nachdem er sich endlich ganz auf die schwedische Seite geschlagen hat, sehr nützen könnten. Und weil das so ist, mußte ich ihm nachgeben, als er mich bat, heute an meiner Seite kämpfen zu dürfen. Außerdem: Hätte ich ihm denn lieber das Kommando über ein Regiment lassen sollen, Knyphausen?« Der König grinste. »Ihm, dem Schranzen?«

Der Haudegen gab sich geschlagen: »Gott bewahre!«

Gustav Adolf zwinkerte ihm zu. »Ihr, Knyphausen, dazu Banér, der Herzog von Weimar, ich selbst – wir entscheiden das Treffen! Auf einen wie den Lauenbur-

ger kommt's dabei wenig an – und wenn er sich an meiner Seite hält, habe ich ihn wenigstens unter Kontrolle. So, und nun Schluß damit! Dort drüben kommt er …«
»Jawohl – und sogar im Galopp durch den dicksten Kugelhagel …« grinste Bernhard von Weimar; wies dabei hinüber zur gegnerischen Front, wo jetzt tatsächlich kurz mehrere mattrote Feuerblitze aus dem Nebel stachen, ohne daß allerdings Geschosse zur schwedischen Seite herüber gepfiffen wären. Dennoch rief der Lauenburger, während er seinen Schweißfuchs noch heftiger spornte, schon von weitem: »Sie greifen an, Majestät!«
»Vorerst schleimen sie bloß ein paar ältere Kanonen aus – mit Pulver und Sand, weil das am besten durchfegt«, versetzte ironisch Banér.
»Aber allzu lange wird's nicht mehr dauern«, sagte der König und deutete in eine andere Richtung, wo plötzlich schwächere Detonationen erfolgten. »Dort, im Zentrum, brennen sie schon scharfe Musketenschüsse ab. Wollen offenbar vorgehende Spähtrupps dekken.«
Kurz musterte er noch einmal seinen Stab, befahl dann: »Also, Bernhard von Weimar, Banér, Knyphausen und ihr anderen: Ab zu euren Regimentern! Und Ihr, Franz Albrecht von Lauenburg, tut Eure Pflicht in meinem Gefolge, so wie Ihr's wolltet …«
Mit diesen Worten zog Gustav Adolf den jungen Brabanter, der unter den nun allmählich heftiger aufflakkernden Explosionen die Ohren anlegte, herum und galoppierte in Richtung auf seinen eigenen Befehlsbereich auf dem rechten Flügel der protestantischen Armee weg. Der Herzog von Lauenburg, tief auf die Mähne seines Renners geduckt, folgte ihm dichtauf.

Der Beginn der Schlacht verzögerte sich jedoch noch um Stunden. Mehr als Scheinangriffe und ein gelegentliches kurzes Artillerieduell schien Wallenstein nicht wagen zu wollen; möglicherweise aus taktischen Gründen, vielleicht aber auch deswegen, weil der Nebel nach wie vor zäh über der leicht gewellten Ebene bei Lützen hing.
Stunde um Stunde wartete das schwedische Heer, wartete der König an der Spitze seiner Leibschwadron. Unmittelbar bei ihm hielten der Lauenburger sowie der Stallmeister Thorgeir, der als Reservepferd für den Feldherrn nun doch den Schecken mit sich führte, und die beiden Pagen. Und jedesmal, wenn ein Kurierreiter heranpreschte und im Auftrag eines der hohen Offiziere nachfragte, ob man denn noch immer nicht vorrücken wolle, gab Gustav Adolf die gleiche besonnene Antwort: »Der Friedländer steht mit dem größten Teil seiner Truppen auf höhergelegenem Gelände als wir. Ich will ihm den Vorteil, daß wir zu unserem Schaden bergauf attackieren müssen, nicht einräumen!«
Gegen elf Uhr jedoch schien plötzlich der Himmel über dem Tal von Lützen zu bersten. Quer über die ganze Front und mit einem einzigen Schlag hatte Wallenstein die Kanonade eröffnen lassen. Aus Hunderten von Geschützschlünden brachen die Flammenzungen heraus; fast gleichzeitig pfiffen die Kugeln, flegelten die Kettengeschosse und heulten die Kartätschen heran und pflügten blutige Furchen durch die vordersten Stellungen des protestantischen Heeres. Mit ähnlichem Furor feuerten sofort auch die schwedischen Kanoniere, und schon sprangen drüben die grauenhaften Garben der Einschläge gegen das Firmament, das sich

unter dem aufwölkenden Pulverqualm jetzt erneut verdunkelte.
Und dann, heraus aus den blutroten und schwefelgelben Schlieren, im tausendköpfigen Pulk über den zitternden Erdboden heranpreschend, griffen die kroatischen Reiter Isolanis an. Der Stoß der gefürchteten Kavallerie zielte direkt auf das Zentrum der protestantischen Armee, wo Bernhard von Weimar neben seinen eigenen Verbänden mehrere Regimenter finnischer Fußtruppen kommandierte. Der Zusammenprall war infernalisch: Kroatische Lanzen spießten die Körper der Finnen, finnische Äxte hieben auf die in Panik schreienden Kroatenpferde und deren Reiter ein. Gleich darauf bildeten sich überall tobende Strudel von kleineren ineinander verklammerten Haufen. Pistolen- und Karabinerschüsse knallten, kroatische Säbel und finnische Breitschwerter klirrten funkensprühend gegeneinander; seitlich ins Chaos führte Bernhard von Weimar eine Attacke seiner eigenen Kavallerie, welche sich jedoch kurz darauf festrannte. Wenig später wiederum schien es so, als würden die Truppen im Zentrum des schwedischen Heeres nicht nur standhalten, sondern allmählich sogar die Oberhand gewinnen.

»Die meisten Schwadronen Isolanis haben sich festgebissen!« Björn Steenholm, der mit seiner Abteilung leichter Reiter wie befohlen im Hintertreffen des rechten Flügels hielt, rief es seinem Feldwebel zu. Auf dem Rücken seines Hengstes stehend und sich mit einer Hand an einem Eichenast festhaltend, spähte er erneut

durch das bronzene Fernrohr; fügte nach einer Weile hinzu: »Das bedeutet, die Schlacht wird im Zentrum entschieden werden, nicht über die Flanken ...«
»Gut für uns«, sagte trocken und wenig kampflustig der Feldwebel.
Der Hauptmann ließ sich auf den Sattel seines Rosses zurückgleiten, warf dem Untergebenen einen tadelnden Blick zu, erwiderte aber, obwohl etliche Reiter feixten, nichts. Denn, so überlegte er, wenn zumindest vorerst der rechte Flügel nicht gefährdet war, dann befand sich auch Gustav Adolf in Sicherheit. Und das allein zählte für Björn Steenholm, mehr sogar als ein Sieg in diesem so außerordentlich wichtigen Treffen ...

»Der Weimarer hält den Regimentern des verfluchten Isolani stand!« rief zur gleichen Zeit Franz Albrecht von Lauenburg, der ebenfalls durch ein Fernrohr spähte, dem König zu. »Wenn Ihr nicht ohnehin schon im bloßen Lederkoller in die Schlacht geritten wärt, könntet Ihr spätestens jetzt die Rüstung ablegen! Der Tag ist unser, Majestät! Die schärfste Waffe des Friedländers hat sich stumpf geschlagen; Wallenstein wird dort drüben die Pappenheimer nachstoßen lassen müssen, wenn er auch nur eine einzige kroatische Schwadron retten will! Und wir brauchen die Zange nur noch über die Flügel zu schließen, dann gehört der Sieg uns!«
Der König runzelte die Stirn. Er dachte an Knyphausen, der den Herzog als einen Schranzen bezeichnet hatte, der von militärischen Dingen keine Ahnung hatte. Dann raunzte er: »Haltet den Friedländer nicht für

einen Narren, Herr! Der tappt nicht wie ein blindes Huhn in die Falle ...«

Gustav Adolf, der bisher mit bloßem Auge zum Zentrum des Treffens hinübergespäht hatte, brach ab, setzte hastig das eigene Perspektiv an und stieß gleich darauf scharf den Atem aus. Denn dort drüben geschah in diesem Moment genau das, was er befürchtet hatte!

Isolani – es mußte von Anfang an so geplant gewesen sein – löste seine Truppen aus dem Mitteltreffen. Und nun erst zeigte sich wirklich, welch todesverachtende Reiter die Kroaten waren. Pulk um Pulk, tief auf die Mähnen ihrer Rösser geduckt und so dem heftigen Beschuß so gut wie möglich ausweichend, jagten sie hinüber zum linken Flügel der Wallensteinschen Armee. Dort angekommen, retteten sie sich jedoch keineswegs hinter die Linie der jetzt plötzlich vorrückenden Karrees der Musketiere und Hellebardiere, sondern änderten, an deren östlicher Flanke angelangt, wiederum die Richtung und griffen mit Furor den Abschnitt an, den Gustav Adolf befehligte. Gleichzeitig sprengten die Pappenheimschen Reiter aus der Dekkung eines Wäldchens nahe des westlichen Flügels der feindlichen Fußtruppen, vereinigten sich mit den Kroaten Isolanis – und trugen die Attacke blitzschnell direkt gegen die Stellung des schwedischen Königs vor.

Im Handumdrehen war der im Zickzack über den Talboden laufende Graben überrannt; waren dessen Verteidiger niedergeworfen und die Kanoniere in den vorgeschobenen Artilleriestellungen zu Dutzenden niedergemacht. Und während die nachrennenden Fußtruppen nun bereits damit begannen, die eroberten Kanonen umzudrehen, stieß die Kavallerie in wütendem

Anprall tief in das Herz des rechten protestantischen Flügels hinein.
Die Schlacht, von der Franz Albrecht von Lauenburg eben noch behauptet hatte, sie sei bereits so gut wie gewonnen, hatte eine Entwicklung genommen, welche die evangelische Sache in allerhöchste Gefahr brachte. Doch dann, während unter etlichen seiner Verbände bereits Panik auszubrechen drohte, bewies Gustav Adolf, daß er den Beinamen »Löwe von Mitternacht« wahrlich zu Recht trug!
Dermaßen scharf spornte er den Brabanter, daß der ohnehin schon sehr unruhige junge Hengst erschrokken stieg, ehe er, feuchte Lehmbrocken und Rasensoden hinter sich schleudernd, lospreschte. Das blanke Schwert waagerecht nach vorne gestreckt, galoppierte der Monarch haargenau in die Richtung, wo hart nebeneinander die Banner Pappenheims und Isolanis wehten – und die scheinbar verzweifelte Aktion zeigte Erfolg. Über den Reihen der Schweden, Finnen und Norddeutschen stieg der Schrei »Dem König nach!« auf, und zugleich entstand im Zentrum der Phalanx ein archaischer und dennoch zielgerichteter Mahlstrom, welcher sich brüllend in die Lücke ergoß, die Gustav Adolf durch sein plötzliches Vorpreschen aufgerissen hatte. Reiterkompanien und Landsknechtshaufen formierten sich in Windeseile zu einem gewaltigen Keil – und dieser prallte nun gegen die eiserne Walze der katholischen Kavallerie.

Weit im Hintertreffen schrie Björn Steenholm vor Entsetzen auf. Das Panier des Königs, das sich jetzt mitten im schlimmsten Schlachtentoben befand, zeigte ihm, was geschehen war. Alles in ihm drängte ihn dazu, seine eigene Schwadron augenblicklich ebenfalls dorthin zu führen – doch etwas anderes war stärker: der Befehl seines Herrn und der Eid, den er geleistet hatte. So hielt der junge Hauptmann seinen Hengst zähneknirschend zurück – bis er drüben die Fahne Gustav Adolfs plötzlich wanken und dann verschwinden sah.

Der wuchtige Säbelhieb eines Kroaten hatte den Lanzenschaft des königlichen Paniers getroffen und ihn in den Fäusten des Stallmeisters Thorgeir, der es eben erst dem sterbenden Fähnrich entrissen hatte, zerbrechen lassen. Gleichzeitig drangen zwei andere Reiter Isolanis auf den Monarchen selbst ein; Thorgeir rannte dem einen den zersplitterten Fahnenschaft ins Auge; Gustav Adolf selbst fällte den anderen: Ein ungeheurer Hieb seines Breitschwerts trennte dem Kroaten den Arm samt der stählernen Schulterplatte vom Leib. Halb unter dem Torso des erneut steigenden Brabanters kniend, feuerte im nämlichen Augenblick der Page Leubelfing, dem man das eigene Roß erschossen hatte, seine Reiterpistole auf einen hohen Offizier mit der pappenheimschen Feldbinde ab. Als der Obrist fiel, bekam der König endlich für einen Moment Luft.
Thorgeir packte die Zügel des Brabanters, zerrte das wild bockende Tier herum und rief dem Monarchen zu: »Dort, Majestät! Der finnische Haufen!«
Gustav Adolf begriff. Ehe er aber wegpreschte, zerrte er noch den Leubelfing auf die Kruppe des Fahlbraunen. Erst dann gab er dem Hengst die Sporen, um das halb

zusammengehauene Karree der nordischen Hellebardiere zu erreichen, die ein Stück entfernt wie die Berserker fochten.

Björn Steenholm, notgedrungen immer noch im Hintertreffen, schwitzte Blut und Wasser. Durchs Fernrohr hatte er den König ausgemacht und sah ihn nun neben dem Stallmeister der finnischen Kompanie entgegengaloppieren: den einen Pagen auf der Kruppe des eigenen Rosses, den zweiten hart hinter sich. Doch nirgendwo der Lauenburger und dessen kleine Truppe; nirgends die norddeutsche Fahne, nichts. Ein entsetzlicher Gedanke schoß durchs Gehirn des Hauptmanns: Verrat... Im nächsten Augenblick bereute er seinen Verdacht: Das Chaos auf dem Schlachtfeld war dermaßen groß, daß der Herzog vermutlich nur versprengt worden war. Und dann hatte Björn Steenholm nur noch einen Gedanken, der wiederum der Gestalt auf dem fahlbraunen Roß galt: Du schaffst es! Nur ein paar Pferdelängen noch!

Die finnischen Hellebardiere machten Anstalten, den König und sein klägliches Häuflein im Schutz ihres Karrees aufzufangen. Schon öffnete sich eine Gasse, etliche vorspringende Beil- und Schwertkämpfer sicherten sie. Gustav Adolf sah es; noch einmal ein wilder, hektischer Sporenschlag – doch dann, genau in dem Moment, da die Stacheln die Weichen des Hengstes

trafen, heulte aus dem pulverdunstigen Himmel eine Kanonensalve heran und krachte genau zwischen dem König und der finnischen Kompanie in den Talboden.
Der erschrockene, in der Schlacht unerfahrene Brabanter bäumte sich so steil, daß er sich beinahe rückwärts überschlagen hätte. Nur indem er sein volles Gewicht nach vorne warf, vermochte Gustav Adolf den grauenhaften Sturz aufzufangen und sich im Sattel zu halten. Nicht so allerdings der Page: Mit einem gellenden Schrei flog Leubelfing hart hinter der Kruppe des Hengstes in einen Ginsterstrauch. Haarscharf verfehlten die Hufe des auskeilenden und dann in Panik durchgehenden Brabanters den Schädel des Burschen. Doch nicht deswegen schrie der Page erneut entsetzt auf – seine Angst galt vielmehr dem König, den das wahnsinnig gewordene Roß jetzt direkt zwischen die Rudel der zweiten wallensteinschen Angriffswelle trug!
Leubelfing sah die zerrissenen Schabrackenzügel peitschen; er sah, wie Gustav Adolf vergeblich versuchte, die Stirnmähne des tobenden Tieres zu packen, um es auf diese Weise wieder zu bemeistern; er sah mehrere vor Gier heulende Kroaten, die ihrerseits mit den flachen Klingen auf die Hälse ihrer Rösser einschlugen, um sie aus der vollen Karriere heraus in die Richtung des Königs zu zwingen – und dann sah er den feindlichen Offizier.
Gleich einem Phantom tauchte er aus dem Nebel auf: in den Händen einen kurzen Karabiner, den er jetzt blitzschnell über den zuckenden Schädel seines Rappen hinweg anschlug. Mit dem nächsten Galoppsprung stach der ellenlange Feuerstrahl aus dem Lauf der Waffe – und der Page sah die Kugel in aufplatzendes Leder und Fleisch schlagen: ins Fleisch Gustav Adolfs ...

Von dem flachen Hügelrücken im Hintertreffen aus konnte Björn Steenholm keine Einzelheiten erkennen. Doch der Anblick des steigenden und dann jäh in die falsche Richtung davonpreschenden großen Brabanters, der sich gleich darauf zum zweiten Mal bäumte; der Anblick des Königs dazu, dessen Körper sich, wie von einem unsichtbaren Faustschlag getroffen, vom Sattel löste, genügte ihm, um instinktiv zu wissen, was geschehen war. Und einen Herzschlag später, als dieses instinktive Wissen sich ins ungleich schärfere Begreifen durch den Verstand umformte, schlug der junge Hauptmann den strikten Befehl, den er erhalten hatte, in den Wind. Mit wildem Stöhnen riß er das Schwert aus der Scheide und brüllte seine Schwadron an, ihm zur Attacke zu folgen.

Ehe drüben, im Herzen der Schlacht, der feindliche Offizier den Karabiner wegwerfen und blankziehen konnte, schleuderte ein Schuß des heranpreschenden Stallmeisters Thorgeir ihn aus dem Sattel. Unmittelbar darauf setzte ein zweites Roß heran, das die beiden Pagen des Königs trug. Leubelfing feuerte zunächst aus der eigenen Waffe auf die säbeltragenden Kroaten, sprang dann ab, hetzte zum Brabanter, riß die beiden Reiterpistolen Gustav Adolfs aus den Holstern und warf eine davon seinem Kameraden zu. Während Thorgeir ihnen mit dem Schwert beisprang, sandten Leubelfing und der andere ihre Kugeln gegen das kaiserliche Rudel und hielten es so mit knapper Not zurück, bis die

finnischen Hellebardiere und zusammen mit ihnen berittene norddeutsche Haufen herangekommen waren und für Deckung sorgten.
Inmitten dieser Truppe war jetzt endlich auch der Lauenburger wieder zur Stelle. Er drang, den Schweißfuchs peitschend, bis zu der Stelle vor, wo der König auf der Erde lag.
Die stechenden Augen des Herzogs glühten auf, als er den blutüberströmten Körper sah, über den sich soeben Thorgeir beugte. »Er ist ... tot?!« Die Stimme des Lauenburgers kam kurzatmig und gehetzt.
»Nein... ich lebe!« In den Armen des Stallmeisters richtete Gustav Adolf sich mühsam auf. »Die Kugel ... traf nur meinen Arm ...« Ein Zähneknirschen beendete den kurzen Satz; mit eiserner Willensanstrengung zog der König sich am Steigbügelriemen des zitternden Brabanters hoch. Als er schwankend stand und von den fechtenden Finnen und Dragonern her die erleichterten Hochrufe aufklangen, verlangte er: »Helft mir in den Sattel! Ich muß zurück ins Treffen! Isolani ... Der Pappenheimer ...«
»General Banér hat mit seinem Flügel eingegriffen! Wir sind entlastet!« rief ein heransprengender schwedischer Kurier.
»Dann zurück, Majestät!« drängte Thorgeir. »Ihr habt das Eurige getan! Habt das Schlachtenglück durch Eure Heldentat wieder auf unsere Seite gezwungen!«
Auch andere Offiziere bestürmten den König, sich aus dem Treffen und hinter die eigenen Linien zurückzuziehen. Gustav Adolf jedoch zögerte, bis Leubelfing die Schärpe, die er um die klaffende Armwunde gelegt hatte, verknotete. Erst dann erbleichte er plötzlich und gab nach.
Thorgeir und der Page hoben ihn aufs Roß. Der finni-

sche Hauptmann, dessen Hellebardiere den Platz inzwischen behauptet hatten, gab den Befehl, den Blessierten im Karree zu schützen.
Doch noch ehe die Formation gebildet war, peitschte im Rücken des Königs, wiederum aus einem Nebelfetzen heraus, ein Schuß!
Die tückische Kugel streifte Gustav Adolf am Kopf, riß eine blutige Wunde von der Wange zum Jochbein. Dennoch blieb ihm die Kraft, den Brabanter zu spornen; ja, er riß den Kopf des Hengstes sogar mutig in die Richtung, wo der feige Schütze verborgen sein mußte. Trotz der zweiten Verwundung hätte er angegriffen, wenn ihm Thorgeir nicht in die Zügel gefallen wäre. Jetzt bemühte der Stallmeister sich, den König ins Innere des Landsknechts-Karrees zu bringen. Schon sprangen die beiden Rösser gemeinsam an – als ihnen plötzlich, wild auskeilend, der Schweißfuchs des Lauenburgers in die Quere kam und sie mit den Kruppen ihrer Pferde erneut dorthin abdrängte, wo aus dem Nebel heraus der Schuß gefallen war. Und während die erregten Tiere sich nun hektisch zu beißen begannen, donnerten aus dem schwefelfarbenen Dunst im Rücken des Königs vier Reiter in pechschwarzen Harnischen und Mänteln heran.
Faustgroß platzte das Lederkoller zwischen den Schulterblättern Gustav Adolfs auf, als die Kugel aus nächster Nähe einschlug. Eine zweite zerschmetterte ihm die Schulter, während eine dritte im gleichen Augenblick Thorgeir fällte. Und ehe die zu Tode erschrockenen Offiziere und Landsknechte überhaupt reagieren konnten, feuerten die offenbar doppelt bewaffneten schwarzen Reiter eine zweite mörderische Salve. Diesmal trafen die Kugeln die beiden Pagen; sich überschlagend landete der Körper Leubelfings im Morast, hart neben der Stelle, wo der sterbende König lag.

Björn Steenholm, ein Dutzend Pferdelängen vor seiner Schwadron galoppierend, holte das Äußerste aus seinem Hengst heraus. Dennoch traf er erst am Schauplatz des furchtbaren Geschehens ein, als die Attentäter bereits in Richtung der kaiserlichen Linien verschwanden und im nächsten Moment vom Nebel verschluckt wurden. Zwar setzten die Dragoner Steenholms ihnen noch kurz nach, stießen dann jedoch unversehens auf einen überlegenen kroatischen Verband, den sie nicht zu werfen vermochten, so daß die geheimnisvollen Meuchelmörder ungeschoren entkamen.
Der junge Hauptmann selbst beteiligte sich nicht an der sinnlosen Verfolgung, obwohl alles in ihm nach Rache schrie. Totenbleich war er neben dem sterbenden König aus dem Sattel gesprungen und auf die Knie gefallen. Und nun, während ihm die Tränen in den Augen brannten und dennoch nicht fließen wollten, hörte er durch den Lärm der ringsum weitertobenden Schlacht die letzten Worte Gustav Adolfs von Schweden.
»Die schwarzen Reiter ...« flüsterte der König. »Die Geier des Todes ...« Ein blutiges Rinnsal sickerte aus seinem Mundwinkel, ein unendlich gequältes Husten schien ihm die Brust zerreißen zu wollen. Dann bäumte der zerschossene Leib sich noch einmal auf; die Hand des Monarchen krampfte sich um die des jungen Hauptmanns. »Die grüne ... Feldbinde ... Björn ...« Die Hand erschlaffte; im gleichen Moment, als endlich doch die Tränen aus seinen Augen hervorbrachen, wußte Steenholm, daß Gustav Adolf tot war.
Als sein Körper noch tiefer über die Leiche sank, als seine Lippen die Stirn der königlichen Leiche berühr-

ten, nahmen die umstehenden Offiziere und Landsknechte die ungewöhnliche Geste wortlos hin. Alle – bis auf den Lauenburger, der seltsamerweise wieder verschwunden war – schienen zu spüren, daß Steenholm ein dunkles, geheimnisvolles Recht dazu besaß. Vielleicht dachten sie aber auch nur, er handle stellvertretend für sie alle, denn jeder von ihnen hatte den »Löwen von Mitternacht« auf seine Weise geliebt.
Und so warteten sie stumm, bis der junge Hauptmann sich endlich langsam wieder aufrichtete und mit gebrochener Stimme befahl: »Bringt den verfluchten Brabanter weg, auf den er sich nicht verlassen konnte! Und dann laßt ihn uns aus der Schlacht tragen; ihn, der wie ein Held aus den alten Tagen im einfachen Lederkoller kämpfte!«

3
DER VERDACHT

Unruhig flackerten die Kerzen im düsteren Schiff des romanischen Churspitzer Kirchleins. Das Dorf lag eine knappe Meile hinter den schwedischen Stellungen; jammernd waren die protestantischen Bewohner zusammengeströmt, als der Leichnam des Königs in die Kapelle gebracht und dort aufgebahrt worden war. Jetzt, im einfallenden Abend, knieten sie draußen zwischen den krummen Kreuzen und armseligen Steinen des Friedhofes und murmelten ihre Gebete. Der Pfarrer von Churspitz hatte ihnen den Zutritt zur Kirche verboten; er hatte dabei nach dem Befehl der Offiziere gehandelt, welche allein die Gegenwart der Totenfrau hatten dulden wollen.
Inzwischen hatte die Alte den Körper des Gefallenen vom Schmutz des Schlachtfeldes und vom gestockten Blut befreit; hatte die Wunden mit vorsichtigen Händen so gut wie möglich geschlossen und sie mit den Binden umwunden, die der junge blonde Hauptmann von sei-

ner eigenen Schärpe abgetrennt hatte. Instinktiv hatte die Frau gespürt, daß es irgendeine dunkle, geheimnisvolle Verbindung zwischen dem gekrönten Toten und dem namenlosen Offizier geben mußte. Deswegen murmelte sie nun, als er ihr zum Lohn für ihre Arbeit das Goldstück in die Hand drückte: »Es wäre nicht nötig gewesen, Herr. Ich hätte es auch so für ihn getan ...«
Hätte *ich* nur mehr für ihn tun können! schoß, einmal mehr, der bohrende Gedanke durch Björn Steenholms Gehirn. Er blickte der alten Frau nach, sah aber nur die schrecklichen Szenen vom Mittag dieses 16. Novembers 1632 vor sich: den verwegenen Ritt Gustav Adolfs gegen den Feind, ungeschützt und so unendlich verletzlich im bloßen Lederkoller, die Katastrophe mit dem verfluchten Gaul, zuletzt das jähe Auftauchen und Verschwinden der schwarzen Reiter, die den Sterbenden im zertrampelten Morast nahe des armseligen Fleckens Lützen zurückgelassen hatten. So feige das alles; so sinnlos der Tod des Königs ...
»Nein, Steenholm! Es war nicht sinnlos!« Bernhard von Weimar, der, ebenso wie Banér, Knyphausen und weitere hohe Offiziere, vom Schlachtfeld herübergekommen war, schien die quälenden Gedanken des jungen Hauptmanns erraten zu haben. »Denn durch seinen Tod hat Gustav Adolf von Schweden das heutige Treffen entschieden! Die Soldaten unserer Armee haben gekämpft wie die Löwen; die furchtbare Nachricht lähmte sie nicht, sondern brachte sie dazu, ihr Äußerstes zu geben, um den gefallenen Feldherrn zu rächen. Dies, Steenholm, und zuvor die furiose Attacke, die unser Herr noch selbst anführte, wendeten heute das Blatt, so daß zuletzt Wallenstein das Feld räumen mußte, nicht wir. Damit aber steht die protestantische Sache bis weit ins neue Jahr hinein wieder auf festen Füßen.

Die verfluchten Kreaturen des Papstes werden bis in den Frühling, vielleicht sogar bis zum Sommer an ihren Wunden zu lecken haben. Werden sich unter Umständen gar nicht mehr erholen, so wir die Gunst der Stunde zu nutzen wissen; die Chance, die uns der todesmutige König geschenkt hat ...«

»Es war der große Wunsch seines Lebens, den römischen Götzenkult auszurotten, Deutschland und womöglich den gesamten Kontinent von dieser Seuche zu befreien!« knirschte der Hauptmann. »Und Ihr habt schon recht, Herzog! Ein gutes Stück Wegs dorthin ist Gustav Adolf heute noch gegangen! Dennoch ...«

Björn Steenholm wandte sich ab, berührte die Bahre, wo der Leichnam ruhte; seine Hand zuckte zum Antlitz des Gefallenen, krampfte sich jedoch letztlich so stark ins Holz daneben, daß die Knöchel weiß hervortraten. Stokkend setzte er noch einmal an: »Dennoch ... kann ich mich einfach nicht abfinden mit seinem Tod ... Immer wieder sage ich mir: Hätte er heute doch seinen erprobten Schimmel geritten ... Und den Harnisch statt des dünnen Kollers getragen ... Vielleicht hätte er dann in dieser Nacht den Sieg mit uns feiern können ... Anstatt, weil sein Roß und seine Rüstung nichts taugten, nunmehr hier in dieser Kirche zu liegen ...«

»Vielleicht war aber auch noch etwas ganz anderes im Spiel, Hauptmann!« Unbemerkt war Knyphausen, der Haudegen, herangetreten, hatte den Satz kämpferisch hervorgestoßen.

Björn Steenholm starrte ihn an. Bernhard von Weimar fuhr verstört auf den alten Offizier los: »Was wollt Ihr damit sagen, Herr Kamerad?!«

»Wahrscheinlich kann Euch der Steenholm die Frage besser beantworten als ich«, versetzte Knyphausen. Er wandte sich Björn zu: »Ihr wart doch Augenzeuge! Habt die Reiter entkommen sehen, welche die tödlichen Schüsse abgaben ...«

Und ich habe dann bei Gustav Adolf gekniet und gehört, was er noch sagte, entsann der junge Hauptmann sich plötzlich wieder. Er fragte sich, warum er nicht früher daran gedacht hatte? Der Schock mußte ihm wohl vorübergehend die Erinnerung an die Worte des Königs geraubt haben; die Erinnerung an die mit letzter Kraft hervorgestoßenen Satzfetzen ...

»Ihr habt recht, Knyphausen!« erwiderte er. »Diese Reiter in den schwarzen Harnischen und Mänteln schienen ganz genau zu wissen, auf wen sie mit ihrer doppelten Salve zielen mußten!«

»Und es fiel kein einziger Landsknecht bei der Attakke!« warf nunmehr Banér ein. »Zusammen mit dem König traf es ausschließlich die Leute aus seinem engsten Gefolge: die beiden Pagen und den treuen Thorgeir! Es sieht tatsächlich so aus, als sei dies alles kein Zufall gewesen ...«

»Vielleicht hat es einen gegeben, der es ihnen exakt so befahl?!« knurrte Knyphausen. »Exakt für den Augenblick, da der Befehlshaber der Leibwache nicht zur Stelle war ...«

Die plötzlich entstehende Stille war so groß, daß das Knistern der Kerzendochte zu vernehmen war.

Und dann, nach einer Weile, in der die Spannung fast unerträglich wurde, stieß Björn Steenholm hervor: »Der Lauenburger ...«

»Das kann nicht sein!« Bernhard von Weimar war totenbleich geworden. »Der Herzog zählt zum Hochadel des Reiches! Er steht im Rang auf der gleichen Stufe wie ich ...«

»Und ist vor kurzem noch unter der kaiserlichen Fahne geritten«, insistierte Knyphausen.

»So mancher hat in diesem Krieg schon das Panier gewechselt«, verwahrte sich der Weimarer. »Was zählt, ist der Eid, den einer geleistet hat – und der Lauenburger hat dem König im Lager zu Nürnberg die Treue hoch und heilig in die Hand versprochen. Hat aufs Evangelium geschworen, daß er von nun an allein noch der schwedischen Sache dienen wolle ...«

»Ich könnte einwenden, daß in diesem Krieg bereits manch derartiger Eid gebrochen wurde«, entgegnete Knyphausen. »Will aber statt dessen eine andere Frage stellen: Hat einer der Herren den Lauenburger nach dem Tod des Königs noch gesehen?! Ihr vielleicht, Steenholm?«

»Er war nicht unter denen, die mir den Leichnam aus dem Treffen tragen halfen«, erwiderte mit gepreßter Stimme Björn.

»Und er ritt auch nicht mit uns, als wir den Gefallenen hierher nach Churspitz brachten«, setzte der Hauptmann hinzu, der die finnischen Hellebardiere kommandiert hatte.

»War er denn wenigstens zuvor, während des Scharmützels, in der Nähe Gustav Adolfs?« wandte sich Steenholm erregt an den finnischen Augenzeugen.

»Ich jedenfalls habe ihn nur ein einziges Mal kurz gesehen«, lautete die Antwort. »Unmittelbar ehe die tödlichen Salven krachten, sprengte der Herzog auf seinem Schweißfuchs quer übers Feld auf den König zu ...«

»Und ist dann wahrscheinlich gleich spornstreichs weitergaloppiert!« schäumte Knyphausen. »Nämlich wie der Teufel zum Wallenstein! Wenn nicht, hätte er doch längst hier in Churspitz auftauchen müssen: am Katafalk seines toten Herrn ...«

»Ja, er müßte längst an der Bahre dessen stehen, den er mit seinem eigenen Leben hätte schützen sollen – auch wenn er versagte«, murmelte Banér. »Aber er kam nicht und wird auch nicht mehr kommen!« fiel grimmig neuerlich Knyphausen ein. »Mit seiner Trauer ist's wie mit seinem Leibwächteramt: In beiden Fällen nichts als Schall und Rauch! So, Kameraden, steht's um den verräterischen Herzog von Lauenburg ...«

»Wenn das die Wahrheit ist, dann ...«, fuhr Björn Steenholm auf; seine Faust hatte sich jäh um den Schwertgriff gekrampft.

Doch er vollendete den Satz nicht, denn plötzlich drang ein Schwall feuchtkalter Luft ins Kirchenschiff. Und unter dem Portal stand der, von dem die Offiziere soeben gesprochen hatten.

»Ihr ... Franz Albrecht?« sagte, ehe die Stille unerträglich wurde, Bernhard von Weimar mit einer Stimme, die den Ton nicht tragen wollte.

Der Herzog von Lauenburg schien es nicht zu bemerken, schien auch das drohende Starren der anderen zu übersehen. »Verübelt es mir nicht, ihr Herren, daß ich erst jetzt komme«, erwiderte er, trat an den Katafalk, schlug den Mantel über Harnisch und Degenscheide zurück und kniete nieder. Während er sich vor der Leiche bekreuzigte, warf er über die Schulter hin: »Dieses Churspitz ist wahrhaft ein Nest, das man nicht leicht findet ... Bin kreuz und quer geritten durch diese trostlose Gegend, ehe ich endlich auf das Dörfchen stieß ...«

»Es scheint Euch an diesem Tag überhaupt an der Orientierung zu mangeln«, stieß Knyphausen mit schmalen Lippen hervor. »Wie's scheint, hat es Euch gegen Mittag auch auf dem Schlachtfeld versprengt ...«

Die Blicke des Haudegens und des Höflings kreuzten sich scharf; für einen Moment sah es so aus, als würde der Lauenburger aufbegehren – aber dann schlug er unvermittelt die Lider nieder. »Ihr habt recht, Knyphausen«, sagte er. »Und gerade Ihr, der Ihr im Leben dreimal mehr Pulver gerochen habt als ich, wißt am besten, wie's geht ...«

»Und wie ging's denn heute so für Euch?« insistierte der alte Offizier.

Franz Albrecht von Lauenburg bekreuzigte sich im Angesicht des Leichnams ein zweites Mal, stand auf und trat zwei knappe Schritte auf Knyphausen zu. »Um ein Haar wäre ich zusammen mit der Majestät gefallen!« erwiderte er. »Wäre der König noch am Leben, er könnte es bezeugen! Und ich sag's offen heraus: Eine Ehre wäre es für mich gewesen, zusammen mit dem ›Löwen von Mitternacht‹ in den Tod zu gehen ...«

»So wie es der Stallmeister Thorgeir tat; der Page Leubelfing und sein Kamerad dazu ...« Das Antlitz Björn Steenholms war wie aus Stein gemeißelt.

»Jawohl, ganz so wie diese Getreuen!« versicherte der Lauenburger. »Aber es war mir nicht vergönnt. Die Kugeln, die Gustav Adolf und die anderen trafen, verschmähten mich. So blieb mir nichts weiter mehr zu tun, als den Gefallenen anderswo in der Schlacht zu rächen ...«

»Anderswo in der Schlacht?!« unterbrach ihn Knyphausen. »Wo?! Ich habe Euch nicht gesehen ...«

»Weil Ihr Euch auf dem anderen Flügel schlugt«, antwortete geduldig der Herzog. »Ich hingegen kämpfte, ganz wie die Schwadron des Hauptmanns Steenholm hier, auf der rechten Flanke weiter gegen die Kroaten ...«

»Was hatten meine Reiter mit Euch zu tun?!« schnappte Björn.

»Ihr warft sie doch gegen die Mordbrenner Isolanis, oder nicht?« versetzte der Lauenburger.

Steenholm nickte: »Dank ihrer Tapferkeit wurde der Platz, wo das Schreckliche geschah, behauptet! Wir hätten Gustav Adolf sonst nicht unangefochten wegbringen können ...«

»Seht Ihr, Hauptmann, das war auch mein Gedanke«, sagte mit dünnem Lächeln der Herzog. »Deswegen griff ich mit meinem schwachen Verband zunächst ebenfalls die Kroaten an, und ich gebe es gerne zu, daß ich dabei den Tod suchte! Doch jeder der Herren Kameraden weiß, wie sehr es bei diesem grauenhaften Treffen dann drunter und drüber ging. Wir, die Offiziere, und ebenso die einfachen Landsknechte hatten doch nur noch einen Gedanken: Rache für den Tod des ›Löwen von Mitternacht‹. Und das riß plötzlich jedes Regiment, jede einzelne Schwadron mit sich fort. In der Schlacht zählten nicht Strategie noch Taktik mehr, da zählte nur noch eins: sich durch den Mahlstrom zu hauen! Und das tat ich mit meinen Leuten, weiter und weiter, nachdem wir längst von dem verfluchten Flecken Erde, wo der König fiel, versprengt worden waren. Ich kämpfte wie besessen, bis die Kaiserlichen endlich zu weichen begannen, und als sie es taten, lebte von meiner Truppe nicht mehr der fünfte Mann ...«

»Aber Ihr steht hier!« Neuerlich war es Knyphausen, der den Lauenburger herausforderte. Und diesmal vermochte der Herzog sich nicht mehr zu beherrschen.

»Jawohl, ich habe überlebt!« schrie er den Haudegen an; breitbeinig aufgepflanzt vor dem Katafalk, die Hand am Degengriff. »Und ich nehme es jetzt nicht länger hin, daß ich mich vor Euch oder irgendeinem anderen rechtfertigen muß! Was, zum Teufel, werft Ihr mir eigentlich vor?!«

»Mäßigt Euch im Angesicht des Toten, Herr!« fuhr Banér auf und wies auf die Bahre.

Das unruhige Kerzenlicht spielte auf der Wappendekke, die nach dem Waschen über den Torso gebreitet worden war, umflackerte Haupt, Brust und Arme des Königs, die unbedeckt geblieben waren. Marmorbleich und majestätisch lag der Leichnam da; das ungewisse Halbdunkel milderte den Anblick der Verletzungen.
Und dennoch trat der Herzog unwillkürlich einen Schritt vom Katafalk zurück, als Banér hinzufügte: »Ihr wißt: In den ersten drei Tagen schlafen die Wundmale eines Gefallenen nur! Ein Fluch an diesem geweihten Ort könnte sie unter Umständen noch einmal aufbrechen lassen ...«
»Ohne jeden Zweifel aber würden sie sich wieder öffnen, wenn derjenige sie berührte, der den König auf dem Gewissen hat!« sagte gefährlich leise Knyphausen. »Was würdet Ihr antworten, Franz Albrecht von Lauenburg, wenn man Euch ersuchte, die Probe abzulegen?!«
Als der Herzog die Degenklinge natternschnell halb aus der Scheide riß, zuckte der Schatten seines Armes über den Leichnam; es sah aus, als bewegte Gustav Adolf sich.
Gleichzeitig schoß das Schwert Steenholms vor, blokkierte den Degenkorb des Lauenburgers und verhinderte auf diese Weise, daß die Klinge ganz gezogen wurde. Und wiederum nur einen Herzschlag später stand Knyphausen fast auf Tuchfühlung beim Herzog und knurrte ihm ins Gesicht: »Macht keine Ausflüchte, Lauenburger, indem Ihr jetzt Eure fragwürdige Ehre vorschiebt! Zeigt uns lieber, ob Ihr es wagt, Eure Hand auf die tödliche Wunde des Königs zu legen – oder nicht ...«
Gehetzt blickte der Herzog um sich – und sah, wie Bernhard von Weimar langsam die Wappendecke über dem Leib Gustav Adolfs anzuheben begann. Gleichzeitig sah

er die anklagenden Gesichter Steenholms, Knyphausens, Banérs und dazu des finnischen Hauptmanns. Außerhalb dieses engsten Kreises erkannte er allerdings auch etliche andere Offiziere, die dem Gefallenen weniger nahegestanden hatten; die deswegen jetzt eher verblüfft starrten. Und sie waren es, die Franz Albrecht von Lauenburg den Mut zum Handeln gaben.
Mit rascher Körperdrehung befreite er seinen Degenkorb aus der Blockade Steenholms, hatte mit dem nächsten Lidschlag völlig blank gezogen und fuhr nun mit dem nackten Stahl auf Knyphausen los.
Der Haudegen freilich hatte den Angriff kommen sehen und fing den Stoß mit blitzschnell gezückter eigener Waffe auf. In der gleichen Sekunde sah der Herzog seinen Degen erneut gehemmt zwischen Knyphausens Klinge und der von Steenholm, welcher den älteren Kameraden anschrie: »Wenn er die Schuld am Tod meines ... Königs trägt, dann gehört er mir!«
»Kanaille, du!« gellte der Lauenburger. Befreite seinen Degen zum zweiten Mal und drang mit einer wütenden Attacke auf den blonden Hauptmann ein. Angriff und Abwehr waren so furios, daß der Stahl Funken sprühte; in rasendem Wechsel von Finte und Gegenfinte züngelten und schrillten die Klingen vor dem Katafalk und hätten früher oder später unweigerlich Blut gezogen, wenn sich nicht andere Offiziere dazwischengeworfen hätten.
»Steenholm! Nicht in der Kirche, wo der König aufgebahrt liegt!« rief Bernhard von Weimar und drängte den jungen Hauptmann ab.
»Herzog Franz Albrecht! Ihr schlagt Euch tief unter Eurem Stand! Das habt Ihr nicht nötig!« schrie der norddeutsche Graf von Ritzebüttel und hinderte seinerseits den Lauenburger.

Dennoch hatten die beiden erhebliche Mühe, die Duellanten endgültig zu trennen. Es gelang ihnen erst, als der Lauenburger von selbst einsichtig zu werden schien, sich zum Kirchenportal zurückzog und wütend brüllte: »Ihr habt recht, Ritzebüttel! Es ist unter meiner Würde! Über die hundsföttischen Anwürfe bin ich erhaben! Ansonsten wird's keiner wagen, einen Fürsten des Deutschen Reiches aufhalten zu wollen ...«
Mit diesen Worten wandte sich der Dunkelhaarige nach draußen. Gleich darauf drang rasender Hufschlag in die Kapelle; zusammen mit der kleinen Bedeckung, die er mitgebracht hatte, preschte der Lauenburger davon.
Drinnen bestürmten Steenholm und Knyphausen den Herzog von Weimar. »Wenn er wirklich unschuldig wäre, hätte er sich nicht geweigert, die Leichenprobe zu machen!« zürnte der alte Haudegen. »Ich hab's an seinem Angstschweiß gerochen, daß er etwas zu verbergen hat!« fiel Björn ein. »Herzog! Ihr seid es jetzt, der den Befehl über das schwedische Heer führt! Gebt die Ordre, ihn zu verfolgen! Laßt ihn nach alldem, was heute geschehen ist, nicht einfach entkommen!«
»Ich kann es nicht verantworten. Ich hätte nur handeln können, wenn er sich in dieser Stunde selbst entlarvt hätte. Ihn jedoch jetzt im nachhinein noch festnehmen zu lassen, würde die ganze Armee spalten!« versetzte der Weimarer. »Ein Teil der Offiziere würde sich auf unsere Seite schlagen, der andere auf die Seite des Lauenburgers! Dies aber kann nicht im Sinne des großen Königs sein – denn dann wäre der Sieg von Lützen dahin!«
»Wenn nur das, was soeben in dieser Kapelle geschah, bis ins Lager dränge, wäre der Schaden schon schlimm!« mischte sich der Graf von Ritzebüttel ein.

»So mancher würde sich zu Recht empören! Abergläubische Alfanzereien waren es, die gegen den Lauenburger vorgebracht wurden – so jedenfalls würden es viele und vielleicht gerade die besten Protestanten sehen und wollten ihn deswegen bestimmt nicht verurteilt wissen ...«

»Und wenn man es anders anpacken wollte, ihn aufgrund einer besser fundierten Anklage vor ein Standgericht zu stellen versuchte«, stimmte Bernhard von Weimar zu, »dann könnte er dennoch wieder den Kopf aus der Schlinge ziehen. Denn er gehört zum höchsten Adel des Reiches. Allein der Kaiser könnte ihn verurteilen. Für die gewöhnliche Justiz ist der Lauenburger unangreifbar ...«

»Ein Galgenvogel bleibt er in meinen Augen doch!« knurrte Knyphausen und wandte sich verbittert ab.

Auch Banér vermochte seinen Unmut nur schwer zu verbergen; rettete sich zuletzt ins Reglement: »Meine Regimenter müssen nach der Schlacht neu gruppiert werden; die Herren Obristen werden mich schon erwarten!« Mit diesen Worten, nachdem er noch einmal vor dem Leichnam salutiert hatte, marschierte er sporenklirrend hinaus.

Knyphausen und der finnische Hauptmann folgten ihm nach knappem Gruß auf dem Fuße; gleich darauf, freilich mit gehörigem Abstand, zog sich auch die Gruppe um den Grafen von Ritzebüttel aus der kleinen Kirche zurück.

Zuletzt standen nur noch Bernhard von Weimar und Björn Steenholm am Katafalk.

»Ich verurteile Euch nicht, weil Ihr das Schwert gegen den Lauenburger gezogen habt«, sagte der Herzog. »Nur ...«

»Ich hab's begriffen«, erwiderte der junge Hauptmann.

»Die Kleinen hängt man, die Großen läßt man laufen ...«
»Manchmal greift in solchen Fällen eine andere Gerechtigkeit ein«, erwiderte der Weimarer, nachdem er lange und nachdenklich geschwiegen hatte. »Vorausgesetzt, der Lauenburger hatte tatsächlich etwas mit dem Tod des Königs zu tun ...«
Björn Steenholm antwortete nicht, starrte mit schmerzlich zusammengepreßten Lippen auf die Bahre und schien plötzlich sehr weit weg zu sein. Deswegen hörte er auch die Frage, die der Herzog an ihn richtete, erst beim zweiten Mal: »Reiten wir zusammen zurück ins Lager, Steenholm?«
Es war ein ehrenvolles Anerbieten; dennoch schüttelte Björn wie abwesend den Kopf und murmelte: »Laßt mich noch eine Weile allein mit ... ihm, Herzog.«
Bernhard von Weimar, obwohl er sich hätte brüskiert fühlen können, akzeptierte die Bitte. Noch einmal verneigte er sich vor dem toten König, nickte dann dem Hauptmann zu und ging ohne ein weiteres Wort.
Als er sich draußen, bei der Ehrenwache, die mittlerweile postiert worden war, in den Sattel schwang, fiel sein Blick noch einmal durch das spaltbreit offen gebliebene Portal in die Kapelle. Und er sah, daß der blonde Hauptmann nunmehr vor dem Katafalk kniete – und dabei sein Haupt gegen die Brust des Gefallenen gepreßt hatte.
Doch auch das, obwohl es im Grunde unerhört war, nahm Bernhard von Weimar wortlos hin. Denn er hatte schon immer geahnt, daß es zwischen dem König und dem jungen Offizier eine geheimnisvolle Verbindung geben mußte; die einsame Totenwache, um die Steenholm gebeten hatte, war nur ein weiterer Beweis dafür.

4
DAS VERMÄCHTNIS

Es ist der Stoff meiner Schärpe, der deine Wunden verhüllt ... So wirst du nun etwas von mir mit dir nehmen, wenn sie dich zurück nach Schweden bringen ... Dich dort in der Gruft unter der Kirche von Riddarholm beisetzen ...

Es war für Björn, als hörte er seine eigenen Gedanken flüsternd von den Wänden der Kapelle widerhallen. Noch immer kniete der junge Hauptmann mit geschlossenen Augen neben dem Katafalk; die räumliche Nähe zu dem toten König schien das Unausgesprochene zu verdichten, schien es greifbare Realität werden zu lassen. Und dann gesellten sich Bilder zu den wispernden Gedanken.

Björn Steenholm glaubte zu sehen, wie das große Schiff mit den schwarzen Segeln über das kabbelige Wasser des Mälar-Sees glitt, wie es das königliche Schloß passierte und dann am Gestade der Insel Riddarholm anlegte, wo in der Krypta unter der Kirche all die anderen Sarkophage standen: die Grabmäler der Könige aus dem Geschlecht der Wasa und ihrer Vorgänger. Auch der Sarg Gustav Adolfs wurde nun dort eingereiht; der Sarg, in dem sich, verborgen am Leib des Leichnams, die kleinen Stücke Stoff aus der Schärpe eines unbekannten Hauptmanns befanden ...

Björn Steenholm, die Stirn gegen die Brust des Gefallenen gepreßt, schluchzte auf; Schmerz und Sehnsucht ließen seinen Geist in die Gegenwart der schäbigen Kapelle von Churspitz und zu den grauenvollen Ereignissen des heutigen Tages zurückkehren. Die jäh zurückschlagende Erinnerung an den hinterhältigen Mord an seinem Feldherrn, der in solch entsetzlichem Gegensatz zu der feierlichen Pracht der Kathedrale auf Riddarholm stand, quälte Björn jetzt mehr denn je: Alles in ihm drängte schmerzhaft danach, das ganze schwarze Geheimnis jenes Grauens zu begreifen, das sich in der Mittagsstunde dieses 16. November 1632 zugetragen hatte.

Er hob den Kopf, starrte ins verwüstete und dennoch majestätische Antlitz des Toten; seine Seele brannte vor Verzweiflung. Doch plötzlich schien das Beklemmende, das sein Herz im Griff hielt, zu weichen und durch die grauenhaften und düsteren Bilder schimmerte etwas Lichtes. Genau in dem Moment, da er glaubte, die Qual nicht mehr ertragen zu können, verwandelte die Begräbnisinsel im Mälar-See sich in ein anderes Eiland: eine einsame Schäre, die viele hundert Meilen von Stockholm entfernt vor der Küste eines bukolischen Landstriches lag. Björn erkannte die Küste von Götaland, wo er seine Kindheit und Jugend verbracht hatte ...

Sommerinsel – so hieß die Schäre, die sich wie ein sanft gerundeter Walbuckel über die Wellen der Ostsee erhob. Ein verwunschenes Eiland war es: schmal und weiß überschäumt der Strand, weiter oben flüsterndes Heidekraut und kleine Gruppen rauschender Birken.

Beinahe das ganze Jahr über träumte die Schäre einsam vor sich hin. Fast nie ruderte jemand aus dem Dorf, einem dünn ummauerten Flecken auf der anderen Seite des Sundes, hinüber. Die Bauern vermißten dort draußen die fruchtbare Erde; die Fischer kannten ungleich bessere Fanggründe. Und auch für die Bewohner der kleinen Burg, die als königliche Vogtei für den umliegenden Bezirk diente, gab es so gut wie nichts auf der Schäre zu holen.

Nur einmal jedes Jahr gewann die winzige Insel an Bedeutung – und zwar zur Zeit der Mittsommernacht. Dann erinnerten die längst christlich gewordenen Menschen von Götaland sich wieder an das Wissen und die Bräuche ihrer heidnischen Vorfahren und entzündeten in jener Nacht, in der das Licht sich behauptete, die Fruchtbarkeitsfeuer sowohl für das Land als auch für das Meer. Nach uralter Tradition aber war dafür die Sommerinsel der geeignetste Ort, denn sie war Erde, die sich mit dem Wasser paarte.

In jener Nacht, in welcher der christliche Priester sich regelmäßig betrank, tanzten draußen auf der Schäre die Bauern, Fischer und ebenso die Burgleute an Stellen, welche die besonderen Schrittfolgen schon seit vielen Jahrtausenden kannten: Kreise waren auf diese Weise in den Walbuckel der Sommerinsel geschliffen worden, anderswo eine große Spirale, und ehrwürdige Steine markierten die Wendepunkte, die gleichermaßen Bedeutung am Firmament und auf Erden hatten. Freilich war dies nur für die Eingeweihten wichtig; für die wenigen Alten, welche die Traditionen ihrer Ahnen weise bewahrten. Für die meisten anderen hingegen, die auf der Schäre tanzten, zählte ganz einfach die Lebenslust – und wo hätte sie freudiger ausbrechen können als unter der Mitternachtssonne auf der verzauberten Sommerinsel?

Als er in seiner Vision die jungen Leute tanzen sah, erkannte Björn plötzlich auch Inga. Er sah sie so, wie sie in der Blüte ihrer Jugend ausgesehen haben mußte: eine Fee mit langem blondem Haar, gertenschlank in ihrem weißen Kleid mit den blauen und roten Stickereien; nackt glitten ihre Füße über die dunklen Dolden des Heidekrauts. Inga, die so viele Tänzer haben konnte, wie Burschen auf der Schäre waren; Inga von der Burg, die mit ihren sechzehn Jahren als das schönste Mädchen der ganzen Vogtei galt. Und sie kokettierte damit; lachend scherzte sie mit den jungen Männern, neckte sie, spielte mit ihnen – bis, auf dem Höhepunkt des Festes, plötzlich ein fremdes Schiff über den Sund kam ...

Der große Dreimaster aus dem Süden, der seit Monaten von einer Lehensburg zur nächsten unterwegs war, drehte bei, ankerte und wasserte das Boot. Und in diesem Boot, wie ein Wikingerhäuptling am Vordersteven stehend, erreichte der Fremde den Strand der Sommerinsel ...

Leichtfüßig sprang er auf die Mole, zusammen mit seinen drei, vier jungen Begleitern kletterte er nach oben: zum Tanzplatz, wo die Götaländer zu tuscheln begonnen hatten. Doch die Spannung löste sich, als er ihnen ausgelassen zuwinkte, ihnen dadurch zeigte, daß er in dieser Nacht einer von ihnen sein wollte; sie vergaßen ihre Ehrfurcht und nahmen ihn erleichtert in ihre Mitte

auf. Mehr noch: Lachend sorgten sie dafür, daß er die schönste Tänzerin bekam, die zudem auch wegen ihres Standes am besten zu ihm paßte – Inga!
Wie eine Gemme, jede einzelne Kontur weich von der Mitternachtssonne gerahmt, glaubte Björn das Antlitz der Jungfrau zu sehen; das andere Gesicht, das des Fremden, blieb dagegen hinter dem Schleier ihres langen, im Tanz wehenden Haares verborgen. Aber Björn erkannte die warme Zärtlichkeit in den Augen Ingas; jenes Weiche, das so sehnsüchtig aufleuchtete, daß es nur aus einer einzigen Quelle genährt sein konnte. Diese Quelle aber mußte in den Augen des jungen Mannes in ihren Armen liegen: des großen Fremden aus dem Süden, der an seiner goldenen Ritterkette ein Medaillon trug, auf dem eines der ältesten Wappen des schwedischen Reiches einprägt war.
Doch nicht das Wappen zählte in dieser hellen Nacht für Inga, ebensowenig bewirkte sein Name, daß sie sich zuletzt nicht mehr wehren konnte und wollte. Es waren allein seine Jugend und seine Art, die sie so sehr bezauberten, daß sie mit ihm – mit ihm ganz allein jetzt – den Tanzplatz verließ und ihn dorthin führte, wo in einer geschützten Mulde das allerälteste Heiligtum der Schäre lag: die im Oval gesetzten Steine, von denen es hieß, sie stellten die Sonnenbarke dar. Und in diesem Steinring ließen Inga und der Fremde ihrer nun nicht länger bezähmbaren Leidenschaft freien Lauf ...

»So muß es gewesen sein ...« flüsterte Björn Steenholm, als er an der Bahre Gustav Adolfs aus seinem Wachtraum wieder zu sich kam.

Er löste seine Hand vom Katafalk, rieb sich Stirn und Augen und begriff: Aus der kaum noch erträglichen Qual hatte er sich in eine andere Welt geflüchtet; in jene Welt, die er aus seiner behüteten Kindheit kannte. Und was vor seiner Kindheit lag, hatte er aus den Erzählungen Ingas erfahren, als er allmählich herangewachsen war. Schließlich war noch das hinzugekommen, was er sich in späteren Jahren selbst hatte zusammenreimen können.

»Mutter ...« sagte er leise, als er den Leichnam des Königs zum Abschied noch einmal berührte; ganz so, als wolle er dem Toten damit ein Versprechen geben. Dann erhob er sich.

Als er die Kirche von Churspitz verließ und zwischen den Nebelfetzen am Firmament das Sternbild des Großen Wagens an einer Stelle sah, wo er es nicht vermutet hätte, wurde ihm bewußt, daß er Stunden bei dem Gefallenen ausgeharrt hatte; Mitternacht war bereits nahe. Dennoch fühlte er keine Müdigkeit; vielmehr wurde ihm in der feuchten, kühlen Luft eines um so bewußter: Wenn er das umsetzen wollte, was er Gustav Adolf versprochen hatte, durfte er keine Stunde Zeit mehr vergeuden!

Unter der Oberfläche des Heerlagers brodelte noch immer die nachhallende Unruhe der Schlacht.

Mit dem Stöhnen der Verwundeten mischte sich das Lärmen derjenigen, welche die innere Spannung durch Trinken und Hasardieren oder bei den Huren zu überwinden versuchten. Der eine oder andere Feldprediger feierte zusammen mit den besonders Frommen den

Sieg auf seine Art, aber auch der Profos hatte in dieser Nacht alle Hände voll zu tun. Wie immer nach einem Treffen saßen noch viele Stunden später, wenn die Landsknechte längst wieder im Quartier lagen, die Degen, Dolche und Pistolen besonders locker.
Björn Steenholm lenkte den isabellfarbenen Hengst zum Zentrum des Lagers, suchte aber dort nicht seine eigene Unterkunft am Rand des innersten Areals auf, sondern ritt weiter, bis er das große Zelt erreichte, in dem vierundzwanzig Stunden zuvor noch Gustav Adolf residiert hatte. Nach wie vor flatterte das Banner des toten Königs von der Giebelstange, doch daneben und etwas tiefer waren jetzt die Wappenfarben dessen angebracht, der nunmehr den Oberbefehl über das schwedische Heer übernommen hatte. Auch die Musketiere, die gestern noch den Zugang bewacht hatten, waren ausgewechselt worden. Sie kannten den jungen Hauptmann nicht persönlich und machten ihm deswegen Schwierigkeiten.
»Dringend oder nicht – der Befehlshaber darf nicht mehr gestört werden!« sperrte sich der Korporal. »Kommt morgen wieder, das ist der einzige Rat, den ich Euch geben kann!«
»Die Angelegenheit ist so wichtig, daß sie keinen Aufschub duldet!« beharrte Steenholm – und drückte dem Postenführer ein Goldstück in die Hand. »Und nun geh hinein, und melde mich als den, der heute als letzter die Kirche von Churspitz verließ ...«
Der Korporal glotzte. »Ihr meint, daß ...«
»Er wird dich verstehen; ich versichere es dir«, raunte Björn.
Der Postenführer, der nun ganz offensichtlich an eine geheime Mission glaubte, salutierte und verschwand im Zelt.

»Wüßte ich es nicht besser, ich müßte Euch behandeln wie einen, der von der Fahne fliehen will, Hauptmann Steenholm!« Herzog Bernhard von Weimar, der Nachfolger des gefallenen Königs im Oberkommando der Armee, blitzte Björn aus seinen grauen Augen, zwischen denen eine steile Falte stand, wütend an. »Was, zum Teufel, treibt Euch nun aber wirklich dazu, so etwas von mir zu verlangen?«
Der junge Offizier verließ seinen Platz beim Kartentisch, wo der Herzog noch gearbeitet hatte, und trat zu dem hölzernen Gestell weiter hinten neben dem Feldbett, an dem noch immer die Rüstung Gustav Adolfs hing; jene Rüstung, die er in der Schlacht von Lützen nicht getragen hatte.
Mit beinahe scheuer Bewegung berührte er das glänzende Metall und erwiderte: »Weil ich dem, der vor Euch dieses Zelt bewohnte, etwas schuldig bin, ersuche ich Euch um meine Entlassung aus dem Heer! Und wenn Ihr Euch wieder ins Gedächtnis ruft, worüber wir heute in der Kirche von Churspitz sprachen, werdet Ihr mich verstehen. Erinnert Euch: Es geschah unmittelbar bevor Ihr weggeritten seid, um mich mit dem Toten allein zu lassen ...«
»Ihr beklagtet Euch darüber, daß man die Kleinen hänge, einen Großen wie den Herzog von Lauenburg aber laufen lasse ...«, murmelte Bernhard von Weimar nach kurzem Besinnen.
»Und Ihr gabt mir zur Antwort, es greife in solchen Fällen manchmal eine andere Gerechtigkeit ein«, versetzte Steenholm.
Der Herzog nickte. »Aber ich fügte hinzu, das gelte nur unter der Voraussetzung, daß der Lauenburger tat-

sächlich etwas mit dem Tod unseres großen Königs zu tun habe …«

»Genau dies will ich herausfinden!« sagte Björn entschlossen. »Doch dazu darf ich nicht länger die Uniform tragen! Meine militärischen Pflichten wären mit jener anderen Pflicht, die nur mich allein etwas angeht, womöglich nicht zu vereinbaren. Wenn ich Erfolg haben will, muß ich in meinem Handeln völlig frei sein; es darf niemanden geben, dem ich Rechenschaft schulde – ausgenommen den einen …«

»Ich verstehe, aber in einer Sache täuscht Ihr Euch trotzdem«, sagte Bernhard von Weimar leise. Fügte, nachdem der blonde Hauptmann ihn fragend angeblickt hatte, hinzu: »Es geht nicht nur Euch allein etwas an, Björn … Sondern auch uns andere, die Gustav Adolf seine Freunde nannte: Banér, Knyphausen, mich …«

»Verzeiht!« Steenholm trat spontan einige Schritte auf den Herzog zu. »Es war gedankenlos von mir, so etwas zu behaupten. Natürlich standet Ihr dem König näher als ich, und das gilt auch für die anderen Herren …«

»Wir wollen deswegen nicht markten; wir liebten ihn alle«, entgegnete Bernhard von Weimar. »Und dennoch … scheint zwischen Gustav Adolf und Euch noch ein wenig mehr gewesen zu sein. Er hat Euch nach Kräften gefördert; hat Euch in einem Alter zum Hauptmann gemacht, in dem andere gerade einmal den Leutnantsrang erreichen. Und an so manchem Abend hat er Euch in sein Zelt gebeten; hat Euch dort das Schachspiel gelehrt, wie der Leubelfing mir einmal verriet …«

»Das ist richtig«, bekannte Björn mit leisem, wehem Lächeln. »Es gab Zeiten, da war der König beinahe wie ein älterer Bruder zu mir …«

»Und ist das der Grund, warum es Euch jetzt dermaßen dazu drängt, zum Rächer auf eigene Faust zu werden?« wollte der Herzog wissen.
»Es ist einer der Gründe«, versetzte Björn und wirkte dabei plötzlich verschlossen.
Bernhard von Weimar deutete auf einen freien Schemel neben dem Kartentisch und goß Wein für den jungen Hauptmann in einen Becher. Nachdem sie angestoßen hatten, forderte der Herzog: »Und nun die anderen Gründe für Euer Ansinnen, Björn ...«
Der blonde Hauptmann schien lange mit sich zu kämpfen, ehe er zögernd antwortete: »In der Kirche von Churspitz ... Als die Leichenfrau seine Wunden schloß ... Ihr wißt, es geschah mit dem Stoff meiner Schärpe ... Der gleichen Schärpe, die ich in der Schlacht trug, in der ich ihn nicht retten konnte ... Und darin, versteht mich bitte, liegt ein weiterer Grund ... Andere sind von hohem Adel, sind seine Erben ... Ich nicht ... Dennoch verbindet ihn und mich seit diesem furchtbaren Tag etwas Greifbares ... Es ist meine Feldbinde, die er mit ins Grab nehmen wird ... Damit habe ich das Vermächtnis besiegelt, das er mir in den letzten Augenblicken seines Lebens auf dem Schlachtfeld machte ... Im Morast, als ich ihn in den Armen hielt und er noch etwas röchelte ... Von den schwarzen Reitern ... Und dann noch ...«
»Die schwarzen Reiter?! Auf sie bezogen sich seine letzten Worte?!« unterbrach der Herzog erregt. »Das wußte ich bisher nicht!«
»Es ist die Wahrheit!« beteuerte Björn. »Und ich schwöre Euch, sterbend wollte er mich auf ihre Fährte setzen ... Auf ihre Fährte und diejenige des Mannes, der sie anstiftete ...«
»Wenn es so war, habt Ihr tatsächlich einen sehr guten

Grund, Eure Entlassung aus der Armee von mir zu verlangen«, gab Bernhard von Weimar zu. »Dennoch schicke ich möglicherweise auch noch einen Freund Gustav Adolfs in den Tod, wenn ich es gestatte ...«

»Ihr meint, ich sei zu schwach, um sein Vermächtnis zu erfüllen?!« Björns Faust krampfte sich um den Schwertgriff. Ich schwöre Euch: Wenn der Herzog von Lauenburg die Schuld am Tod Gustav Adolfs trägt, dann werde ich ihn auch zur Rechenschaft ziehen! Ich werde es anstelle einer Justiz tun, die vor seinem hochadligen Titel zurückschreckt – und ich werde ihm dazu bis in die Hölle folgen, wenn es sein muß! «

»Ihr seid kein Schwächling«, gestand der Herzog zu. »Nur: Ihr wollt es allein tun! Völlig auf Euch selbst gestellt! Das läßt mich um Euch fürchten! Ihr seid nichts weiter als ein zwanzigjähriger, kleiner Hauptmann, Björn! Wie wollt Ihr, wenn es tatsächlich hart auf hart geht, gegenüber dem Lauenburger bestehen?! Gegen einen, der zu den Großen der Welt gehört! Der aufgrund seines Blutes über Machtmittel verfügt, die Euch niemals zur Verfügung stehen werden ...«

»Ihr wollt mir also den Abschied vom Heer verweigern, Bernhard von Weimar?« Während Steenholm die Frage stellte, stand er auf und ging erneut hinüber zu der Stelle, wo der Harnisch am Gerüst hing.

»Ich will nicht! Ich muß! Aus Sorge um Euch«, sagte der Herzog gegen seinen Rücken.

Langsam drehte Björn Steenholm, jetzt genau neben dem Harnisch stehend, sich um. »Ihr habt erklärt, das Blut des Lauenburgers bedinge seine Macht ... Was aber wäre, wenn mein Blut mir ein Recht verleihen würde, das noch höher stünde als das des anderen ...?«

Der Schock stand Bernhard von Weimar ins Gesicht

geschrieben. »Was wollt Ihr damit andeuten, Steenholm?!«

Björn, die Hand wie von ungefähr auf die Schulterplatte des königlichen Brustpanzers gelegt, schwieg. Er wartete ab, bis das Aufglimmen einer Ahnung in den Augen des älteren Mannes sichtbar wurde. Erst dann antwortete er leise: »Wenn ich Euch einweihen soll, dann kann dies nur unter dem Siegel unbedingter Verschwiegenheit geschehen! Sichert Ihr mir das zu, Herzog?«

Bernhard vom Weimar nickte. »Wenn Ihr es verlangt, schwöre ich es Euch auf die Bibel ...«

Björn schüttelte den Kopf. »Ich möchte, daß Ihr es mir im Namen des toten Königs versprecht!«

Der Herzog stand auf, kam zu Björn und legte die Hand auf die andere Schulterplatte der Rüstung Gustav Adolfs. »Im Namen dessen, den wir beide liebten!« sagte er mit gedämpfter Stimme.

»Gut, dann vernehmt meine Geschichte ...« Björn ging zum Kartentisch zurück und griff nach dem Pokal. Er trank aber nicht, sondern schien nur Halt an dem kühlen Metall zu suchen.

»Wie Ihr wißt, stamme ich aus dem Norden Schwedens, aus Götaland. Meine Vorfahren, die Björnsons, waren seit vielen Jahrhunderten freie Bauern gewesen, hatten oft auch als Ältermänner im Thing der Gegend gesessen. Sie waren geachtet, weil sie für das Recht einzutreten wußten, notfalls auch mit der Streitaxt. Dies aber war vor mehr als hundert Jahren, als der erste König aus dem Geschlecht der Wasa den schwedischen Thron bestieg, auch dem Gaugrafen des Herrschers im östlichen Götaland bekannt. Und als dort Küstenburgen errichtet werden mußten, um das Land gegen die Beutezüge der Piratenflotten zu sichern, die damals das

Meer unsicher machten, brachte der Graf es dahin, daß einer meiner Ahnen zum Vogt einer solchen Burg ernannt wurde.
Seit jener Zeit saß meine Familie auf der kleinen Festung auf dem Kap und hatte neben ihrem Freibauernhof auch das königliche Burglehen inne. Und einmal im Jahr, dem Brauch nach in den Tagen um Mittsommer, kam der Gaugraf zur Inspektion. Manchmal erschien aber auch jemand aus der königlichen Sippe selbst, zu deren Gefolgsleuten die Björnsons ja nunmehr zählten. Und dies geschah auch vor etwas mehr als zwanzig Jahren, als meine Mutter Inga, die als die schönste Jungfrau der ganzen Gegend galt, zusammen mit den anderen Mädchen und Burschen auf der Sommerinsel tanzte, die ein Stück vor der Küste liegt ...«
Bernhard von Weimar, der mittlerweile ebenfalls wieder am Kartentisch Platz genommen hatte, blickte Steenholm scharf an. »Vor zwanzig Jahren, sagt Ihr? Gustav Adolf war damals ebenfalls noch ein junger Mann ...«
Björn fiel ihm ins Wort: »Ich sprach von der königlichen Sippe, Herzog, nicht von ihm!«
»Einer aus der Sippe der Wasa kam also in der Mittsommernacht zur Insel ...« beharrte der Weimarer. »Und Eure Mutter Inga war wunderschön ... Ich glaube zu begreifen, was Ihr mir sagen wollt ...«
»Meine Mutter Inga wurde schwanger von jenem Mitglied des Königshauses«, bestätigte der Hauptmann.
»Und deswegen nennt Ihr Euch auch nicht Björnson, wie alle Eure Vorfahren, sondern Steenholm«, nickte der Herzog. »Steininsel, wenn man es ins Deutsche übersetzt ... Der alte Brauch, illegitimen Abkömmlingen eines sehr hochstehenden Geschlechts einen neuen, beziehungsträchtigen Namen zu verleihen ...«

»So ist es. Mein Vater wußte nicht, daß die Schäre, auf der ich gezeugt wurde, im Volksmund als Sommerinsel bezeichnet wurde. Er wählte den Namen, der in den königlichen Seekarten verzeichnet ist. Und so wurde ich zu Björn Steenholm ...«

»In dessen Adern das Blut der Wasa fließt!« vollendete der Herzog von Weimar den Satz. »Und dies, so nehme ich an, war auch Gustav Adolf von Schweden bekannt?«

»Aus diesem Grunde förderte er mich und behandelte mich manchmal wie einen jüngeren Bruder«, sagte der blonde Hauptmann leise. »Als er von meiner Existenz erfuhr, sorgte er dafür, daß ich eine entsprechende Erziehung bekam und anschließend in seiner Armee Karriere machen konnte. Ich habe in meiner Eigenschaft als sein illegitimer Verwandter zu seinem engsten Gefolge gehört ...«

»Damit ist mir nun auch das andere klar!« versetzte der Herzog von Weimar. »Ihr habt in der Tat mehr als jeder andere im schwedischen Heer ein Recht darauf, die Mörder Gustav Adolfs zu jagen – und vor allem den, der sie möglicherweise anstiftete! Denn Ihr habt mir nun auch die Frage beantwortet, wessen Blut das edlere ist: das des Lauenburgers oder das Eure ...«

Bernhard vom Weimar stand auf, gleichzeitig mit ihm Björn Steenholm. »Ich entlasse Euch aus der Armee des gefallenen Königs und fordere Euch auf, ihm von nun an im Auftrag einer höheren Macht zu dienen!« entschied der Feldherr. »Den Freibrief, den Ihr dazu benötigt, lasse ich Euch gleich morgen ausstellen.«

»Ich danke Euch!« erwiderte der blonde Offizier. »Sorgt Ihr dafür, daß der Tote sein Grab auf Riddarholm im Norden findet! Ich werde, um ihm seinen Seelenfrieden zu verschaffen, hier im Süden das Nötige tun ...«

Ein Handschlag besiegelte das Abkommen zwischen dem Herzog und Steenholm.
Danach wollte Björn wissen: »Habt Ihr Nachricht bekommen, ob der Lauenburger nach der Auseinandersetzung in der Churspitzer Kirche ins Lager zurückkehrte?«
»Er hat sich seither nicht mehr hier gezeigt«, antwortete Bernhard von Weimar. Er zögerte. »Aber das muß nicht bedeuten, daß er Fahnenflucht begangen hat. Er könnte sein Recht wahrgenommen haben, ein bequemeres Quartier in einem der umliegenden Dörfer zu beziehen ...«
»Daran zweifle ich – ebenso wie Ihr«, versetzte Björn. Er machte Anstalten, zu gehen, doch dann blieb sein Blick an der Rüstung Gustav Adolfs hängen. »Würdet Ihr mir den Brustharnisch anvertrauen? Nur bis morgen ...«, bat er den Feldherrn.
Bernhard von Weimar zog erstaunt die Brauen hoch. Aber dann war er dem Blonden behilflich, das Rüstungsteil sorgsam in eine Decke einzuschlagen. Björn Steenholm preßte das Bündel gegen die Brust und ging hinaus in die lärmende Lagernacht.

5
DIE GRÜNE FELDBINDE

Im ersten Morgengrauen des neuen Tages, noch vor dem allgemeinen Wecken, fand sich Björn Steenholm bei der Veterinärskoppel ein, wo in einem gesonderten Verschlag der lahmende Leibschimmel des gefallenen Königs stand. Der Roßarzt war bereits auf den Beinen, schüttete dem Hengst soeben eine Schwinge Hafer vor und redete den herankommenden Offizier mit vergrämter Miene an: »Der Schimmel frißt, hat's gestern ebenso getan, schont aber nach wie vor die rechte Hinterhand. Dennoch finde ich nichts Auffallendes dort; mehr denn je glaube ich, daß der Teufel die Hand im Spiel haben muß ...«
Der Blonde, der heute statt der Rüstung ein abgewetztes Koller, elchlederne Hosen, Schaftstiefel und einen geschlitzten Reitermantel trug, bat: »Heb ihm den Huf einmal auf!«
Der Veterinär gehorchte, packte das zottige Sprunggelenk und hielt es über dem eigenen Knie fest. Björn

betrachtete das Innere des sauber ausgeräumten Hufes: Der Strahl war trocken, keine Spur einer Entzündung; das Eisen saß fest, keiner der Nägel fehlte. Auch als der Blonde die Hornränder mit der Daumenkuppe überprüfte, zeigte der Hengst keinerlei Reaktion.
»Kannst ihn wieder lassen.« Die Ratlosigkeit stand jetzt auch in den Augen des jungen Offiziers. Nachdem der Roßarzt seinen Griff gelockert hatte, setzte der Schimmel die Hinterhand vorsichtig zurück auf die Erde, hielt den Huf leicht angewinkelt, um ihn auf diese Weise zu schonen. Björn nahm das Halfter, führte das Tier ein paar Schritte. Unwillig grohnte der Hengst, knickte bei jeder Bewegung auf der rechten Hinterhand ein, blieb dann wieder in der vorigen Haltung stehen.
»Tatsächlich äußerst ungewöhnlich«, gab Steenholm zu. »Wenn jemand den Schimmel künstlich untauglich gemacht hat, dann hat er es auf keinen Fall mit einer der üblichen Roßtäuschermethoden getan. Kein Steinchen im Strahl, kein krummer Nagel, der schmerzen könnte ...«
»Ja, und auch kein getrockneter Katzendarm, der unterm Fell auf die Sehne des Sprunggelenks drückt, ebensowenig eine Nadel, die versteckt dort hineingestoßen wurde«, fiel der Veterinär ein. »Ich hab's schon ein dutzendmal abgetastet; nichts, gar nichts ist zu finden! Da ist lediglich die Kastanie weiter oben am Röhrbein, aber deswegen hat noch nie ein Pferd gelahmt ...«
»Du meinst das Gewächs hier?« Björn deutete auf den doppelt nußgroßen Hornhautknoten. Als der Roßarzt nickte, hob er den Huf noch einmal auf, betastete die Kastanie, drückte fester. Der Hengst blieb ruhig, wandte lediglich den Kopf und beschnoberte den Rücken des Blonden.

»Ihr seht es selbst, Herr! Da kann der Schmerz auch nicht sitzen«, sagte der Veterinär.
»Hast recht.« Björn machte Anstalten, sich wieder zu erheben, drückte zu diesem Zweck den Schädel des Schimmels mit der Schulter beiseite. Das Tier leistete spielerisch Widerstand, trat auf drei Beinen um; die immer noch aufgehobene rechte Hinterhand traf dabei unsanft das Kinn Steenholms. »Heda, gib Ruhe!« rief der Offizier; im nächsten Moment stand der Hengst wieder lammfromm. Björn streckte sich, spuckte aus, knurrte in Richtung des Veterinärs: »Tja, jetzt bin ich ebenso ratlos wie du ...« – und erstarrte plötzlich. Hastig beugte er sich erneut zum Röhrbein des Schimmels hinunter und roch an der Kastanie. »Seltsam ...« murmelte er gleich darauf.
»Wieso?« wunderte sich der Roßarzt.
»Nimm selbst eine Nase voll«, verlangte Steenholm.
Der Veterinär gehorchte, befeuchtete dann sogar einen Finger mit Speichel, rieb einige Male über den Hornhautknoten und überprüfte den Geschmack mit der Zunge. »Pfui Teufel, Herr!« platzte er heraus. »Das schmeckt ... faulig ... wie ...«
»Wie der Knochenleim, den der Abdecker zu sieden pflegt, nicht wahr?« vollendete Björn den Satz. Im nächsten Moment hatte er den Dolch gezogen und begann nun vorsichtig an der Oberfläche der Kastanie zu schaben. Dunkle, bröselige Teilchen lösten sich ab.
»Das ist kein Horn! Das ist, gottverdammich, verklebter Stalldung!« schnaubte der Roßarzt.
»Und gleich werden wir wissen, was sich darunter in der eigentlichen Kastanie befindet«, versetzte, hastig weiterarbeitend, der Blonde.
Beinahe im selben Moment traf die Dolchspitze auf

einen winzigen metallischen Widerstand – und dann erkannten die beiden Männer den dünnen Stahldorn, der unter der künstlich angebrachten Kruste durch den Hornknoten getrieben worden war. Scharf stieß Björn die Luft durch die Zähne, klemmte den Stachel zwischen Dolchschneide und Daumennagel fest und zog ihn heraus. Der Hengst wieherte erschrocken auf – doch nachdem er sich beruhigt hatte, stand er endlich wieder fest auf allen vier Beinen.
»Und ich glaubte tatsächlich, der Leibhaftige hätte seine Hand im Spiel«, sagte der Veterinär fassungslos.
»Ein Satan, ja – aber einer in menschlicher Gestalt!« knirschte der blonde Offizier. »Jetzt ist es klar! Der König sollte gestern um keinen Preis auf dem Schimmel in die Schlacht reiten! Irgend jemand, der abgefeimter als jeder Roßtäuscher ist, hat ihn durch diesen infamen Anschlag dazu gebracht, statt dessen den unerfahrenen Brabanter zu wählen ...«
Er drehte den Dorn langsam zwischen den Fingern, sein Blick wurde dabei abwesend, dann murmelte er: »Und dazu der Harnisch ...«
»Der Harnisch?« wiederholte der Roßarzt verdutzt.
»Kümmere du dich jetzt um den Hengst«, wich Steenholm aus. »Und behalte für dich, was wir herausgefunden haben! Hänge es keinesfalls an die große Glocke, verstanden?!«
»Ja, Herr ...« Mit großen Augen starrte der Veterinär dem jungen Offizier nach, der eilig in Richtung seines Quartiers verschwand, während im Lager nun die Wecksignale der Regimentstrompeter ertönten.

Das Dünnbier schmeckte abgestanden; das Brot war so hart, daß Björn Steenholm es mit der Faust zerschlagen mußte, ehe er die Brocken in den Krug tunken konnte. Doch der Blonde hatte bewußt darauf verzichtet, sich frische Speisen zum Frühstück auftragen zu lassen; er wollte allein sein. Niemand, nicht einmal sein Leibbursche, sollte Zeuge sein, wie er jetzt, während er nebenbei den kargen Imbiß einnahm, noch einmal den Brustharnisch des gefallenen Königs überprüfte.
Bald vergaß er das Essen völlig: der Ausdruck in seinen hellen Augen wurde immer grimmiger, zuletzt konnte er nicht mehr an sich halten und stieß hervor: »Einen Papisten soll man mich nennen, wenn das nicht der zweite Beweis ist ...«
Einen Herzschlag später hörte er in seinem Rücken eine knurrige Stimme: »Was immer Ihr meint, ich hoffe, Ihr behaltet recht und bleibt gut schwedisch!« Als der Blonde herumfuhr, setzte Knyphausen hinzu: »Was ist's, das Euch so in Rage bringt? Doch wohl nicht Eure Entlassung aus dem Heeresdienst, die Ihr ja selbst verlangt habt ...«
»Ihr wißt schon davon?« fragte Steenholm überrascht.
»Der Feldherr hat's mir und dem Banér unter sechs Augen beim Stabsrapport vorhin gesteckt«, erwiderte der Haudegen. »Sagte, Ihr wärt ab sofort für eine ganz besondere Mission freigestellt ...«
»Und welche das ist, könnt Ihr Euch ohne Zweifel denken«, versetzte Björn. »Nun gut! Es war richtig, daß der Herzog Euch und Banér einweihte ... Und was die Ungeheuerlichkeiten angeht, die ich bereits herausgefunden habe, so hätte ich Euch sowieso noch informiert! Also kann's ebensogut jetzt gleich sein. Doch schließt zuvor bitte die Zeltklappe wieder ...«

Nachdem Knyphausen dem Wunsch Folge geleistet hatte, informierte Steenholm ihn kurz über den Stahldorn, der den Leibschimmel des Königs zum Lahmen gebracht hatte. Dann wies er auf den Brustpanzer und erklärte: »Hier nun liegt der zweite Beweis dafür, daß man Gustav Adolf gezielt nach dem Leben trachtete!«

»Donner und Doria, wieso?!« Knyphausen untersuchte den Harnisch hastig, konnte jedoch nichts entdekken.

»Ja, es wurde ausgesprochen geschickt gemacht«, sagte Björn mit gepreßter Stimme. »Als ich mir den Panzer vergangene Nacht noch vornahm, konnte ich auch nicht mit letzter Sicherheit sagen, was damit geschehen war, obwohl ich bereits einen ganz bestimmten Verdacht hatte. Es wollte mir jedoch nur so scheinen, als seien die Riemen der Brustplatte, die ins Rückenteil gehakt werden, steifer als gewöhnlich. Erst jetzt, bei Tageslicht, fand ich mehr heraus ...«

Steenholm drehte den Harnisch ein wenig, bis die Beleuchtung ideal war, und deutete in das Innere der stählernen Wölbung. »Seht her – hier, wo die Schnallriemen angenietet sind! Die Lederenden, die über die Bolzen stehen, sind frisch zugeschnitten. Man erkennt es deutlich an den scharfen Kanten, obwohl die Stellen mit Schmutz verschmiert wurden. Und das kann nur heißen ...«

»Daß jemand die Nieten löste, die Riemen heimlich verkürzte, sie damit notgedrungen versteifte und die Bolzen dann neu setzte ...«, ächzte Knyphausen fassungslos.

»So ist es«, bestätigte Björn. »Deswegen konnten die Pagen gestern die Halterungen nicht in die Ösen der Rückenplatte zwingen! Es fehlten etwa zwei Finger breit Spielraum – und damit war der Brustpanzer unbrauchbar für den König geworden!«

»Also ritt er im Koller in die Schlacht, das ihm so gut wie keinen Schutz bot«, schloß der Haudegen. »Und nicht weniger unzuverlässig war der Gaul, den man ihm durch ein ganz ähnliches, hundsgemeines Manöver aufgezwungen hatte!« Die Faust Knyphausens krachte neben den Harnisch. »Es war Mord! Eiskalter, hinterhältiger Mord!«

»Zumindest machte es das Gelingen des Überfalls auf dem Schlachtfeld um vieles wahrscheinlicher«, stellte Steenholm richtig. »Und ebenso ist jetzt sicher, daß beides zusammenhängt; daß alles von langer Hand gezielt und tückisch vorbereitet wurde!«

»Aber wer war es, der sich am Harnisch zu schaffen machte und sich heimlich in den Roßstall schlich?!« knurrte Knyphausen. »Könnt Ihr mir auch das sagen?! Wenn ja, dann schwöre ich Euch, daß die Kanaille noch in der nämlichen Stunde aufs Rad geflochten und anschließend gevierteilt wird!«

»Ich muß Euch enttäuschen«, erwiderte Björn. »In einem Feldlager wie dem unsrigen, noch dazu am Vorabend einer großen Bataille, wenn alles drunter und drüber geht, hätte es tausend Möglichkeiten dazu gegeben. Ich halte es für unmöglich, jetzt noch herausfinden zu wollen, ob irgend jemand etwas Verdächtiges beobachtete. Der Schimmel stand mit Dutzenden von anderen Adelspferden im Pferch; Scharen von Roßknechten gingen dort aus und ein ...«

»Aber der Harnisch befand sich während der letzten Tage im streng bewachten Befehlszelt Gustav Adolfs«, gab der alte Haudegen zu bedenken.

»Und lag während des ganzen Marsches von Nürnberg her auf einem Bagagewagen«, seufzte Steenholm. »So ziemlich jeder in der Armee hätte sich im Schutz der Nacht dort zu schaffen machen können ...«

»Aber wie, beim siebenfach Geschwänzten, wollt Ihr dann weiterkommen?« schnaubte Knyphausen.
»Indem ich noch einmal hinaus aufs Schlachtfeld reite, und zwar in Begleitung der Finnen, die dort überlebt haben«, antwortete Björn und reichte dem Haudegen den Brustpanzer. »Euch bitte ich, den Harnisch zurück zum Herzog von Weimar zu bringen und ihm zu melden, was ich bislang herausgefunden habe ...«
Damit verließ der blonde Offizier das Zelt. Knyphausen schüttelte verblüfft den Kopf, während draußen der Hufschlag des isabellfarbenen Hengstes aufklang.

Die Geier hatten sich dermaßen mit Leichenfleisch vollgefressen, daß ihnen vorübergehend die Flugfähigkeit verlorengegangen war. Torkelnd, dösend, Schnäbel und Gefieder mit Blut und Schlimmerem beschmiert, bevölkerten sie das Schlachtfeld. Zwischen ihnen bewegten sich die ebenfalls übersättigten Raben und Krähen, schlichen mit prallen Wänsten die verwilderten Hunde.
Noch grauenhafter war der Anblick der überall verstreuten Kadaver von Mensch und Tier. Krepierte Rösser, aus deren aufgeschlitzten Bäuchen das Gedärm gequollen war, lagen in dunkel schillernden Lachen. Über ihnen schwirrten in metallischen Wolken die Schmeißfliegen; Rattenrudel huschten zwischen den zum Himmel starrenden Gliedmaßen. Und ebenso waren auch die gefallenen Soldaten längst zum Fraß für die gierigen Nager und Insekten geworden; hundert- und tausendfach zeigte der gewaltsame Tod an

den geschändeten Körpern und gebrochenen Augen seine entsetzliche Fratze.
Björn Steenholm, die Lippen wie im Krampf zusammengepreßt, lenkte seinen Hengst vorsichtig um den hingestreckten Leib eines Musketiers herum, dem eine Kugel den halben Schädel weggerissen hatte. Als die süßliche Dunstwolke hinter ihm lag, wandte sich der Blonde dem finnischen Hauptmann an seiner Seite zu: »Es ist kaum zu ertragen! Die Begräbnistrupps werden noch Tage zu tun haben, ehe der letzte Leichnam im Massengrab verscharrt ist.«
»Und bis dahin, zumindest in den Nächten, werden weiterhin die Leichenfledderer ihr Unwesen treiben können«, erwiderte grimmig der andere Offizier. Er deutete auf einen Gefallenen, auf dessen Brust neben dem Handstumpf drei säuberlich abgetrennte Finger lagen. »Der Kornett besaß wohl einen wertvollen Degen, der sich nicht sofort aus der verkrampften Faust lösen ließ«, knurrte er empört.
Unwillkürlich erinnerte Björn sich an die beiden Pagen des Königs und den Stallmeister, die zusammen mit Gustav Adolf gestorben waren. Auch der Leubelfing hatte eine Waffe sein eigen genannt, die unter Brüdern ein Dutzend Goldstücke wert war ...
Doch als der Trupp der von ihrem Hauptmann und Steenholm geführten Hellebardiere den bewußten Platz erreichte, stellte sich die unausgesprochene Befürchtung Björns als gegenstandslos heraus. Im Gegensatz zu denen der einfachen Landsknechte waren die Leichen Thorgeirs und der Pagen geborgen worden. »Es heißt, sie seien inzwischen ebenfalls in der Churspitzer Kirche aufgebahrt worden; zu Füßen des Königs dort«, erklärte der Hauptmann des zusammengeschmolzenen finnischen Haufens – und riß damit

unwillentlich die Wunde Steenholms erneut auf. Gleichzeitig aber stachelte der Schmerz seinen Drang nach Aufklärung des heimtückischen Attentats auf Gustav Adolf weiter an.

Entschlossen trieb er den Hengst noch einige Pferdelängen über die schauerliche Stelle hinaus, bis er den Ort erreicht hatte, wo am Vortag das Karree der Hellebardiere gekämpft hatte. Erst dort saß er ab und nahm den Platz zunächst kurz noch einmal in Augenschein. Dann, nachdem die Landsknechte sich um ihn und ihren Offizier geschart hatten, stellte Björn ihnen seine Fragen nach den Reitern in den schwarzen Harnischen und Mänteln.

Ein hünenhafter Hellebardier, der den rotblonden Schopf zum Hahnenkamm geschoren trug, beteuerte: »Einmal abgesehen von der kroatischen Karabinerkugel, die ihn gleich zu Anfang am Arm verwundete, kam kein einziger der Schüsse, die dem König den Tod brachten, von der feindlichen Front herüber! Schon der erste, der den König am Kopf traf, wurde ohne jeden Zweifel dort drüben abgebrannt ...« Der Mann deutete die Richtung an. »Genau dort, hinter diesem Gebüsch, das gestern freilich fast vom Nebel verhüllt war, stach die Feuerzunge aus den Schwaden – und ich schwör's bei Christi Blut, daß dorthin kein einziger Kroate vorgedrungen war!«

»Die katholischen Teufel attackierten alle von jenseits dieses Rinnsals, hinter dem wir uns nicht ohne Grund aufgestellt hatten«, bestätigte ein anderer. »Der Morast nahm den Gäulen zumindest ein klein wenig den Schwung. Und die Kroaten vermieden es tunlichst, über den schlüpfrigen Grund hin zu jenen Büschen zu preschen; hätten sich zu leicht den Hals dabei brechen können ...«

»Also muß jemand anderer aus dem Nebel gefeuert haben!« stellte Steenholm fest. Er wandte sich wieder dem Rotblonden mit dem Hahnenkamm zu: »Und du sagst, daß auch alle anderen Schüsse von hier drüben abgebrannt wurden?«
»Daran kann es überhaupt keinen Zweifel geben, denn gleich nach der ersten Detonation galoppierten ja schon die schwarzen Reiter dort aus dem Nebeltreiben heraus ...«
»Jawohl! Vier an der Zahl waren es! Die reinen Leibhaftigen!« riefen jetzt mehrere Finnen gleichzeitig.
»Und ihr seid völlig sicher, daß bei dem Gebüsch nicht doch Dragoner Isolanis Fuß gefaßt hatten?« insistierte Björn. »Möglicherweise wurdet ihr umgangen?«
»Es waren keine kroatischen Truppen«, versicherte der Hauptmann. »Die hätten wir sofort an ihren Uniformen erkannt.«
»Außerdem trugen die Dragoner Isolanis, mit denen wir uns schlugen, Karabiner als Sattelwaffen«, wandte ein weiterer Landsknecht, der den Arm in einer blutverkrusteten Binde trug, ein. »Die Angreifer jedoch, die aus dem Nebel kamen, feuerten aus Pistolen ...«
»Und zwar hatte jeder von ihnen ein Paar! So mancher Offizier könnte sich eine solche Armierung nicht leisten!« rief der Sergeant der finnischen Kompanie. »Doch sie, die schwarzen Teufel, vermochten zwei Salven unmittelbar hintereinander abzugeben!«
»Das bedeutet einmal mehr: Es waren keine regulären Soldaten!« wandte sich der Hauptmann der Hellebardiere an Steenholm. »Ebenso ist sicher: Sie konnten an dieser Stelle nicht von der gegnerischen Seite aus hinter unsere Linie vordringen! Aber vielleicht – wenn wir schon vom Herzog von Friedland als Drahtzieher und nicht von jenem anderen reden, der ebenfalls einen

solch hochadligen Titel trägt – hatten sich andere Kämpfer Wallensteins bereits vorher in unsere Reihen eingeschlichen und sich verborgen, um eine günstige Gelegenheit abzuwarten ...«

»Wir wollen es immerhin einmal durchspielen«, überlegte Björn. »Schwarz gepanzerte kaiserliche Eliten also ... Es steht, das weiß ich genau, nur eine einzige derartige Truppe unter den Fahnen des Friedländers ...«

Er befragte erneut die Schar der Hellebardiere: »Wer von euch kann mir die Rüstungen der vier Reiter genau beschreiben?«

Übereinstimmend erklärten die Landsknechte, daß die Attentäter offene Helme, Brustharnische und Eisenschurze, dazu hohe Stiefel unter ihren Mänteln getragen hatten.

»Die schweren Dragoner Wallensteins hingegen, die ich meinte, sind von Kopf bis Fuß in schwarzen Stahl gepanzert. Sie ähneln in diesen Rüstungen mit den geschlossenen Helmen den Rittern der alten Zeit«, sagte Björn wieder zum Hauptmann der Finnen. »Wir können damit ebenfalls verneinen, daß der Friedländer einige seiner Panzerreiter aussandte, um den König zu meucheln. Dann aber bleibt nur noch eine einzige Lösung: Die Mörder pirschten sich aus unseren eigenen Reihen an Gustav Adolf heran ...«

»Das hieße aber doch, sie hätten tatsächlich zu unseren Verbänden gehört!« erwiderte der Offizier mit gedämpfter Stimme. »Ganz so, wie einige unter uns bereits gestern in der Kirche von Churspitz vermuteten ...«

Steenholm nickte. »Ich habe den Lauenburger seither auch keinen Augenblick vergessen! Ich wollte nur sichergehen, daß alle anderen Möglichkeiten ausge-

schlossen werden können, ehe wir uns mit ihm befassen ...«
Der Sergeant hatte den kurzen Wortwechsel zwischen den beiden Offizieren mitbekommen und konnte sich jetzt nicht mehr zurückhalten: »Schon die ganze Zeit frage ich mich, wann endlich die Rede auf die Kanaille kommt?!« platzte er heraus. »Der Herzog von Lauenburg, Gott strafe mich, war es doch, der die Majestät in der größten Not im Stich ließ, während wir anderen wie die Berserker kämpften!«
»Berichte genau!« forderte Steenholm den Feldwebel auf. »Die geringste Einzelheit ist wichtig! Wenn du kannst, dann beschreibe mir jede Bewegung, die der Lauenburger machte!«
»Das ist schnell geschehen«, schnaubte der Sergeant. »Denn der Hundsfott, verzeiht Herr, befand sich ja nur für einen ganz kurzen Augenblick in unserer Nähe!«
Björn erinnerte sich, wie er selbst während der Attacke Gustav Adolfs die Fahne des Lauenburgers vermißt hatte; wie er sich gefragt hatte, wo denn eigentlich die Leibtruppe geblieben sei. Doch er hatte damals vermutet, der Herzog sei im Gewühl der Schlacht lediglich versprengt worden.
Jetzt aber beteuerte der Feldwebel grimmig: »Der herausgeputzte Geck steckte sonstwo, während der König die allererste Verwundung empfing: die am Arm. Dabei hätte er sich als Befehlshaber der Leibwache doch da schon schützend zwischen die Majestät und den Feind werfen müssen, wenn er seine Pflicht wirklich getreu hätte erfüllen wollen. Doch er muß sich zu diesem Zeitpunkt irgendwo im Hintertreffen herumgetrieben haben. Jedenfalls sah ich ihn nicht, und ebenso erging's meinen Kameraden; jeder von uns sagt das ...«
Der Sergeant schnaubte sich zwischen zwei Fingern die

Nase und fuhr fort: »Und auch dann, als der König den Streifschuß ins Gesicht kriegte und unmittelbar darauf sein Stallmeister ihn in den Schutz unseres Karrees retten wollte, war weit und breit keine Spur des Lauenburgers zu sehen ...«
»Obwohl er mit seiner berittenen Truppe als einziger einen raschen Gegenstoß hätte führen können!« fiel der finnische Hauptmann ein.
»Doch statt dessen preschte er just in dem Moment heran, als die Majestät schon fast in Sicherheit war!« rief der Feldwebel. »Und stellte sich dabei dermaßen hirnrissig an, daß sein außer Rand und Band geratener Schweißfuchs den König auch noch in Richtung auf das vermaledeite Gebüsch drückte. Zu den Sträuchern hinter den Nebelfetzen, aus denen gerade in diesem Augenblick sowieso schon auf ihn gefeuert worden war! Ja, und dann, nie im Leben werde ich's vergessen können, passierte das Schreckliche, das Gustav Adolf samt seiner engsten Bedeckung das Leben kostete! Und der Lauenburger, der Tölpel mit seiner geckenhaften Feldbinde, hielt es noch nicht einmal für nötig, sich wenigstens jetzt um den Schutz der Leichen zu kümmern! War einen Herzschlag später erneut verschwunden; wie von der Hölle verschluckt ...«
»Und keiner von euch sah, wohin er ritt?« fragte Björn Steenholm.
»Weg war er, wie ein Gespenst ...«, wiederholte der Sergeant; andere Landsknechte nickten bestätigend.
Doch Björn schaute plötzlich durch sie hindurch, als hätte er sie völlig vergessen. Sein Blick schien sich an der morastigen Stelle festzusaugen, wo Gustav Adolf verblutet war; noch einmal glaubte er das letzte Röcheln des Königs zu hören: »Die schwarzen Reiter ... Die Geier des Todes ... Die ...«

Die Worte hatten sich tief in sein Inneres eingebrannt – und dennoch hatte er bis jetzt den vollen Umfang des dunklen Vermächtnisses nicht wirklich begriffen!
Der dreibastige Feldwebel erschrak, als Steenholm plötzlich auf Tuchfühlung an ihn herantrat und mit einem bedrohlichen Glimmen in den hellen Augen fragte: »Was war das für eine Feldbinde, von der du eben sprachst?«
»Die des Lauenburgers ...?« Unwillkürlich wich der Mann einen Schritt zurück.
»Beschreib sie mir! Ganz genau!« forderte Björn.
»Nun, ich sagte ja schon, sie hätte besser zu einem Gekken als zu einem protestantischen Offizier gepaßt«, erwiderte der Sergeant. »Die Farben bissen sich richtig: der rote Schweißfuchs und diese grüne Schärpe ...« Der Sprecher spuckte aus. »Ein anständiger Soldat hätte sich geschämt in einem solchen Aufzug! Denn eine Schlacht ist kein Fastnachtstreiben, möchte man meinen ...«
»So war der Lauenburger der einzige, der eine derartige Feldbinde trug?« fragte Steenholm; seine Faust umkrampfte dabei den Schwertgriff.
»Weit und breit!« versicherte ein halbes Dutzend Landsknechte. Der finnische Hauptmann fügte hinzu: »Im gesamten schwedischen Heer, die Hilfstruppen nicht ausgenommen, wäre mir keine derartige Schärpenfarbe bekannt. Übrigens ist sie mir am Lauenburger auch nicht aufgefallen, als ich ihn am Morgen im Gefolge des Königs sah ...«
»Er trug die Feldbinde also nur in dem Moment, als unmittelbar vor dem Tod Gustav Adolfs alles drunter und drüber ging, ja?!« vergewisserte sich Björn.
»Ganz so sieht's aus!« nickte, jäh begreifend, der andere Offizier.

»Dann muß ich sofort zurück ins Lager!« Steenholm pfiff dem Isabellfarbenen und schwang sich in den Sattel.
»Aber warum denn gar so eilig?« brummelte der Hellebardier mit dem Hahnenkamm. »Ich dachte, wir hätten's nach all der Mühe verdient, daß Ihr uns einen Humpen spendiert ...«
Björn besann sich kurz, warf dem Mann eine Münze zu und erwiderte, ehe er dem Hengst die Sporen gab: »Vertrink's mit deinen Kameraden! Aber tut's auf anständige schwedische Weise – während ich, so fürchte ich, auf die kroatische Art pokulieren muß ...«
Mit diesen rätselhaften Worten sprengte er davon; entgeistert blickten ihm die Finnen samt ihrem Hauptmann nach.

Seit etwa einer Stunde stand der wallensteinsche Offizier mit widerborstiger Miene vor Steenholm und Knyphausen. Letzterer hatte, nachdem er von Björn eingeweiht worden war, den Major als den ranghöchsten Chargen unter den zahlreichen Gefangenen ausfindig gemacht und sodann verstärkte Posten vor seinem Zelt aufziehen lassen, so daß kein Unbefugter zum Störenfried werden konnte.
»Ich werde Euch jetzt zum allerletzten Mal eine einfache Frage stellen, Herr«, sagte Steenholm soeben zu dem etwa vierzigjährigen Kroaten mit der wilden Haarmähne und dem zynischen Ausdruck in den Augen, den trotz seiner mißlichen Lage nach wie vor die Aura eines skrupellosen Marodeurs umgab. »Antwortet Ihr so, wie ich es mir erhoffe, dann können wir einen Becher Wein

zusammen trinken und als anständige Gegner wieder auseinandergehen. Macht Ihr allerdings noch länger Schwierigkeiten, dann ...«

»Mein Name ist Radovan Freiherr von Krajanic«, fiel ihm der Major ins Wort. »Ich kommandiere eine serbokroatische Eskadron unter dem Grafen Isolani – und ansonsten«, er grinste verzerrt, »werdet Ihr einen Dreck von mir erfahren!«

Scheinbar unbeeindruckt nickte Björn und deutete auf einen bereits gefüllten Pokal, der auf einem schmalen Tisch neben dem Gefangenen stand. »Ihr wollt also lieber auf die Stärkung verzichten?«

Erneut verzog der Freiherr auf infame Weise die Lippen – und spuckte im nächsten Moment zielsicher in das Trinkgefäß. »Sauf du es aus! Auf den Sieg der katholischen Sache!« fuhr er den Schweden an.

»Wie Ihr wollt, Herr!« Zusammen mit dem kurzen Satz kam der Faustschlag Björns; gleich einem gefällten Ochsen brach der Major zusammen.

Blitzschnell griff Knyphausen mit zu, und als dem Kroaten das Bewußtsein zurückkehrte, fand er sich mit Hilfe eines Pferdeknebels kniend über die kurze Seite der Tischplatte geschnallt; seine Arme wurden von einem weiteren Riemen so am anderen Ende festgehalten, daß die Hände gerade bis zur Kante reichten und die Finger sich darüber krümmten. Während er sich nun aufbäumte, ohne dabei jedoch die Fesseln lockern zu können, schleuderte Knyphausen den bewußten Pokal feixend in eine Ecke und füllte aus einer Branntweinkanne zwei neue.

Björn wiederum öffnete den Deckel einer Truhe, holte zwei Pistolen heraus, legte sie im Blickfeld des Majors ab und zog die Hähne über den Steinschlössern auf. Dabei erklärte er dem Kroaten, der jetzt aus blutunterlaufenen Augen starrte, was er aufgrund seiner Widerspenstigkeit zu erwarten hatte: »Da Ihr Euch weigert, friedlich mit uns zu trinken, wird Euch vielleicht ein Brauch zur Kooperation bewegen, den Ihr aus Eurer Heimat kennt, weil er dort erfunden wurde. Es ist ein Spiel, das meinem Kameraden und mir sicher viel Freude machen wird, denn es geht sehr feuchtfröhlich dabei zu ...«

»Prosit!« fiel in diesem Moment Knyphausen ein, reichte einen der Becher Björn und stieß mit ihm an. Dann, während der Major etwas Unverständliches gurgelte, gossen die beiden Schweden sich ein gehöriges Quantum hinter die Binde.

Björns Stimme klang eine Spur rauher als zuvor, als er, ebenso wie Knyphausen, nach einer Pistole griff, auf den Kroaten anschlug und weitersprach: »Ein kräftiger Schluck als Zielwasser – dann Feuer! Und so immer weiter, solange wir dazu lustig sind! Wer von uns beiden bei einem Durchgang den kürzeren Finger trifft, spendiert die nächste Runde! Geht aber eine Kugel aus Versehen in Euren Schädel, mein Herr, was wir natürlich nicht hoffen wollen, so kostet's den Sudelschützen ein ganzes Fäßchen vom Besten ...«

Wiederum setzte der wallensteinsche Major verzweifelt zum Reden an, drang jedoch nicht durch, denn nun räsonierte der alte Haudegen: »Meckert doch nicht andauernd, Herr! Scheint ja fast so, als hättet Ihr etwas gegen unsere Kurzweil! Dabei müßtet Ihr das Spielchen doch wirklich schätzen! Ihr und Euresgleichen habt's doch schon hundertmal so mit unbewaffneten Bauern getrieben, nachdem Ihr im Überschwang Eurer Siege deren Höfe niedergebrannt hattet!« Mit diesen Worten schlug auch Knyphausen an, nickte Björn zu und schloß: »Da ich in meinem Leben schon mehr Pulverdampf gerochen habe als Ihr, Kamerad, lasse ich Euch den Vortritt ...«

Doch im gleichen Moment vermochte der Kroate, dem unter der wilden Haarmähne nun der kalte Schweiß auf der Stirn stand, sich endlich zu artikulieren: »Halt! Stellt Eure Frage!«

Björn und der Haudegen wechselten einen gespielt enttäuschten Blick; unschlüssig schwankten die Pistolenläufe.

»Bitte! Bei der Madonna!« jammerte der nun völlig gebrochene Major.

»Also gut«, schien Björn sich endlich zu überwinden. »Es geht um gewisse Feldbinden, die gestern auf Eurer Seite in der Schlacht getragen wurden. Um Schärpen von etwas ungewöhnlicher Art ...«

»Nämlich?!« Der Kroate verschluckte sich vor Eifer erneut.

»Was bedeutete eine grüne Feldbinde in Eurer Armee?« wollte Björn wissen und spielte dabei wie von ungefähr mit dem Hahn seiner Waffe.

»Eine was ... eine grüne ...«, stotterte der Major.

»Jawohl! Nicht rot, nicht blau, sondern genauso grün wie das Gras auf dem Schindanger, wo man Kanaillen wie Euch verscharrt!« fuhr ihn Knyphausen an.

»Grüne Schärpen trug gestern allein der Stab Wallensteins«, keuchte der Kroate.

»Zur Maskerade, oder was?!« stieß Björn nach.

»Es war ein Erkennungszeichen, das allen anderen Angehörigen der kaiserlichen Armee zeigte, daß sie den Träger einer solchen Feldbinde notfalls mit dem eigenen Leben zu schützen hätten«, erklärte der schwitzende Major.

»Und Ihr habt Euer eigenes Leben gerettet, weil Ihr uns das endlich gesteckt habt«, grinste Knyphausen und

pfiff, während Steenholm die Fesseln des Kroaten zu lösen begann, den Wachen. Der Gefangene, dem die beiden Schweden den Schneid so gründlich abgekauft hatten, wurde weggeführt.
Als die Schritte draußen verklungen waren, resümierte Björn: »Damit ist sonnenklar, was der Herzog von Lauenburg mit dem Tragen der grünen Schärpe bezweckte! Sie schützte ihn, als er unmittelbar vor dem Attentat auf Gustav Adolf bei ihm auftauchte, vor jeder feindlichen Waffe! Obwohl er sich scheinbar mutig ins Getümmel geworfen hatte, war er dennoch gegen Hieb und Stich seitens der Truppen Isolanis und des Pappenheimers gefeit! Und konnte auf diese Weise unangefochten seinen infamen Anschlag betreiben! Mehr noch: Anschließend erlaubte ihm die Feldbinde die gefahrlose Flucht durch die gegnerischen Reihen und später die Rückkehr auf unsere Seite, während er uns dann in der Kirche von Churspitz weismachte, er sei nach dem Tod des Königs im Strudel der Schlacht versprengt worden und habe sich nur mit knapper Not wieder hinter die eigenen Linien retten können ...«
»So also verschaffte sich der Hundsfott die Tarnung und hetzte dabei auch noch ein Großteil seiner Soldaten in den Untergang, denn von denen besaß natürlich keiner das vermaledeite Erkennungszeichen«, knurrte Knyphausen. »Himmel, Arsch und Bombenelement! Hätte ich ihn in Händen, ich würde ihn noch ganz anders traktieren als soeben den Kroaten; Hochadel hin, Justiz der Federfuchser her!«
»Ich kann's Euch sehr gut nachempfinden«, erwiderte Björn. »Dennoch – wirklich überführt ist der Lauenburger durch das, was wir in Erfahrung gebracht haben, noch nicht. Es sind letztlich nur Indizien, die wir in der Hand haben ...«

»Aber sie fügen sich zusammen!« versetzte der Haudegen. »Der lahme Leibschimmel, die verkürzten Harnischriemen, jetzt die grüne Schärpe ...«
»Deren Bedeutung wir mühsam genug geklärt haben, während der Lauenburger ganz offensichtlich schon vor der Schlacht gewußt haben muß, daß der Stab Wallensteins sie am entscheidenden Tag tragen würde«, fiel Steenholm ein. »Und das ist nun allerdings das deutlichste Indiz dafür, daß der Herzog ein Hochverräter ist, der mit dem Feind im Einvernehmen stand!«
»Ein Hochverräter, den Ihr um jeden Preis zur Strecke bringen und zur Rechenschaft ziehen werdet! Schwört es, Björn!« knirschte Knyphausen.
»Diesen Eid habe ich längst geleistet – am Katafalk in der Kirche von Churspitz«, antwortete der blonde Offizier leise.
Knyphausen nickte knapp und machte Anstalten, zur Bekräftigung des Abkommens noch einmal die Trinkbecher zu füllen. Doch dann, wie unter einer jähen Eingebung, wandte er sich wieder Steenholm zu und sagte: »Eines muß ich noch wissen, mein Freund. Hättet Ihr tatsächlich geschossen, wenn der Kroate sich noch länger gesperrt hätte? Ich meine, es wäre, auch wenn der Zweck gelegentlich die Mittel heiligt, nicht gerade ritterlich gewesen ...«
Steenholm nahm die wieder auf der Truhe liegenden Waffen noch einmal an sich, spannte die Hähne, richtete die Läufe gegen das Zeltdach und brannte beide Pistolen los. Doch es geschah nichts weiter, als daß die Zündladungen auf den Pfannen aufflammten.
Knyphausen atmete erleichtert aus. »Respekt, Kamerad! Und verzeiht, wenn ich Euch in Verdacht hatte! Nur gut, daß dieser Radovan Krajanic nichts ahnte ...«

»Er fiel deswegen auf die List herein, weil er selbst keine Skrupel gekannt hätte«, antwortete Björn. »Das ist die Methode, auf die man gegenüber solchen Marodeuren setzen muß: den Spieß umdrehen und sie mit ihren eigenen Mitteln schlagen!«

»Vermutlich wird es nicht das letzte Mal gewesen sein, daß Ihr auf solche Weise vorgehen müßt«, nickte Knyphausen.

»Ich fürchte«, sagte Björn Steenholm. »Aber auch die Beschäftigung mit gewissen Zauberkünsten kann einen manchmal weiterbringen ...«

»Eh?!« machte der Haudegen, doch der Blonde äußerte sich nicht näher. Er warf, ehe er das Zelt verließ, Knyphausen lediglich noch den Satz hin: »Solltet Ihr mich brauchen, dann sucht mich beim Profos ...«

6
DER FOLTERTURM

Ein Rudel Halbwüchsiger umringte die rot bemalte, brusthohe Bretterwand; die Burschen brüllten Zoten, die Mädchen kreischten höhnisch Beifall. Dann ging eine der abgerissenen Gören in die Knie, buddelte ein schlaffes Fellbündel aus dem Morast – und schleuderte den Katzenkadaver unter dem begeisterten Aufjohlen der anderen gegen die Frau, die am Pranger stand. Der bereits in Verwesung übergegangene Tierkörper platzte auf, als er die Planke hart neben der Stirn der Delinquentin traf. Stinkende Eingeweide streiften die Wange der Bedauernswerten, die nicht ausweichen konnte, weil Hals und Hände in den engen Löchern der Schandbühne festgeklemmt waren. Nur ein flehendes Wimmern war der Dunkelhaarigen möglich; ein Winseln, das sich jäh zu einem spitzen Schrei steigerte, als einer der Burschen heransprang, den Kadaver erneut aufnahm und Anstalten machte, ihn der jungen Frau nun direkt ins Gesicht zu schlagen.

Im gleichen Augenblick jedoch, in dem der Hilferuf aufgellte, setzte ein großes isabellfarbenes Roß über die miteinander verketteten Deichseln zweier Planwagen am Rand des Platzes. Erschrocken prallten die Halbwüchsigen zurück und flohen Hals über Kopf. Der Kadaver versank wieder im gurgelnden Schlamm, während Björn Steenholm seinen Hengst vor dem Pranger zum Stehen brachte.
Als er aus dem Sattel sprang, erkannte er, daß die Delinquentin nicht diejenige war, die er suchte. Er hatte sich von ihrer Lage und dem dunklen Haar täuschen lassen, doch nun sah er, daß ihre Augen im Gegensatz zu denen der anderen hell und ihre Gesichtszüge nicht südländisch waren. Dennoch nickte er mitleidig, als sie jetzt ein einziges Wort keuchte: »Bitte!«
Er holte die Wasserbütte heran, die hinter der rotgestrichenen Plankenwand stand, und reinigte die Wange der so brutal abgestraften Dirne. Nachdem sie ihren Dank gestammelt hatte, erkundigte er sich: »Bist du das einzige Weib im Gewahrsam des Profos? Oder gibt's irgendwo noch eine andere? Eine mit ähnlich schwarzem Haar wie du, aber eine Welsche ...«
»So eine hab' ich nicht gesehen«, verneinte die Hure. »So gern ich Euch helfen würde, Herr. Doch die Schergen müßten mehr wissen ...«
»Das dachte ich auch, habe aber den Profos nicht in seinem Quartier gefunden«, sagte Björn.
»Weil er mit den Bütteln schon wieder zu den anrüchigen Karren geritten ist«, erwiderte die Dirne. »Will sich, scheint's, noch ein paar andere meinesgleichen greifen ...«
»Habt ihr's denn gar so arg getrieben?« wunderte sich der Blonde.
»Nun ja, nach der Schlacht gab's schon ein paar Beutel-

schneidereien mehr als sonst«, gestand die Delinquentin. »Wär' ja auch kein Wunder, wenn die Landsknechte derart mit den Goldfüchsen protzen. Aber ich bin unschuldig, Herr! Ich schwör's Euch ...«
»Ich glaube es dir aufs Wort«, versetzte Björn mit leicht spöttischem Unterton, schwang sich wieder in den Sattel und preschte in die Richtung davon, die ihm die Dirne gewiesen hatte.
Auf halbem Weg zum Hurenquartier stieß er auf den Profos und drei seiner Büttel, die zwei weitere Venusdienerinnen mit sich schleppten. Steenholm gab dem Stock- und Blutrichter einen Wink; als die beiden Pferde etwas abseits der traurigen Gruppe gingen, erkundigte Björn sich erneut nach der Welschen.
Die Antwort, die ihm der Profos gab, erstaunte ihn: »Die Südländische mit dem rabenschwarzen Haar? Kaum hatte der Lauenburger sie mir am Vorabend der Schlacht in Gewahrsam gegeben, mußte ich sie schon wieder freilassen. Der Leubelfing kam und verlangte es ...«
»Der Page des Königs?« wunderte sich der Blonde. »Wie kam der denn dazu?«
»Er handelte im Auftrag der Majestät. Gustav Adolf mißbilligte offenbar das scharfe Vorgehen des Lauenburgers; war wohl auch der Meinung, die Frau hätte nichts Böses getan.« Der hartgesottene Profos schnaubte sich zwischen zwei Fingern die Nase. »Eine barmherzige Tat des Königs war es, kurz vor seinem Tod noch ...«
Schmerzlich sog Björn die Luft ein, ehe er fragte: »Ihr wißt nicht, was dann aus der Welschen wurde?«
»Nein, aber vermutlich wird sie zurück zu ihren Gefährten gegangen sein«, antwortete der Profos. »Ich würde sie an Eurer Stelle bei den Gauklern und Spiel-

leuten suchen, wenn es für Euch so wichtig ist ...« Er besann sich und setzte hinzu: »Seid Ihr hinter ihr her wegen der dunklen Worte, mit denen sie vorgestern vor allem den Herzog von Lauenburg so in Rage brachte?«
Der Blonde nickte, bat aber: »Behaltet es für Euch!« Dann gab er dem Hengst die Sporen und galoppierte unter dem Johlen der beiden Dirnen, die ihren Dämpfer erst noch erhalten würden, davon.

Der junge Zigeuner, der auf seiner Mandoline geklimpert und das Spiel beim Auftauchen des Reiters auf dem isabellfarbenen Hengst jäh abgebrochen hatte, starrte mißtrauisch.
»Ich versichere dir noch einmal, daß ich ihr nichts Böses will«, sagte Björn eindringlich.
»Das behaupteten die anderen auch, die vorletzte Nacht hier auftauchten und nach ihr suchten«, murmelte der Bursche störrisch.
»Welche anderen?« wollte Steenholm, hellhörig geworden, wissen.
Der Zigeuner zuckte die Achseln.
»Männer des Königs, so wie ich, können es kaum gewesen sein«, insistierte der Blonde nach kurzem Überlegen.
»Ist das nicht einerlei?« Der Bursche mit dem dunklen Teint warf sich die Mandoline über die Schulter und machte Anstalten, zwischen dem armseligen Wagen und einem daneben grasenden struppigen Pony zu verschwinden.
Björn packte seinen Arm, achtete nicht auf das zornige

Aufblitzen in den Augen des anderen. »Vertrau mir doch endlich!« bat er.
»Ich wüßte nicht, warum ich sollte! Und befehlen könnt Ihr mir auch nichts! Ihr tragt keine Uniform!« Die Hand des jungen Zigeuners näherte sich unmißverständlich dem Griff des Krummdolches, den er im Gürtel trug. Björn spürte: Wenn der Bursche blank ziehen würde, dann würde er es blitzschnell wie eine Viper tun. Bei diesem Gedanken spannten auch seine Muskeln sich an. Und dann fühlte er plötzlich die Anwesenheit einer zweiten Person in seinem Rücken: Etwas Kaltes schien seine Wirbelsäule entlangzugleiten.
Als er herumfuhr, starrte er in ein unergründliches Augenpaar: schwarz wie die Nacht, uralt, dennoch mit seinem sehr lebendigen Glühen in den Pupillen. Die Greisin aus dem geheimnisvollen Volk griff langsam nach seiner Linken, bog ihm die Finger auf und senkte ihren Blick auf den Handteller.
In einer Art von kurzem Schwächegefühl, das jedoch keineswegs unangenehm war, hatte der junge Offizier die Empfindung, als weiche sein Wille auf. So schnell, wie der Schauer gekommen war, verschwand er wieder, und dann hörte Björn die alte Zigeunerin murmeln: »Es ist gut ...«
Im gleichen Moment ging nicht mehr die geringste Bedrohung von dem Mandolinenspieler aus; er machte vielmehr eine einladende Geste zur Halbtür des Planwagens und kletterte hinauf. Björn folgte ihm. Wenig später, als sich ächzend auch die Greisin auf ihren Platz unter dichten Büscheln getrockneter Kräuter gesetzt hatte, erfuhr er, was er wissen wollte.
»Es waren böse Männer, die nach Adjana suchten«, drang die heisere Stimme der Alten durch das Halbdunkel. »Sie kamen, nachdem der Henker des Königs

sie wieder freigelassen hatte. In tiefer Nacht kamen sie und schleppten sie weg zu den Zelten ihres Herrn ...«
»Welches Herrn?!« unterbrach Steenholm erregt.
»Desselben, der sie zuvor schon auf sein Pferd gerissen und dem Profos übergeben hatte«, antwortete der Zigeuner.
»Der Lauenburger!« stöhnte Björn. »Was geschah weiter?! Wißt ihr es?!«
»Die bösen Männer mißhandelten Adjana. Sie schlugen sie und bedrohten sie mit dem Tod«, klagte die Alte.
»Wir erfuhren es, nachdem sie während der Schlacht geflohen und zurückgekehrt war«, fiel der Mandolinenspieler ein. »Weil ihre Peiniger nun wohl anderes zu tun hatten, wurde sie gefesselt, aber ohne Bewachung zurückgelassen, und es gelang ihr, sich zu befreien ...«
»Sie war voller Blut und sehr schwach«, fuhr die Alte fort. »Doch meine Kräuter linderten ihre Schmerzen. Als endlich die Nacht kam, in welcher der Tod des Königs betrauert und der Sieg gefeiert wurde, hätte sie trotz allem Ruhe finden können ...«
»Hätte ...?!« stieß Björn ahnungsvoll hervor.
»Ihre Entführer kamen zurück!« Nackter Haß schwang in den Worten des jungen Zigeuners mit. »Und sie verschleppten Adjana erneut! Wir hätten es kaum verhindern können, denn die Männer waren schwer bewaffnet. Was vermögen Messer gegen Reiterpistolen und Schwerter ...?!«
Die Augen des Blonden glühten jäh auf. »Reiterpistolen, sagst du?!«
»Böse Waffen!« bestätigte die Greisin, während der Bursche nickte. »Und ebenso schrecklich war die Aura der Männer. Sie verdunkelte die Sterne, als sie mit der gefesselten Adjana verschwanden.«

»In welche Richtung?« wollte Björn wissen.
»Die Fährte der Reiter wies nach Südosten«, antwortete die Alte.
»Und ihr habt es so einfach geduldet? Habt noch nicht einmal einen Versuch gemacht, die junge Frau zu retten?« Steenholms Stimme klang tadelnd.
»Wir achteten Adjana, doch sie war keine von unserer Sippe«, erwiderte der Mandolinenspieler. »Sie besaß auch sonst keinen Anhang. Sie lebte lediglich seit einigen Monaten in unserer Nähe, weil unsere Ahnin und sie sich ähnlich waren. Wieso also hätte einer von uns sein Leben für sie aufs Spiel setzen sollen?«
Björn begriff. Er konnte den Zigeunern keinen Vorwurf machen. Sie gehorchten ihren ureigenen Gesetzen. »Ich danke euch«, nickte er. »Ihr habt mir geholfen – und damit vielleicht auch Adjana ...«
Die Greisin erwiderte mit geschlossenen Augen und seltsam abwesender Stimme: »Du wirst weitere Hilfe bekommen, wenn es dir gelingt, sie lebend zu finden ... Aber du mußt dich beeilen, denn ich sehe, daß der Faden zu reißen droht ... Und wenn er reißt, dann kannst du das Vermächtnis des toten Königs nicht mehr erfüllen ...«

Ihr Verstand sagte Adjana, daß sie sich erst seit wenigen Stunden in der Gewalt ihrer Entführer befand, dennoch schien es ihr, als dauerten ihre Leiden bereits seit einer Ewigkeit an.
Da war zuerst, nachdem man sie aus dem Zigeunerwagen geraubt hatte, der wilde Ritt durch die Nacht gewesen. Auf den Rücken eines schweren Pferdes gefesselt,

den grobschlächtigen Mann hinter sich im Sattel, über dem Kopf den stinkenden Sack, waren ihr die gepeitschten Stunden endlos erschienen.
Jeder Roßtritt hatte schmerzhaft ihren Körper geprellt; die geilen Griffe des Halunken an ihren Schoß und die Brüste waren demütigend hinzugekommen. Sie hatte versucht, sich so gut wie möglich gegen all das zu verschließen, doch es war ihr in ihrer verzweifelten Situation letztlich nicht gelungen. Stunde um Stunde hatte sie mit anfangs wenigstens noch dumpfen, dann mit zunehmend überwachen Sinnen in der grausamen Realität ausharren müssen. Sie hatte mitbekommen, wie zunächst noch der große Pulk um sie herum gewesen war: mehrere Dutzend Reiter, deren Schweißdunst und Zoten mit jeder Meile ärger auf sie eindrangen. Dann, als sich allmählich das diffuse Licht des Morgengrauens durch das Sackrupfen gestohlen hatte, war die indifferente Bedrohung durch das Rudel umgeschlagen in eine andere, die Adjana noch mehr Furcht einjagte.
Nach einem kurzen Halt hatten die Geräusche des großen Pulks sich allmählich entfernt, und sie hatte begriffen, daß sie nun mit dem grobschlächtigen Kerl im Sattel hinter sich allein auf einem Seitenweg ritt. Im gleichen Moment, da ihr diese schreckliche Wahrheit völlig bewußt wurde, hatte die Kreatur zwischen zwei Galoppsprüngen brutal ihr Mieder zerrissen und ihre Brust freigelegt. Und nach ihrem Aufschrei hatte sie das obszöne Raunzen der Bestie vernommen: »Keine Angst, schwarze Hexe ... Jetzt will ich bloß mal kosten ... Erst später, wenn auch der Henker dabei ist, kommt das richtige Festmahl ...«
Teuflisch lachend, hatte er das Pferd weitergetrieben; während der folgenden Stunde hatte jeder Schritt ihre

Qual und Erniedrigung immer furchtbarer gemacht, bis sie dann endlich losgeknüpft, vom Sattel gezerrt und in das dämmrige rußgeschwärzte Loch gestoßen worden war. Drinnen hatte der Entführer ihr den Sack vom Kopf gerissen, so daß Adjana an der Mauer hinter der Feuerstelle die Handschellen und Peitschen, die spitzen Eisen, Zangen und Zwingschrauben sehen konnte: die Folterwerkzeuge.
Von diesem Moment an war der jungen Frau jeder einzelne gequälte Herzschlag wie eine unerträgliche Pein vorgekommen.

Die Holzbrücke über die Elster war zunächst durch etliche verirrte Kanonenkugeln in ihren Grundfesten erschüttert und sodann von flüchtenden wallensteinschen Truppen völlig zerstört worden. Jetzt lagen die zerbrochenen Balken und zersplitterten Planken als wirrer Trümmerhaufen auf dem Grund der Klamm; lediglich auf dem südlichen Abbruch des Hochufers ragte noch ein Bohlenrest einige Meter in die Leere über dem kleinen Fluß hinaus.
Auf dem Nordufer bäumte der isabellfarbene Hengst sich unwillig, als sein Reiter ihn angesichts des Hindernisses durchparierte. Die Hufe stampften die rötliche, kieseldurchsetzte Erde; Steenholm mußte das Tier einmal um seine eigene Achse kreisen lassen, damit es sich beruhigte. Dann, als das Roß stand, spähte Björn mit zusammengekniffenen Augen nach einer Furt weiter oben oder unten.
Doch er mußte schnell einsehen, daß die Brücke an der bei weitem günstigsten Stelle geschlagen worden war.

Links und rechts des Trümmerhaufens wurden die Flußleiten eher noch steiler, während hier zumindest eine schmale, schräg laufende Erdkerbe in die Tiefe führte. Also entschied der Blonde sich zuletzt, den Abstieg entlang dieser Rinne zu riskieren. Er entschloß sich außerdem, es auf dem Rücken des Hengstes zu tun, damit dieser, falls es zu Kalamitäten kommen sollte, nicht reiterlos wegpreschen konnte.

Ehe er das Wagnis begann, saß Björn allerdings trotzdem ab und kontrollierte Gepäck und Riemenzeug. Er vergewisserte sich, daß der Proviantsack und das Felleisen, in dem neben einigen persönlichen Habseligkeiten auch der Freibrief des Herzogs von Weimar steckte, sicher an den hinteren Sattelbug geschnallt waren; daß die beiden Pistolen stramm in ihren Holstern über den Knieledern steckten. Nachdem der Blonde auch die Bauch- und Schweifgurte des Isabellfarbenen geprüft und nachgezogen hatte, löste er das Schwertgehänge von den Hüften und befestigte es so auf seinem Rücken, daß die Griffe der schweren schwedischen Stahlklinge und des langen Dolches nach rechts über seine Schulter ragten. Erst als er auf diese Weise den Folgen eines möglichen Sturzes so gut wie möglich vorgebeugt hatte, schwang Steenholm sich wieder auf den Rücken des Hengstes.

Vorsichtig, mit angelegten Ohren, trat der Isabellfarbene in die rutschige Rinne; Björn gab ihm die nötigen Hilfen, indem er sich gegen die Kruppe zurücklehnte und gleichzeitig die Zügel leicht aufnahm. Nachdem er gespürt hatte, daß der Steilhang ihn trug und der Reiter das Gewicht gegen die Leite hin ausglich, begannen die Ohrmuscheln des Hengstes nach vorne zu spielen: Die nächsten Schritte kamen schneller und sicherer; auch dann, als die Rinne sich vorübergehend zu einer schmalen, von Steingrus bedeckten Erdkante verflachte. Den Körper gestreckt, ging das Roß hinüber; die obere Abbruchkante der Klamm hing jetzt bereits mannshoch über dem Kopf des Reiters. »Gut so«, lobte der mit leiser, schmeichelnder Stimme das Tier und gab ihm dann eine sanfte Schenkelhilfe, um es drüben in die Fortsetzung der Rinne zu bringen. Willig setzte der Isabellfarbene die Vorderhufe dort auf – genau im selben Moment erfolgte der Erdrutsch!

Ein dumpfes Stöhnen schien aus dem Steilhang zu dringen, als die mit Kieseln verbackene Lehmlawine abging: meterweit unter und vor dem Hengst in die Tiefe polterte. Verzweifelt streckte sich das Roß, suchte wild um sich tretend Halt auf der Hinterhand. Dann, als der Reiter die Sporen einhieb und die Zügel schießen ließ, spannte sich der Tierleib jäh; mit dem nächsten gejagten Herzschlag erfolgte der verkrampfte Sprung. Das Roß setzte mitten in die wegrutschende Erdkruste hinein und wurde mitgerissen. Eine unsichtbare Faust schien Björns Magen im Sturz nach oben zu hämmern; wiederum ein paar Herzschläge später kam der Hieb von unten, traf ihn durch den Sattel zwischen die Schenkel.

Drei, vier Meter unterhalb der Stelle, die nachgegeben hatte, brach der Hengst inmitten eines schütteren Gewirrs aus knorrigem Wacholder in die Hanken, wurde augenblicklich wieder hochgespornt und jagte nun kopflos weiter in die Tiefe: kämpfte in einer zunächst noch schrägen, dann immer steiler werdenden Kurve gegen den Hang. Björn hatte das Gefühl, jeden Moment könnten Roß und Reiter sich überschlagen: mitten hinein ins Balkengewirr geschmettert werden, das sich rasend schnell näherte. Und dann splitterten tatsächlich die ersten Sparren unter den trommelnden Hufen –

zersplitterten und waren im nächsten Moment wie von einer unsichtbaren Faust weggefegt: machten einer seltsam durchsichtigen Dunkelheit Platz.
Erst als er den zuckenden Schädel des Isabellfarbenen vor sich aus den aufschäumenden Wellen hochtauchen sah, begriff der Reiter, daß er und das Roß haarscharf an den Trümmern der zerstörten Brücke vorbeigedonnert und von der Strömung des Flusses aufgefangen worden waren.
Jetzt drehte der Hengst sich im eiskalten Gestrudel, gewann Grund und ging mit zornigem Schnauben das jenseitige Ufer an, welches bei weitem nicht so steil wie das nördliche war und entlang etlicher schmaler Terrassen gute Möglichkeiten für den Aufstieg bot. Dennoch atmete der Blonde erst auf, nachdem der ebene Boden oben neben dem ragenden Bohlenrest tatsächlich gewonnen war. Er wußte: Die Suche nach der Welschen hätte um ein Haar ihr vorzeitiges Ende in dieser verfluchten Schlucht der Elster gefunden!
Während er an einem kleinen Feuer notdürftig seine Kleider trocknete und vor allem die Schußwaffen wieder gebrauchsfähig machte, fand Steenholm Muße, noch einmal seinen raschen Aufbruch aus dem Feldlager zu rekapitulieren.
Was er bei den Zigeunern hatte in Erfahrung bringen können, hatte ihn dazu getrieben, sich so schnell wie möglich auf die Suche nach der entführten Adjana zu machen; Knyphausen und der Herzog von Weimar waren nach kurzer Unterredung derselben Meinung gewesen. Björn hatte die Worte des Feldherrn, als der ihm den Freibrief in die Hand gedrückt hatte, noch im Ohr: »Folgt dieser Spur; es ist die einzige, die Ihr habt! Und die Richtung, welche die Greisin Euch für die Jagd nach der Welschen angegeben hat, wäre auch im Hin-

blick auf den verschwundenen Lauenburger die logischste ...«
Aber nun, da er nach dreistündigem Ritt im diesigen Licht des Novembertages, der seinen Zenit bereits überschritten hatte, vor dem qualmenden Feuer kauerte, überlegte er, ob er nicht doch einem Phantom nachjagte. Denn wenn die Entführer Adjanas und vielleicht sogar der zwielichtige Herzog selbst vor ihm den gleichen Weg eingeschlagen hatten, dann hätten sie ebenso wie er die vermaledeite Elsterschlucht überqueren müssen. Das aber wäre einem größeren Trupp, der noch dazu eine Frau bei sich hatte, praktisch unmöglich gewesen. Andererseits führte dieser Weg als einziger von Lützen aus in südöstlicher Richtung: auf Dresden zu, wo ein Verräter an der schwedischen Sache beim wankelmütigen Herzog von Sachsen noch am ehesten Zuflucht abseits der unmittelbaren Kriegswirren finden konnte – genauso, wie der Weimarer es angedeutet hatte.
Doch wie, wenn es so war, hatten die Gegner dann hier über die Flußklamm mit der zerstörten Brücke kommen können?! Wieder und wieder zermarterte der Blonde sich das Gehirn deswegen – bis er plötzlich die naheliegendste Antwort fand. Um das Feuer noch einmal kräftiger anzufachen, hatte er ein paar Hände voll Roßäpfel zusammengetragen, die in der Nähe der ragenden Bohlen lagen – und dann wurde ihm schlagartig bewußt, wie geruchlos und ausgelaugt die Exkremente bereits waren: etwa einen Tag alt. Wahrscheinlich haben die Rösser hier erleichtert gemistet, nachdem sie die ihnen unheimliche Hochbrücke glücklich hinter sich hatten, ging es ihm wie nebenbei durch den Kopf. Im nächsten Moment begriff er jäh die volle Bedeutung seiner Beobachtung! Gestern mußte das

Bauwerk also noch gestanden haben; wahrscheinlich war es erst während der Nacht oder im Lauf des heutigen Tages endgültig zusammengebrochen. Die Reiter aber, die er suchte, konnten die Brücke dann gut noch vorher passiert haben ...

»Hätte mir eigentlich von Anfang an klar sein müssen«, redete Björn den Hengst an und klopfte den Hals des schnaubenden Tieres. »So, jetzt noch eine kleine Verschnaufpause, bis die Roßäpfel verglüht sind und mein Pulver wieder völlig trocken ist; dann so schnell wie möglich weiter!«

Wenn Björn jedoch gehofft hatte, noch an diesem Tag auf eine handfeste Fährte der Verfolgten zu stoßen, so hatte er sich getäuscht. Während der Stunden, die ihm bis zum Einbruch der Nacht noch blieben, fand er nichts weiter als einen toten Soldaten in der Uniform der kaiserlichen Pappenheimer, der offenbar einsam am Wegrand an den Folgen einer schweren Verwundung krepiert war. Und als der Blonde schließlich im allerletzten Tageslicht in einer verlassenen Feldscheune unterkroch, begannen erneut die bohrenden Zweifel in ihm aufzusteigen.

Der Henker war zornig, und da ihm auf seinem nächtlichen Ritt kein anderes Opfer greifbar war, mußte die Mähre mit dem fahlgelben Fell seinen Sadismus ertragen. Jedesmal, wenn sie in der Dunkelheit zögerte oder fehltrat, stach der Mann im Sattel mit seinem Dolch zu; quälte das todmüde Tier noch zusätzlich, indem er die Spitze in der alten, schwärenden Wundkruste an der Weiche drehte. Und meistens fluchte er dabei auf den versoffenen Gefangenenwärter des Marktfleckens Myselwerda, der den Kerkerschlüssel in den Abtritt hatte fallen lassen, so daß die Hinrichtung letztlich erst in den späten Abendstunden hatte stattfinden können.

Immerhin hatte der Henker es dem Kirchenräuber heimgezahlt: hatte ihm beim Rädern die Knochen auf eine Weise gebrochen, daß der Delinquent noch mehr als üblich hatte leiden müssen. Diesen Spaß hatte er sich zum Ausgleich für das endlose Warten gegönnt, obwohl es ihn andererseits mächtig zurück in den einsamen Turm im Wald gezogen hatte, der ihm nicht nur als Behausung diente. Doch seitens der Reiter unter dem Banner mit den hochadligen Wappenfarben, die ihm gleich nach seinem Eintreffen in Myselwerda das Gold und den neuen Auftrag gegeben hatten, war ihm versichert worden, er könne sich ruhig Zeit lassen: der Vogel sei gut bewacht und könne mit Sicherheit nicht entfliegen. Deswegen hatte der Henker die Vorfreude zunächst sogar genossen; erst als auf dem nächtlichen Heimritt Nebel und Nieselregen eingefallen waren, war ihm auch die Zorngalle ins Blut gestiegen.

Jetzt, da die Mähre nur noch eine, höchstens zwei Meilen zurückzulegen hatte, wurde der Gedanke, wie er sich an seinem neuen Opfer für die Unbilden dieser Nacht rächen würde, übermächtig. Wieder quälte der Reiter in dem blutfleckigen Mantel die Mähre und malte sich dabei aus, was er mit Hilfe des gleichen Dolches – und der anderen Instrumente – mit der jungen Frau anstellen würde. Im Morgengrauen, so dachte er, werden ich und der andere damit beginnen können, und dann bleibt noch der ganze Tag, wenn wir wollen ...

Björn hätte nicht sagen können, was ihn aus dem Schlaf gerissen hatte, doch kaum hatte er sich aufgesetzt, wurde er sich der unwiderstehlichen Unruhe, die ihn weitertreiben wollte, um so deutlicher bewußt. Hinzu kam der Nieselregen, der durch das schadhafte Dach sprühte und sich wie eine Schicht zusätzlicher Kälte auf die Kleider des Blonden legte. Als er außerdem bemerkte, daß auch der Hengst unruhig stampfte und Richtung Tor schnaubte, entschloß Björn sich, seinem inneren Trieb nachzugeben.

Es gibt schließlich nur diese eine Straße nach Dresden, sagte er sich, während er den stampfenden Isabellfarbenen aufsattelte, und ich kann sie ebensogut im Dunkeln reiten und damit vielleicht ein bißchen Zeit aufholen.

Die folgende Stunde, während die Nebelfetzen über das Firmament zogen und nur ab und zu dünn ein Stern sichtbar wurde, stellte er sich vor, wie der Vorsprung, den die Feinde hatten, mit jedem Schritt seines Hengstes ein wenig kleiner wurde, und er rechnete sich aus, daß er ihnen vielleicht schon am folgenden Tag nahe genug kommen könnte, um zu handeln.

Doch wenig später, nachdem ein Schwarm plötzlich aus dem Unterholz aufstiebender Rebhühner das Roß zum Scheuen gebracht und auch dem in Gedanken versunkenen Reiter einen jähen Schreck eingejagt hatte, kehrten die Zweifel und Ängste zurück.

Fast greifbar stand ihm das Bild Adjanas vor Augen, die sich jetzt schon länger als vierundzwanzig Stunden in der Gewalt ihrer Entführer befand. Und aus dem nächtlichen Flüstern und Rauschen heraus glaubte er wieder die Stimme der Alten zu hören: Aber du mußt dich beeilen, denn ich sehe, daß der Faden zu reißen droht ... Plötzlich befürchtete er, überhaupt einer falschen Fährte nachzujagen; schließlich hatten ihn nichts als Vermutungen auf den Weg nach Dresden getrieben – er besaß keinen einzigen Beweis dafür, daß der Lauenburger und dessen verbrecherische Gefolgschaft tatsächlich diese südöstliche Richtung eingeschlagen hatten.

Mit Gewalt zwang er sich dazu, nicht zu resignieren, und so ritt er, hin- und hergerissen zwischen Hoffnung und Furcht, bis zum Morgengrauen weiter.

Zwischendurch versuchte er mehrmals vergeblich, sich vorzustellen, wo er eigentlich sein könnte. Nachdem er mehrere andere Möglichkeiten verworfen hatte, kam er zu dem Schluß, der nächste vor ihm liegende Ort müsse der Marktflecken Myselwerda sein: ein kleiner, aber ummauerter Ort, den er früher einmal auf einer Patrouille gesehen hatte. Und dann, weil er sich an irgend etwas klammern mußte, redete er sich ein, daß er in Myselwerda etwas Wichtiges würde erfragen können.

Verzweifelt umklammerte Adjana den Arm ihres schwarz gepanzerten und gekleideten Entführers, der ihr das Mieder nun völlig vom Oberkörper zu reißen versuchte. Unvermittelt, als er sich eine kurze Blöße gab, biß sie ihn. Ihre kleinen weißen Zähne zeichneten eine blutige Schramme in die dicht behaarte Haut, dennoch hatte sie keine Chance. Denn jetzt griff der zweite Peiniger ein, der Henker. Brutal packte er ihr langes Haar, zwang ihr den Kopf zurück und schlug sie gleich-

zeitig mit der anderen Hand einmal und dann noch einmal mitten ins Gesicht.
Die junge Frau brach in die Knie, erneut griff der Schwarzgekleidete zu; im nächsten Augenblick war Adjana endgültig bis auf die Hüften nackt. Zoten reißend, zerrten die beiden Bestien sie zur groben Steinmauer hinter der Feuerstelle, wo die Folterwerkzeuge hingen.
Die in Kopfhöhe angebrachten Kettenenden mit den Handschellen daran zwangen die wimmernde Welsche, mit weit ausgebreiteten Armen dazustehen: beinahe wie gekreuzigt. Und dann näherte sich ihr ganz langsam der Dolch des Henkers, berührte die panisch pochende Ader an Adjanas Hals, glitt tiefer: flach über ihre eine Brust, bis die vom Blut der Mähre besudelte Spitze unmittelbar über der Knospe hing.
Die grauenhafte Vorahnung jagte der jungen Frau einen Schauer über den Leib. Im gleichen Moment kam das rauhe, geile »Halt!« des gepanzerten.
»Hast recht, Herzbruder«, erwiderte mit lüsternem Grinsen der Henker, während er die Dolchklinge jetzt spielerisch über Adjanas Magengrube und dann langsam gegen ihren Nabel führte. »Soll sie sich erst richtig heißschwitzen vor Angst. Um so schlüpfriger wird sie sein, wenn wir's mit ihr treiben ...«
»So machen wir's!« grunzte der Entführer der jungen Frau. Plötzlich war seine Fratze ihr ganz nahe. Sie sah die winzigen Knoten der Talgdrüsen in seiner Haut, die gelben Flecken in seinen Augäpfeln, als er hinzufügte: »Du mußt wissen: Mein Freund hat große Erfahrung darin, euch Nutten Freuden zu bereiten, von denen ihr bisher trotz all eurer Hurerei nichts geahnt habt ...«
Die speichelnde Fratze zog sich wieder ein Stück zurück, der Blick ruckte hinüber zum Henker. »Los,

erzähl's ihr, was es mit dir und dem Turm hier auf sich hat!«
Auf einmal hing der blutfleckige Dolch vor Adjanas Augen. »Schau ihn dir an!« forderte sein Besitzer. »Schau ihn dir gut an! Denn so eine Klinge siehst du nicht alle Tage ...« Er brach in ein kurzes, krankhaftes Kichern aus. »Nur an deinem letzten Tag, du geile, stinkende Dirne ...« Mit einem jähen Satz sprang er ein Stück zurück, redete weiter: »Weil: Den Stahl hat mir mein Herr geschenkt. Vor mehr als zwanzig Jahren, als die Burg hier noch stand. Ich kriegte ihn vom Baron, damit ich ihm die erste Nutte so zurichtete, daß er in ihrem jungfräulichen Blut förmlich schwelgen konnte; ja, du verstehst ...?!« Ein grauenhaftes, irrsinniges Lachen erschütterte den höhlenartigen Raum.
»Mein Freund will sagen, er war nicht bloß der Scharfrichter der Baronie und des Halsgerichts drüben in Myselwerda«, ließ sich jetzt wieder der Schwarzgekleidete vernehmen. »Er war außerdem für die satanischen Spiele hier im Turmverlies der Burg des Edelmannes zuständig, ehe dessen Feinde, die verfluchten heidnischen Schweden, sie vor ein paar Jahren ...«
»Ja, sie haben die Festung gestürmt und geschleift!« kreischte der Henker. »Und haben auch den Baron geköpft, nach der Schlacht! Aber ich; ich hab mich zu rächen gewußt ...« Plötzlich tanzte der Sadist mit spinnenartigen Sprüngen, ließ den Dolch dabei in Höhe seines Gemächts vor sich zucken. »Ich hab das Adelserbe des Herrn angetreten ... Bin jetzt selbst der Herr hier ... Der heimliche Blutrichter im Turmstumpf ... Auch wenn die von Myselwerda wollen, daß ich mein Quartier neben ihrem Schindanger nehme ... Doch ich bin schlauer ... Hier, im Burgverlies, hab ich die erste Jungfrau aufgeschlitzt ... Das hier ist mein

Revier, aber nur ich und meine besten Freunde wissen's ...«
»Und einer dieser Freunde bin ich!« Wieder war die Fratze des Schwarzgekleideten direkt vor Adjanas Gesicht. Er war ihr mit seinem teuflischen Grinsen so nahe, daß sie seinen stinkenden Atem roch. Und dann zischelte es aus dieser Mundhöhle heraus: »Hab keine Angst vor dem Dolch, du Hure! Zumindest vorerst braucht's das nicht ... Weil ich und mein Freund, denk ich, erst mal ganz sanft mit den Peitschen beginnen ...«

Vor einer Stunde war Björn Steenholm noch ziemlich sicher gewesen, daß er nach zwei oder drei weiteren Meilen den ummauerten Flecken Myselwerda erreichen würde. Doch jetzt war ihm nur noch eines klar: Im Nebel, der mit dem anbrechenden Tag wieder dichter geworden war, mußte er irgendwie von seiner Richtung abgekommen sein. Schon seit einer ganzen Weile hatten die Hufe des Isabellfarbenen nichts anderes mehr als Wildfährten gekreuzt, und nun schoben sich links und rechts auch noch die Flanken dichter Wälder heran; ein Stück weiter vorne verlor sich der Streifen Brachland, dem der Blonde bislang gefolgt war, im verfilzten Unterholz.
Björn entschloß sich zur Umkehr. Er unterdrückte einen Fluch, zügelte den Hengst und wollte ihn um die eigene Achse drehen. Doch das Roß sperrte sich gegen Zügel und Schenkeldruck, drängte statt dessen eigensinnig dem Gestrüpp zwischen den beiden Waldflanken zu. Schon wollte Björn die Sporen gebrauchen, als er plötzlich zu begreifen glaubte: Der Hengst war nach

dem stundenlangen Weg nicht weniger durstig als er; vermutlich hatte er dort drüben ein Rinnsal gewittert.
»Also gut, mein Freund«, murmelte der Blonde und ließ dem Tier seinen Willen.
Nach drei Dutzend Galoppsprüngen jedoch mußte Björn einsehen, daß er sich – ganz wie im Hinblick auf Myselwerda – wiederum getäuscht hatte. Denn durch das Unterholz schlängelte sich kein Bach, sondern lediglich ein wenig vertrauenerweckender, von Dornbüschen gesäumter Trampelpfad. Trotzdem wollte der Isabellfarbene unbedingt dort entlang. Und das konnte eigentlich nur eines bedeuten: Der Hengst mußte irgendeine Stute gewittert haben, die kürzlich hier vorübergekommen war.
»Schluß mit den Sperenzchen«, knurrte der Blonde und machte Anstalten, das störrische Roß jetzt ernsthaft an die Kandare zu nehmen. Doch neuerlich änderte er im nächsten Moment seinen Entschluß und gab dem Isabellfarbenen zum zweiten Mal an diesem Morgen die Zügel frei.
Denn es war ihm bewußt geworden, daß am Ende des Pfades vermutlich eine Hütte stand, und dort würde es nicht nur Wasser geben, sondern, mit ein wenig Glück, auch ein Frühstück für ihn und Futter für den Hengst. Außerdem würden ihm die Bewohner bestimmt den Weg nach Myselwerda weisen können, so daß er sich letztlich schneller wieder auf der Spur der Welschen befinden würde, als wenn er es auf gut Glück versuchte.

Noch schlimmer als die Schläge mit den dünnen Peitschen, die sie hatte ertragen müssen, war für Adjana die absolut menschenverachtende Aura, die wie schwarzes Licht um ihre Peiniger waberte. Die Aura, die mit jedem Schluck Branntwein, den die Männer zwischen ihren sadistischen Quälereien tranken, immer noch bedrohlicher wurde.

Als die junge Frau mit dem Heer Gustav Adolfs gezogen war, hatte sie dem Tod oft genug ins Antlitz blicken müssen; sie hatte gelernt, mit ihm zu leben und ihn nicht über Menschenmaß hinaus zu fürchten. Doch der Tod, den sie in diesem verfluchten Folterturm zu erwarten hatte, würde so schrecklich sein, daß sie jeden Gedanken daran verzweifelt zu verdrängen versuchte: selbst jetzt noch, da er unabdingbar geworden war.

Die beiden Bestien, Adjana hatte es in ihren blutunterlaufenen Augen längst gesehen, würden keine Gnade kennen! Auf blasphemische Weise würden sie ihren hilflosen Körper immer weiter in den Schmerz und die zuckende Panik treiben. Zuletzt, wenn sie völlig gebrochen war, würde das Allerschlimmste geschehen. Wieder verdrängte die junge Frau den Gedanken daran mit der ganzen ihr noch zur Verfügung stehenden Kraft; gleichzeitig bettelte sie innerlich mit allen Fasern darum, daß ihr Herz vorher noch brechen würde.

Doch das Gegenteil geschah: Adjanas Herz begann wie rasend zu trommeln – als der Henker den langen, rotglühenden Eisendorn mit satanischem Grinsen aus dem Feuer hob und unter dem Grölen des Schwarzen damit auf ihren Unterleib zielte.

Mittlerweile schalt Björn Steenholm sich einen Narren, weil er dem Drängen des Hengstes nachgegeben hatte;

dennoch fand er irgendwie nicht die Kraft, umzukehren.
Der von Dornbüschen gesäumte Pfad hatte ihn bisher, obwohl er ihm gewiß schon mindestens eine halbe Meile gefolgt war, zu keinem Ziel geführt. Und er würde ihn auch nirgendwohin bringen. Dessen wurde der Blonde sich mit jedem weiteren Schritt seines Hengstes sicherer. Am Ende dieses verwucherten Irrweges würde allerhöchstens eine vom Krieg zerstörte und von allem Leben verlassene Kate liegen, nichts sonst.
»Nein! Ich werde wegen einer solchen Ruine jetzt nicht noch mehr Zeit vergeuden!« sagte Björn laut. Er unterdrückte damit ein Gefühl tief in seinem Unterbewußtsein, das ihn dennoch weiterziehen wollte: ein scheinbar verhexter Sog. »Nein!« stieß er noch einmal hervor, und dann drehte er den Hengst, diesmal unter Einsatz der Sporen, um.

Das Dornengestrüpp hatte die langgestreckten Überreste der Burgruine fast überall wie mit einem gigantischen stachligen Pelz überzogen. Nur der ehemalige Bergfried, dessen obere Stockwerke fehlten und der deswegen gleich einem gesplitterten Zahn aufragte, sowie der zertretene kleine Platz davor waren notdürftig vom Gestrüpp freigehalten worden.
Hastig huschte eine Ratte weg, als sich die nägelbeschlagene Pforte im untersten Geschoß des Turmstumpfes öffnete. Mit Gesichtern, die vom Schnaps und noch mehr von der Befriedigung ihrer perversen Gier verwüstet waren, kamen der Henker und sein Kumpan heraus. Sie grölten lauthals; der eine fuchtelte dabei

mit seinem blutigen Dolch, der andere, sein Schwert nackt unter dem Leibgurt, schwenkte eine Branntweinkruke und trank, nachdem sie die Lichtung überquert hatten, hemmungslos.
Gleich darauf riß ihm sein Spießgeselle den Krug weg, ließ sich selbst einen Schwall in den Rachen gurgeln und schrie den Schwarzgekleideten an: »Eines mußt du noch lernen! Genauso wie mit dem Weib halten wir's mit dem Fusel! Jeder kriegt seinen Anteil!«
Der andere holte sich mit raschem Griff die Kruke zurück, schien danach wütend etwas erwidern zu wollen. Doch plötzlich erstarrten beide. Mit einem dumpfen Geräusch zerbrach der Fuselkrug auf dem Erdboden; im gleichen Augenblick drohten die Klingen der Männer in Richtung des Waldes.
Unmittelbar nachdem er den Entschluß gefaßt hatte, daß es besser sei, den Rückweg anzutreten, hatte Björn das Grölen vernommen. Sofort, mehr vom Instinkt als vom Verstand geleitet, hatte er den Hengst erneut herumgerissen und ihm die Sporen nunmehr so kräftig gegeben, daß das Tier die letzten drei Dutzend Galoppsprünge bis zur Ruine wie der Blitz zurückgelegt hatte. Und jetzt donnerte der Isabellfarbene auf die Lichtung beim Turmstumpf, auf der wiederum die beiden Verbrecher sein Heranpreschen durch den Wald vernommen und sofort ihre Waffen gezückt hatten.
Björn sah den Dolch des Henkers heranwirbeln und hätte sein kriegserprobtes Roß steigen lassen und es so als Schild für sich selbst benutzen können. Doch er fing die tückische Klinge mit einem Wirbelschlag seines blitzschnell gezogenen Schwerts ab. Der Dolch sirrte weg und hatte den Boden noch nicht erreicht, als der Blonde, jetzt bis aufs Blut gereizt, auch schon selbst attackierte.

Breitbeinig, seine Waffe mit beiden Händen umklammernd, stellte sich ihm der Schwarzgekleidete in den Weg. Die schweren Schwerter klirrten gegeneinander, im Vorbeijagen brachte Björn blitzschnell einen zweiten Schlag über die Rückhand an, den sein Gegner jedoch ebenfalls parierte.
Hart an der Mauer des Turmstumpfes riß der Blonde den Isabellfarbenen herum, galoppierte zum nächsten Angriff los. Sein Feind war mittlerweile einige Schritte zurückgehastet und lauerte jetzt halb hinter einem Ruinenrest. Björn parierte den Hengst zum Trab durch, um bei der Attacke gegen die Mauer nicht zu Fall zu kommen. Im gleichen Moment glitt ein Schatten aus dem Unterholz, tauchte unter dem Roß durch und war wieder weg. Der Schwarzgekleidete sprang unvermittelt vor; Björn ließ den Hengst erneut angaloppieren – im selben Augenblick, in dem die Schwerter sich kreuzten, verlor der Blonde seinen Halt auf dem Pferderücken.
Es gelang Björn, auf beiden Beinen zu landen, doch er strauchelte, und der Schwarze nutzte sofort seinen Vorteil. Er tauchte mit seiner Klinge unter dem unkontrolliert schwankenden Stahl des Schweden durch und stieß mit einem triumphierenden Schrei zu. Björn spürte den Biß des scharfen Eisens in der Hüfte, erkannte gleichzeitig seitlich den Schatten. Der Henker, der vorhin so tückisch den Sattelgurt zerschlitzt hatte, sprang ihn mit geschwungenem Dolch an, während der Schwarze im selben Moment zu einem weiteren Stich von der anderen Seite her ausholte.
Björn duckte sich weg, rollte sich mit seitlich ausgestrecktem Schwert ab und führte, noch aus dem rasenden Schwung heraus, den furchtbaren Schlag. Er trennte den Kopf des gebückt landenden Henkers vom

Rumpf, dann schnitt das Schwert unter der schauerlichen Fontäne so tief in den Schenkel des anderen, daß die Schlagader platzte und der Schwarzgekleidete mit einem gurgelnden Schrei stürzte. Björn, teils vom Kampfrausch, teils vom Wissen um den nun ohnehin unausweichlichen Tod seines Gegners getrieben, griff noch einmal an, beidhändig zustoßend jetzt, und trieb die Klinge ins Herz des Schwerverwundeten.
Erst danach kehrte die Erinnerung an die eigene Verletzung zurück. Der Sieger krümmte sich unter dem Schmerz, der ihm in der Weiche saß, zusammen. Er sah das Blut, das unter dem spannenbreit aufgerissenen Koller hervorsickerte, und dann sah er die Pforte im Turmstumpf. Dort, so hoffte er, würde er Wasser und auch einen Fetzen Leinwand finden, und so drang er in den schaurigen, von der Feuerstelle her dunkelrot durchglühten Raum ein.
Er brauchte einen Moment, ehe seine Augen sich an das ungewisse Zwielicht gewöhnt hatten – und bis er die Gestalt Adjanas erkannte.
Völlig nackt hing sie in den Ketten; der Kopf mit dem langen, rabenschwarzen Haar war ihr im Tod tief auf die Brust gesunken.

7
ADJANA

Björn Steenholm vergaß seine Verwundung; viel ärger schmerzte ihn der Anblick des geschändeten Frauenkörpers. In einer Anwandlung von jähem, nicht mehr bezähmbarem Haß wünschte er sich, er hätte ihre Mörder nicht so schnell getötet, sondern sie ebenso leiden lassen wie Adjana. Doch gleich darauf schämte er sich wegen dieser blindwütigen Rachegedanken, die seiner nicht würdig waren. Sein Geist wurde wieder klar, und er begriff, daß er nur noch eines für die junge Frau tun konnte.
Er trat an die rauhe Mauer heran und untersuchte, während das Brennen in seinen Augen ihm den Blick trübte, die Fesseln. Er entdeckte, daß die Handschellen nur durch Bolzen verschlossen waren. Unendlich behutsam löste er den ersten, schob das gebogene Eisen vom Gelenk Adjanas, hielt den herabgleitenden Arm sorgsam fest und bemühte sich mit der anderen Hand, die zweite Schelle zu lösen. Nachdem er es geschafft hatte und der

Oberkörper der Toten ihm nun wie in einer Umarmung nahe war, umschlang er sie, um sie aufzuheben und dann vorsichtig nach draußen zu tragen.
Als er mit dem Fuß gegen die Pforte trat, um sie weiter aufzustoßen, kam seine Hand unter Adjanas linke Brust zu liegen. Und im gleichen Augenblick, da er an seinen Fingerspitzen das kaum fühlbare Zucken spürte, glaubte er, ein Wunder zu erleben!
Hastig, des scharfen Stechens in seiner Hüfte nicht achtend, kniete er nieder und lehnte den schlaffen Körper sitzend gegen den Türstock. Dann erinnerte er sich an das Regal mit den Kruken in der Ecke gegenüber. Er hastete hin, beugte sich gleich darauf wieder über die leblose junge Frau und versuchte, ihr den Branntwein einzuflößen. Als sie keine Anstalten machte zu schlukken, fürchtete er, lediglich Opfer einer Sinnestäuschung geworden zu sein. Doch dann bäumte Adjanas Leib sich plötzlich in einem Hustenanfall auf.
Als ihre Augen sich öffneten, hatte Björn den Eindruck, als würde ihre Seele aus einem sehr fernen Land in den Körper zurückkehren. Freilich hielt dieser Ausdruck in den Pupillen nur wenige verwirrte Lidschläge lang an; dann, unvermittelt, kam der Schrei.
»Ruhig, ganz ruhig ... Du bist in Sicherheit ...« Die leisen, beschwörenden Worte fingen sie auf; als sie sich in seinen Armen zu entspannen begann, fügte der Blonde hinzu: »Die ... Männer sind weg, und ich werde dich von hier fortbringen, sobald du reiten kannst.«
»Du ... gehörst nicht zu ... ihnen?!« Immer noch schwang hart unter der Oberfläche die grenzenlose Furcht in ihrer Stimme mit, konnte jederzeit wieder hervorbrechen.
»Nein!« beteuerte Björn. Dann entschloß er sich, ihr die ganze Wahrheit zu sagen: »Sie waren meine Feinde,

ebenso wie deine! Deshalb habe ich sie getötet! Du kannst sicher sein, sie werden nie wieder ...«
»Jetzt erkenne ich dich«, unterbrach sie ihn. »Du bist mir schon einmal beigesprungen ... Im Feldlager, am Tag vor der Schlacht ... Du bist damals im Gefolge des Königs geritten ...«
Der Blonde nickte und löste langsam seine Hände von ihren Schultern. Er hatte das Gefühl, sie sei nun wieder stark genug, um ohne diese Fürsorge auszukommen. Im gleichen Augenblick jedoch schien seine eigene Panik zurückzukehren: der heftige innere Schmerz, den er beim Anblick ihres leblosen Körpers in den Ketten empfunden hatte. Wie unter einem jähen, unwiderstehlichen Zwang zog er sie erneut in seine Arme; rauh brachen die Worte aus ihm heraus: »Verzeih! Aber ich dachte, du seist tot ...«
Adjana schenkte ihm ihre Nähe, bewußt jetzt, und etwas in ihrer samtdunklen Iris schien ihn dabei noch intensiver zu berühren als ihr Körper. Und dann, nachdem die Zeit einige Herzschläge lang ausgesetzt hatte, antwortete sie: »Ich werde dir alles erzählen – aber, bitte, nicht hier ...«

Abseits des Turmstumpfes, ganz am Rande des ehemaligen Burgareals, wirkte die Ruinenmauer, auf der sie saßen, geradezu harmlos. Der Isabellfarbene, den Björn wieder eingefangen hatte und der nun sattellos nach dürftigem Herbstfutter suchte, trug zu der beinahe friedlichen Atmosphäre bei. Doch als Adjana, die nun wieder ihre Kleider trug, zu erzählen begann, kehrte das Grauen zurück.

»Sie waren ... nicht wie Tiere, nein ...«, berichtete sie stockend, »denn Tiere wären niemals zu ... solchen Dingen fähig! Nur Menschen ... mit vergifteten Seelen ... können so etwas tun!« Sie rückte näher an den Blonden heran, suchte diesmal von sich aus seine Wärme; danach klang ihre Stimme ein wenig fester: »Du hast mich gesehen, Björn. Du kannst dir ausmalen, was sie mit mir anstellten. Ich hatte mich aufgegeben. Hatte nur noch den einen Wunsch: daß der Tod schnell eintreten würde ... Aber dann, als ich das glühende Eisen auf mich zu kommen sah, vermochte ich plötzlich doch noch einmal zu kämpfen. Ich tat es mit der einzigen Waffe, die ich besaß ...«

Der Blonde begann zu begreifen. »Du hast die Bestien ...?«

»Ja, ich habe sie gegeneinander aufgestachelt!« erwiderte die junge Frau und schleuderte trotzig das rabenschwarze Haar zurück. »Ich warf dem Henker vor, er würde meinen Leib nur deswegen schänden wollen, weil er kein richtiger Mann sei – im Gegensatz zu dem anderen. Und ich wand mich in meinen Fesseln, um noch deutlicher zu machen, was ich meinte. Wären sie nicht betrunken gewesen, sie hätten mich sofort durchschaut. Aber so half mir der Fusel, der ihr Denken verwirrte. Sie wollten«, Adjana spuckte verächtlich aus, »beide beweisen, wie kräftig sie es mir besorgen könnten, ehe sie mit der Folter weitermachten. Und dann gingen sie nach draußen, um unter sich zu entscheiden, wer als erster ...«

»Es muß furchtbar für dich gewesen sein!« Björn preßte den Satz zwischen bebenden Lippen heraus.

»Ja ... weil ich nur die eine Chance hatte, daß ihre Geilheit und der Schnaps sie so verrückt machen würden, daß sie sich gegenseitig töteten«, murmelte Adjana.

»Wenn nicht, dann wäre alles noch schlimmer geworden. Als ich mir das ausmalte, während sie draußen grölten, versagte meine Kraft, und ich wurde vor Angst ohnmächtig ...«
Ihr zarter dunkelhäutiger Körper bebte, dann brach sie in Tränen aus. Björn schützte sie in seinen Armen und ließ sie sich ausweinen. Es dauerte lange, doch zuletzt hob sie den Kopf, blickte ihn an und sagte, wieder mit fester Stimme: »Aber dann kamst du ...«
Aus dem letzten kleinen Wort heraus ergab sich wie von selbst der Kuß. Zärtlich, wie behütend zuerst, gleich darauf leidenschaftlich. Adjana stöhnte, ließ ihre Hand über den Körper des Blonden gleiten – und zuckte plötzlich zurück. Sie hatte die warme Nässe an seiner Hüfte gespürt und fragte erschrocken: »Du bist verwundet?!«
»Wir sind es beide. Aber wir können uns auch gegenseitig helfen«, erwiderte Björn, und seine Stimme war voller Zärtlichkeit.

Die Blessur war nicht gefährlich; Adjana hatte die Wunde mit Kräutersud versorgt und verbunden, hatte sich auf ähnliche Weise um ihre eigenen Verletzungen gekümmert. Jetzt, während die Welsche auf dem provisorischen Lagerplatz abseits des Folterturms zuerst ihr Mieder und dann Björns zerschnittenen Sattelgurt flickte, war es seine Aufgabe, die beiden Toten unter die Erde zu bringen.
Er wählte dazu eine flache Grube, die sich am Fuß einer Ruinenmauer öffnete, schleppte den Leichnam des Henkers heran und ließ ihn hineinfallen. Mit den sterb-

lichen Überresten des anderen Mannes hingegen gab er sich mehr Mühe. Denn dieser, der eigentliche Entführer Adjanas, hatte ganz unzweifelhaft im Dienst des Herzogs von Lauenburg gestanden. Und Björn hatte ihm den Todesstoß auch nicht in den ungeschützten Oberkörper versetzt; er hatte das breite Schwert vielmehr mit aller Kraft und beidhändig durch einen schwarzen Brustpanzer getrieben.

Nun, da er die Leiche in dem durchbohrten Harnisch und dem zerrissenen schwarzen Mantel genauer untersuchte, hoffte der Blonde weitere Hinweise zu finden. Aber obwohl er sämtliche Taschen des grobschlächtigen Mannes leerte, entdeckte er nichts, das ihm irgendwelche zusätzliche Aufschlüsse hätte geben können. Nichts, wenn man von der Geldkatze absah, die der Tote unter dem Panzerbug um die Hüften geschnallt hatte. Der lederne Schlauch enthielt eine Summe in Gold, die etwa den dreifachen Jahressold eines Offiziers ausmachte – und dieses Vermögen stand im krassen Widerspruch zum sonstigen Erscheinungsbild des Reiters.

Die Münzen waren ein deutliches Indiz für seinen Verdacht, eigentlich jedoch hatte Björn gehofft, ein verräterisches Dokument zu finden, eine Ordre des Lauenburgers, vielleicht auch eine Landkarte oder zumindest eine Handskizze; irgend etwas, woraus sich die weiteren Absichten des Herzogs hätten erkennen lassen. Doch die Mühe des Blonden blieb erfolglos; auch dann, als er nach dem Verscharren der beiden Leichen zusätzlich das Sattelzeug des Schwarzgepanzerten filzte und den Folterturm einer genauen Inspektion unterzog.

Als Björn mit der Geldkatze in der Hand zu Adjana zurückkehrte, spürte sie sofort seine Enttäuschung. »Du hast etwas gesucht – und es nicht gefunden, nicht wahr?« fragte sie.

»Ich bin mir sicher, der Schwarzgepanzerte gehörte zu den Mördern des Königs«, murmelte der Blonde. »Aber ...«

»Aber du hast keinen Beweis dafür«, setzte die Welsche den Satz fort. Wieder war dabei etwas in ihren Augen, das ihn in einen seltsamen Bann schlug. »Nun, vielleicht kann ich dir helfen ...« Ihre dunklen Pupillen schienen näher zu kommen, obwohl sie sich nicht bewegte. »Denn ich habe etwas im Traum gesehen ...«

»Im Traum?!« Die Stimme des Blonden klang, im Grunde gegen seinen Willen, schroff. Im selben Moment sah er jedoch plötzlich das Bild aus dem Feldlager bei Lützen vor sich: Wie die junge Frau mit dem rabenschwarzen Haar nach dem Zügel des Schimmels gegriffen und Gustav Adolf zu warnen versucht hatte. Wiederum in der gleichen Sekunde wurde ihm erneut das Bannende in Adjanas Augen bewußt, und er hörte ihre Worte: »Jetzt vertraust du mir, ja?«

Langsam nickte Björn. »Sage mir, was du ... gesehen hast«, bat er.

»Ich will noch nicht gleich von dem ... Mann sprechen, der seine Strafe bekommen hat«, begann die Welsche. »Ohnehin jagst du den anderen ... den Herzog. Das Gesicht zeigte ihn mir nächtens, einige Zeit vor der Schlacht. Er gab seinen heimlichen Gefolgsleuten zwei Befehle. Der eine betraf das weiße Pferd des Königs. Der andere galt seiner Rüstung. Und die Anschläge sollten mit Hilfe der schwarzen Männer mit Gold erkauft werden ...«

Adjana brach ab, fuhr sich über die Stirn, blickte Björn dabei fast flehend an. »Mehr habe ich in dieser Sache nicht gesehen«, fuhr sie fort. »Meine Vision raste durch die Zeit ... Und dann wieder der Herzog, der mich später mit der Peitsche schlug. Nun sah ich ihn in einem verstrüppten Wald, nahe eines Galgenhügels. Und der Wald gehörte nicht den Schweden und nicht den Kaiserlichen. Er war Niemandsland, die Heimstatt der Geier. Dort traf der Lauenburger einen, der sich heimlich herangeschlichen hatte. Aus dem Lager des Feldherrn aus Böhmen ...«

»Wallenstein!« fiel Björn unwillkürlich ein.

»Ja, der Feind des Königs!« bestätigte Adjana. »Aus seinem Lager kam der Fremde in den Geierwald. Und der Herzog erwartete ihn dort. Wartete auf das Gewebe, das den Tod fernhalten konnte: das grüne Tuch. Der Kaiserliche gab es ihm, und ich sah das teuflische Grinsen des Herzogs. Und nahe bei ihm wieder alle vier: die schwarzen Boten, die Dämonen ...«

Björn vermochte nicht mehr an sich zu halten: »Der Mann, der dich ... den ich tötete, war er einer dieser vier Schwarzen?!«

Die Welsche schrak auf, schüttelte den Kopf. »Ich sah sein Gesicht nicht in meiner Vision. Nur den Herzog erkannte ich, den Lauenburger ...«

»Trotzdem sagtest du vorhin, du wolltest *noch* nicht von ... jenem anderen sprechen«, insistierte der Blonde.

»Jetzt werde ich es tun ... dir zuliebe«, erwiderte, nach kurzem Zögern, Adjana. »Aber das gehört nicht mehr zu meiner Vision. Es gehört ...« Ihr Blick flackerte hinüber zu dem aus dem Unterholz ragenden Turmstumpf.

Björn begriff. »Wenn wir hier fertig sind, wird ... das dort nicht mehr existieren!« versprach er und griff, um ihr Halt zu geben, nach den Händen der jungen Frau.

»Der Entführer kam allein mit mir hierher«, begann sie. »Doch zuvor, während der ersten Nacht, in der sie mich aus dem Lager verschleppt hatten, ritten wir in Begleitung vieler anderer Männer. Ich sah sie nicht, man hatte mir einen Sack über den Kopf gezogen; ich bemerkte nur, wie sie sich im Morgengrauen entfernten. Erst von da an war ich allein mit dem, der seine Strafe durch dich bekommen hat. Und nach dem Eintreffen hier, als er auf den Henker wartete, der sich offenbar verspätet hatte, begann er zu trinken. Er trank die halbe Nacht hindurch, und der Fusel bewirkte, daß er prahlte und mir mehr verriet, als ich vermutlich wissen sollte ...«

»Bitte, erinnere dich möglichst genau!« forderte Björn. Er preßte die Finger Adjanas. »Ich weiß, es ist sehr schlimm für dich, aber ...«

»Ja, es müssen alle bestraft werden, die Schuld am Tod des Königs tragen!« Einmal mehr verblüffte die hellsichtige Antwort den Blonden.

Die Welsche fuhr fort: »Der Schwarze war nur einer von ihnen. Aber er gehörte dazu! Ich weiß das, weil er über den Löwen von Mitternacht spottete, sich sogar der Untat rühmte. Er sagte: ›Eine Dirne ist kein König. Wo beim König vier nötig waren, reichen bei einer Dirne zwei!‹ Wer, außer einem, der den Schwedenherrscher haßte und auch sonst in alles eingeweiht war, hätte so sprechen können?«

»Du hast recht! Er muß einer der vier hinterhältigen Mörder gewesen sein!« pflichtete Björn ihr bei. »Vor allem sein zynischer Ausspruch läßt kaum noch einen Zweifel zu: Vier seien nötig gewesen ...« Der Blonde stutzte, eine steile Falte erschien über seiner Nasenwurzel. »Und doch verstehe ich eines nicht«, murmelte er. »Jeder der schwarzen Reiter trug zwei schwere Pistolen, wie die Augenzeugen aussagten. Aber der Tote war lediglich mit seinem Schwert bewaffnet ...«

»Es wurde zwischen den Männern von Schußwaffen gesprochen«, unterbrach ihn Adjana. »Der Henker verlangte einen Preis dafür, daß der andere ...«
Rasch, damit sie sich nicht noch mehr quälen mußte, fiel ihr Björn ins Wort: »Ich werde später noch einmal nachsuchen! Wichtiger ist mir ohnehin etwas anderes ... Und ich bitte dich, mich jetzt auf gar keinen Fall falsch zu verstehen ... Ich will sagen, was du in wachem Zustand aus dem Mund des mutmaßlichen Attentäters hörtest, ist so überzeugend, daß ich jedes Wort ernstnehmen kann. Doch deine Visionen ... Ich meine, ich habe noch nie ...«
»Gibt es in deiner nördlichen Heimat keine Frauen, die das Gesicht haben?« Die Welsche stellte die Frage mit leisem, unergründlichem Lächeln. »Ich dachte, man würde in den tiefen schwedischen Wäldern das Geheimnis der Runenstäbe kennen ...«
Der Blonde schlug die Lider nieder und gab zu: »Ja, ich habe von diesen Dingen gehört ...«
»Und ich glaube, du hörtest eine ganz bestimmte Alte davon raunen, die in ... Götaland lebte«, flüsterte mit neuerlich abwesendem Gesichtsausdruck die junge Frau.
»Was weißt du davon?!« Die Frage brach förmlich aus Björn Steenholm heraus.
Adjanas dunkle Augen blickten wieder klar, als sie den Blonden aufforderte: »Laß uns ein Stück in den Wald gehen. Dort will ich dir antworten ...«

Nach einem Weg von etwa einer Viertelmeile, Adjana hatte die Richtung bestimmt, drang ein feines Rauschen durch den Nebel, der jetzt in der Mittagsstunde wie feingesponnenes Silber zwischen den Bäumen hing. Die junge Frau faßte die Hand Björns und beschleunigte ihre Schritte, bis sie den Quellteich vor sich sahen. Das Wasser strömte in sanften Wirbeln über einige flache Sandsteinterrassen herunter und fing sich in einem beinahe kreisrunden Becken aus demselben Material. Haselsträucher und Erlen umstanden den Weiher gleich einem natürlich gewachsenen Gehege.

»Ich habe gespürt, daß es in der Nähe der Burgruine einen solchen Platz geben würde«, murmelte Adjana. »In der versunkenen Zeit, als dieses Land noch keine Rompriester kannte, siedelten hier weise und glückliche Menschen. Und an dieser Stelle befand sich einer ihrer heiligen Orte ...«

Björn – hatte er nicht vor wenigen Tagen noch für den protestantischen Glauben gekämpft? – hätte angesichts solcher Worte empört sein müssen. Doch wenn er ganz ehrlich zu sich selbst war, empfand er kein Unbehagen. Ganz im Gegenteil: Als er nun Adjanas Aufforderung folgte und sich neben ihr auf einer flachen Felsbank am Rand des Teiches niederließ, überkam ihn ein Gefühl großer Geborgenheit.

»Stein und Wasser«, flüsterte die junge Frau. »Stille und Bewegung. Festes und Durchscheinendes. Vielfalt und dennoch Einheit. Spürst du, wie es uns trägt ...?«

Es war, als hätte sie wiederum seine Gedanken erraten. Und da er es tatsächlich zu empfinden glaubte, nickte er. Ihr Blick wurde daraufhin erneut sehr weich; mit einem leisen Lächeln sprach sie weiter: »Götaland, deine Heimat ... Die Runenfrau dort im Wald, die du kanntest ... Sie kam oft zu deiner Mutter in die kleine Burg an der Küste ... Begleitete sie manchmal auch auf die Insel ... Zum Steinkreis dort: dem ovalen Rund der Sonnenbarke und der Erinnerung ...«

Björn dachte: Es ist unmöglich! Und wußte dennoch, daß er dies alles mit hellwachen Sinnen erlebte. Und es war nichts Unheimliches daran. Es war, ganz im Gegenteil, etwas, das ihn ähnlich wärmte und befriedigte wie der Duft von Ingas Haut, den er als Säugling aufgenommen hatte: unbewußt und dennoch jetzt plötzlich greifbar. Und er wünschte sich in diesem Moment nur noch eines: Daß Adjana weitersprechen sollte!

»Der Name deiner Mutter war ... Inga ...«, sagte die Schwarzhaarige. »Viermal vier Sommer zählte sie, als in der Mitte des Jahres das große Schiff übers Meer kam ... Und der junge blonde Mann sprang auf den Strand ... Und sah die junge Frau, und Inga sah ihn ... Und sie tanzten zusammen, zuerst in der Schar all der anderen, dann allein für sich ... Bis hin zum uralten Steinkreis ...«

Adjana beugte sich zum Spiegel des Teiches nieder, tauchte drei Finger hinein; dreifach breiteten die kreisförmigen Wellen sich aus und schienen sich dreifach in ihren dunklen Pupillen widerzuspiegeln.

»Aber es war nicht so, wie du dem Herzog erzähltest ...«, fuhr sie dann plötzlich fort. »Dem Feldherrn, den du vor zwei Nächten in seinem Zelt aufsuchtest, Björn ... Denn nicht irgendeiner aus dem schwedischen Königshaus landete vor zwanzig Jahren auf der kleinen Insel in Götaland ... Nicht irgendeiner, sondern der spätere König selbst ... Und vor allem deshalb bist du ausgezogen, ihn zu rächen ... Du, der du aus seinem Samen geboren wurdest ...«

Der Blonde sah die Kreise zittern, dreifach über den Teichspiegel, dreifach in Adjanas Augen, und dieses beinahe magische Bild im Zusammenklang mit der so seltsam vibrierenden Stimme bewog ihn dazu, sich nicht länger gegen das Unbegreifliche zu wehren.

Gegenüber dieser Frau konnte er sich nicht mehr verstellen, und diese Einsicht wiederum schenkte ihm fast so etwas wie Erlösung nach langen Jahren des Dunkels, als er antwortete: »Gustav Adolf und meine Mutter bewahrten das Geheimnis. Im Burgdorf wurde damals verbreitet, Inga sei von einem der Gefolgsmänner des Prinzen schwanger geworden. Und auch ich selbst glaubte das, bis ich herangewachsen war und der König mich zu sich über das Meer rief. Mit keinem Menschen sprach ich seither über meine Abkunft, und wenn du sie dennoch erkanntest, dann kann nur eines geschehen sein: Du blicktest durch das Auge Odins, von dem die Alte aus den Wäldern manchmal flüsterte ...«
»So nennt ihr Nordleute es; wir aus dem Süden, die wir das alte Wissen bewahrt haben, bezeichnen es als das Auge der Göttin«, nickte Adjana. »Aber diese Namen sind nur Bilder für das, was wir anders nicht fassen können. Wichtiger für dich ist, jetzt und hier, etwas anderes ...«
»Ja, ich glaube dir nun alles, was du mir über den Lauenburger und seine Verstrickung in den Mordanschlag auf meinen Vater erzähltest«, erklärte Björn. »Und ich bin dir sehr dankbar dafür, denn jetzt liegt die Fährte breit und offen vor mir ...«
»Und du willst ihr folgen, ganz allein auf dich gestellt?« Ein kaum merkliches Zittern schwang in ihrer Stimme mit.
»Du hast erlebt, wie ich die Waffen zu führen weiß ...« setzte Björn an. Erst dann begriff er, was die Welsche wirklich gemeint hatte, und er tastete nach ihrer Hand. »Du willst sagen ... du würdest mit mir reiten?«
Adjana verflocht ihre Finger mit seinen und gab ihm auf diese Weise die Antwort, die er sich jäh ersehnt hatte.

Zurück auf dem überwucherten Ruinengelände, stärkten sie sich durch einen Imbiß aus dem Proviantsack des Blonden. Danach, während Adjana den Isabellfarbenen aufsattelte, ging Björn noch einmal hinüber zum Folterturm.
Nachdem er eine Viertelstunde lang konzentriert gesucht hatte, entdeckte er das Versteck hinter der schmutzigen Lagerstatt des Henkers. In der Mauer dort war ein Quader lose; als der Blonde ihn herausgehoben hatte, fand er die beiden schweren Reiterpistolen und die zugehörige Munition. Einem ersten Impuls folgend, wollte er die wertvollen Waffen hinter seinen Schwertgurt stecken, um sie mitzunehmen – doch dann besann er sich anders.
Eine Weile später kehrte er zu Adjana zurück und bestätigte ihr: »Du hattest einmal mehr recht! Die Feuerrohre waren da! Ein weiterer Beweis dafür, daß der Grobschlächtige, der sie dem Henker überließ, einer der vier Attentäter war!« Mit einem kriegerischen Aufblitzen in den hellen Augen setzte er hinzu: »Der erste! Und nun laß uns reiten ...«
Adjana nickte, warf aber gleichzeitig einen zögernden Blick auf die Mähre des Schergen und das schwere Roß des Schwarzgepanzerten, die in einem primitiven Verschlag seitlich des Turmstumpfes standen.
»Nein«, sagte Björn. »Wir werden ein besseres Pferd für dich in Myselwerda finden. Bis dahin nehme ich dich zu mir auf den Sattel.«
Er spürte ihre Erleichterung, als er seine Arme um sie legte, um ihr auf den Isabellfarbenen zu helfen. Danach führte er den Hengst hinüber zum Verschlag und löste dort die Stricke der beiden anderen Rösser, damit sie

sich künftig ihr Futter selbst suchen konnten. Erst dann saß er hinter der jungen Frau auf und trieb den Isabellfarbenen an.
Sie passierten die dunkle Pforte, die in den Folterturm führte. Im selben Moment, da Adjana den Kopf wandte und ihm mit den Augen die stumme Frage stellte, brachte er den Hengst noch einmal zum Stehen. »Ja, ich hatte es dir versprochen!« nickte er.
Dann zog Björn eine seiner eigenen Pistolen aus dem Holster, nahm das Pferd fest zwischen die Schenkel und löste den Schuß. Im Eingang des Turmstumpfes setzte das glühende Blei die Zündschnur in Brand, die aus den Fetzen der Bettstatt zusammengedreht und mit Pulver eingerieben war. Während der Hengst angaloppierte, fraß die zischende Flamme sich in den Folterturm hinein und erreichte die Beutel mit dem Sprengstoff, die inmitten des auf einen Haufen geworfenen Mobiliars und der Folterwerkzeuge steckten. Die Explosion war so kräftig, daß der Feuerball förmlich aus dem Torschlund zu brüllen schien.
Und die Reiter, die jetzt bereits in den Wald eintauchten, wußten, daß von dem grauenhaften Gemäuer bald nur noch geschwärzte Trümmer übrig sein würden.

8
DIE WALDLATERNE

Das blasphemische Gerüst reckte sich seitlich des nördlichen Tores von Myselwerda gen Himmel: ein schweres, eisenbeschlagenes Wagenrad, das horizontal auf einem doppelt mannshohen Pfosten befestigt war. Der nackte Leichnam des Kirchenräubers hing, obwohl seit der Hinrichtung bereits ein voller Tag vergangen war, noch immer auf der grauenhaften Plattform. Gegen alle Gesetze der Natur waren die gebrochenen Gliedmaßen des zu diesem Zeitpunkt noch lebenden Delinquenten gewaltsam zwischen die Speichen geflochten worden: Es sah aus, als sei der Tote auf dem Höhepunkt eines irrwitzigen Veitstanzes erstarrt.

Adjanas schlanker Körper verkrampfte sich; Björn Steenholm legte wie beschützend den Arm um sie und wandte gleichzeitig angewidert den Blick von dem abstoßenden Zeugnis barbarischer Justiz ab. Erst als sich die Flanke des Torturms zwischen den Geräderten

und den Isabellfarbenen schob, stieß der Blonde den angehaltenen Atem aus. Gleich darauf stieg der Hengst halb, weil zwei rasch herniederfahrende und sich kreuzende Hellebarden ihm den Weg versperrten.
»Halt!« rief, überflüssigerweise, der ältere der beiden Torwächter, der offenbar das Kommando hatte. »Woher des Wegs? Und was sucht ihr hinter unseren Mauern?«
»Quartier für eine Nacht, nichts weiter«, erwiderte Björn. Er besann sich, zog eine Münze hervor und warf sie dem Waffenknecht hin. »Und außerdem eine Auskunft, wenn du sie mir geben kannst.«
Der Torwächter hatte das Silberstück geschickt aufgefangen, biß prüfend ins Metall, nickte zufrieden, stellte ebenso wie sein Kamerad die Hellebarde senkrecht und fragte: »Was wollt ihr wissen?«
»Sind kürzlich noch andere fremde Reiter hier durchgekommen?« erkundigte sich Björn.
»Es müßten ein paar Dutzend gewesen sein«, setzte Adjana hinzu.
»Ein paar Dutzend gleich? Reicht dir der eine nicht?« Der jüngere Wächter fistelte die Zote durch seine schadhaften Zähne, zuckte jedoch mit dem nächsten Herzschlag, als der Hengst wie von ungefähr gegen ihn tänzelte, zurück.
»Ja, es sind gestern tatsächlich welche aufgetaucht«, erwiderte der Ältere. »Ein paar Stunden, ehe der Gotteslästerer dort draußen aufs Rad geflochten wurde. Ritt unter einem hochadligen Banner, der Herr, der sie führte: ein Graf oder ein noch Höhergestellter ...«
»Und drei seiner Gefolgsleute trugen schwarze Harnische und Mäntel, nicht wahr?« Björn stellte die Frage gespielt gleichgültig.
»Könnte so gewesen sein ...« Der mit den schadhaften

Zähnen hatte diesmal geantwortet und dabei einen lauernden Blick auf den immer noch gezückten ledernen Beutel des Blonden geworfen.
»War es so?« Björns Frage kam scharf, während gleichzeitig der Isabellfarbene zu kapriolen begann und den Mann gegen die Mauer drückte.
»Ja, drei Schwarzgekleidete«, versicherte der Hellebardier nun beflissen, während sein Kamerad grinste.
»Und? Blieben sie über Nacht hier? Sie und die anderen?« Adjana spielte mit einer Münze, die sie aus dem Beutel ihres Begleiters gefischt hatte.
Der jüngere Torwächter blickte gierig auf das Silber und schüttelte den Kopf. »Niemand von denen. Sie nahmen nur einen Imbiß ein, ritten dann sofort weiter. Wollten noch nicht mal die Hinrichtung sehen.«
»Weiter nach Dresden?« stieß Adjana nach.
Der Ältere nickte. »Alle, die in Myselwerda Station machen, wollen dorthin oder kommen von dort.«
Björn bedankte sich und gab dem Isabellfarbenen die Zügel frei. Der ältere Wächter machte keine Anstalten mehr, ihn aufzuhalten. Der Jüngere hingegen raunzte: »Heda ...«
»Ach ja«, kam es von Adjana. »Fast hätte ich es vergessen ...« Damit warf sie ihm die Silbermünze wie einem Hund vor die Füße. Während der Zotenreißer sich eilig bückte und sein Kamerad mit einem anerkennenden Blick auf die Welsche feixte, trabte der Hengst mit stolz hochgeworfenem Kopf davon.
Der Ort war nicht groß; schon nach wenigen Minuten öffnete sich die von weit vorkragenden Giebeln fast völlig überdachte Gasse auf den Marktplatz. Ein paar Händler räumten dort soeben ihre restlichen Waren – mageres Geflügel, einfache Bastkörbe, derbes Tongeschirr – auf ihre Karren oder in ihre Kiepen, um vor

Torschluß noch den Heimweg in ihre Dörfer antreten zu können. Ein ärmlicher Jude wiederum, der tagsüber seinen Trödel angepriesen hatte, richtete sich sein Nachtlager neben einem träge sprudelnden Steinbrunnen ein, indem er eine durchlöcherte Decke zwischen zwei Stützpfeilern befestigte, um sich darunter verkriechen zu können.

Als sie ihn passierten, ließ Björn den Hengst langsamer gehen, damit der Bedauernswerte nicht noch zusätzlich mit Schlamm bespritzt wurde; Adjana schenkte dem Verachteten ein Lächeln. In seinen Augen leuchtete es kurz auf, und sein warmer Blick folgte ihnen, bis sie die einfache Herberge, die einzige des Marktfleckens Myselwerda, am anderen Ende des Platzes erreichten.

Stickiger Brodem und Grölen empfingen sie, als Björn die Tür zum Gastraum öffnete. Doch das Gold des Blonden sorgte dafür, daß der Wirt ihnen einen abgetrennten Verschlag im oberen Stockwerk zur Verfügung stellte. Eine Magd brachte Wein, Brot und kalten Braten herauf, stellte alles auf der Truhe neben dem breiten Bett ab, um dann mit anzüglicher Miene wieder zu verschwinden. Nachdem er die erhaltenen Informationen kurz mit Adjana besprochen und seinen Hunger fürs erste gestillt hatte, ging Björn noch einmal nach unten, um sich um den Hengst zu kümmern und danach auch das Sattelzeug heraufzubringen.

Während er im Stall hinter dem Haus tätig war, glaubte er immer noch die junge Frau mit dem rabenschwarzen Haar zu sehen, wie sie eben auf dem Bett gelegen hatte: zart, geheimnisvoll und trotz ihrer Erschöpfung sehr verführerisch. Ihre Küsse fielen ihm wieder ein; die Küsse, die ihn bereits ihre Zärtlichkeit, ihre Leidenschaft und das in ihrem Blut schlummernde Feuer hatten spüren lassen. Die Erinnerung daran begann das Denken an das zu verdrängen, was sie von den Torwächtern erfahren hatten. Björns Kehle wurde rauh, mehrmals schluckte er hastig, während er sich bemühte, die Arbeit im Stall so schnell wie möglich zu erledigen.

Endlich kam er in die Kammer zurück; als er den hingestreckten Frauenleib erblickte, verwandelte sich das Drängen in seinem eigenen Körper beinahe in Schmerz. Doch im gleichen Augenblick, da er erkannte, daß Adjana vor Erschöpfung eingeschlafen war, machte seine Brunst einem anderen Gefühl Platz. Er war sehr erstaunt über sich selbst, als er spürte: Trotz seiner Sehnsucht drängte es ihn plötzlich mehr dazu, sie in ihrer Hilflosigkeit zu beschützen, anstatt sie um jeden Preis zu besitzen.

Der lange, ungestörte Schlaf unter einem schützenden Dach hatte die Kräfte der jungen Frau wiederhergestellt. Unternehmungslustig bestand sie darauf, Björn bei der Suche nach einem zweiten Pferd zu begleiten.

Sie fanden einen Roßhändler drei Gassen weiter. Dort erstand der Blonde für zwölf Dukaten einen schönen Apfelschimmel aus Holsteiner Zucht und versicherte Adjana: »Mit diesem Wallach wirst du bestens auskommen!«

Danach suchten sie einen Schneider auf. Wenig später besaß die junge Frau anstelle des zerrissenen Mieders ein neues, dazu einen warmen Mantel. Bei einem Schuhmacher in einer anderen Gasse kaufte Björn ein Paar feste Stiefel für sie; zuletzt besorgten sie bei einem

Messerschmied einen kleinen Dolch samt Scheide. Adjana nahm die Geschenke dankbar an; als sie sich schließlich zum Aufbruch fertig machten, sagte sie mit leuchtenden Augen: »Du hast vor, sehr weit mit mir zu reiten, was?«

»Ja«, bestätigte Björn Steenholm. »Es kann ein langer Weg werden, ehe wir an unser Ziel kommen ...« Das warme Funkeln in seinen Pupillen, das eben noch dagewesen war, verschwand. »Ein langer und harter Ritt«, setzte er hinzu. »Aber wir werden dabei nicht allein sein; ich meine: du und ich ...«

»Ich weiß, was du meinst«, erwiderte die junge Frau leise und legte im Antraben die Hand kurz auf den Schenkel des Mannes an ihrer Seite.

Gleich außerhalb des südlichen Tores von Myselwerda senkte sich der Weg in ein Bachtal ab, und an der dortigen Furt wurden die Spuren des Lauenburgers zum ersten Mal wirklich greifbar. Denn hier hatte das Gefolge des Herzogs seine Tiere offenbar aus Mutwillen in voller Karriere und im breit auseinandergezogenen Pulk durch das Flachwasser getrieben, um die Rösser dann auf ähnliche Weise durch eine Fichtenschonung am jenseitigen Hang zu hetzen: Dutzende der nur knie- bis hüfthohen Bäumchen waren dabei in Grund und Boden getreten worden.

Die Spuren an der Furt und im jungen Forst hätten eindeutiger nicht sein können; zudem bestätigte ein Bauer, der die geknickten Stämmchen aus der Erde grub: »Statt des Kirchenräubers hätte man das verfluchte Adelspack, das vorgestern den Schaden hier angerichtet hat, aufs Rad flechten sollen!« Als Björn nachfaßte, beschrieb der Mann das Banner, unter dem der rücksichtslose Haufen geritten war; es konnte gar kein anderes als das des Hochverräters gewesen sein.

Nachdem sie diese Auskunft erhalten hatten, trieben der Blonde und Adjana ihre Pferde rasch wieder an; die Fährte blieb auch jenseits der Furt, wo sich nun flaches Heideland erstreckte, so deutlich, daß der Hengst und der Apfelschimmel ihr im Galopp folgen konnten.

Insgeheim hatte Björn sich gefragt, wie die Welsche sich im Sattel behaupten würde. Jetzt, während sie Meile um Meile hinter sich brachten, stellte er erleichtert fest, daß sie ganz offenbar Erfahrung besaß. Mühelos und ohne zu klagen blieb sie an seiner Seite, und er bewunderte sie dafür. Manchmal, wenn die beiden Pferde sich sehr nahe kamen und die Schenkel der Reiter sich beim Dahinpreschen beinahe berührten, streifte ihr flatterndes schwarzes Haar sein Gesicht, und sofort spürte er erneut das Drängen in seinem Blut. Einen wilden Herzschlag lang war er dann versucht, nach ihr zu greifen und sie, dem Trieb nachgebend, zu sich herüberzureißen. Doch jedesmal beherrschte er sich; hämmerte sich ein, daß sie beide nicht wegen eines Schäferstündchens über die Heide jagten: daß sich vielmehr jenseits des diesigen Horizonts die Mörder seines Vaters befanden, die es einzuholen und zu bestrafen galt.

Stunden vergingen im regelmäßigen Wechsel von Galopp und Trab; nur sehr selten einmal, wenn das Gelände zu schwierig wurde, gönnten sie sich und den Rössern eine Verschnaufpause im Schritt. Immer wieder sagte sich Björn, daß der Vorsprung des Lauenburgers auf diese Weise unweigerlich zusammenschmelzen müsse. Der Pulk, bei dem sich bestimmt auch langsamere Tiere und vor allem gepanzerte Reiter befan-

den, konnte unmöglich so rasch vorwärtsgekommen sein wie er und Adjana auf ihren ausdauernden Pferden. Doch dann, die verhangene Sonne stand jetzt fast schon im Zenit, kam der Rückschlag.
Noch immer lief die Fährte breit und unübersehbar nach Südosten, plötzlich aber veränderte sich ihr Aussehen. Nahe einer uralten und einsam stehenden Feldeiche verwandelte sie sich in ein wüstes Geflecht kreuz und quer durcheinanderlaufender Hufstapfen: Adjana und Björn erkannten, daß der Trupp des Lauenburgers hier angehalten und sich vermutlich beratschlagt haben mußte. Das freilich wäre hinsichtlich der Verfolgung nicht weiter schlimm gewesen; schlimm war vielmehr die Tatsache, daß sich die Spur gleich jenseits der bewußten Stelle teilte. Während die große Fährte sich wie zuvor Richtung Dresden zog, zweigte eine kleinere fast direkt nach Süden ab, wo sich am Horizont nun wieder die dunkle Silhouette eines Waldes abzeichnete.
Mit ratlosem Blick stellte Björn die Frage: »Was nun?!«
Adjana murmelte: »Die Torwächter in Myselwerda behaupteten, jeder, der diese Strecke reite, wolle zur sächsischen Residenzstadt. Doch für die da«, sie deutete auf die schmalere Spur, »kann das offenbar nicht gelten.«
Björn glitt aus dem Sattel, warf der Welschen die Zügel zu und untersuchte die nach Süden führende Fährte genauer. »Es können nicht mehr als drei oder vier Reiter gewesen sein«, murmelte er nach einer Weile.
Adjana, die währenddessen vom Pferderücken aus angestrengt in Richtung auf den Wald gespäht hatte, verbesserte ihn: »Nicht vier, sondern drei ...«
»Drei, sagst du?« Jagdfieber schwang in der Stimme des Blonden mit. »Bist du sicher?«

»Dort vorne«, erwiderte die Dunkelhaarige, »durch den Flecken Federgras, laufen die Spuren weit auseinandergezogen. Ich kann drei dunkle Striche erkennen. Drei, Björn ...«
»Die schwarzen Reiter!« stieß der Blonde hervor. »Drei von ihnen sind noch übrig. Und natürlich hatten sie am meisten Grund, sich vom Haupttrupp zu trennen. Zunächst benutzten sie den größeren Verband wohl noch zu ihrem Schutz. Aber hier, an die zwei Tagesritte von Lützen entfernt ...«
»Haben die Spießgesellen dessen, der mich verschwinden lassen sollte, offenbar beschlossen, für eine Weile unterzutauchen und sich zunächst besser nicht in Dresden sehen zu lassen«, fiel Adjana ein.
»Möglicherweise hat der Lauenburger es ihnen auch wegen seiner eigenen Sicherheit befohlen«, setzte Björn hinzu und schwang sich rasch wieder in den Sattel seines Hengstes. »Wie auch immer, wir wissen jetzt, welcher Fährte wir folgen müssen – dank deiner scharfen Augen!«

Die Wölfe, dachte der Schäfer, sind verflucht früh gekommen dieses Jahr. Als ob sie im Krieg nicht genug Aas finden könnten, die Teufelsluder ...
Er versetzte dem grauen, blutbesudelten Körper, den er am Morgen in der Erdfalle gefunden und mit der Eisenspitze am unteren Ende seines Krummstabes abgetan hatte, einen haßerfüllten Fußtritt. Dann kniete er nieder und zog das Messer, um das Raubtier abzubalgen. Als die Klinge sich unter das Fell mit den dichten, starren Grannen fraß und der Wind den Geruch hinüber

zum Pferch trug, flohen die Schafe erschrocken zum anderen Ende der Hürde. »Keine Angst, der da wird euch nichts mehr tun«, murmelte der Schäfer und zog das Messer durch bis zum After.
Gleich darauf jedoch, als er die Reiter herangaloppieren sah, malte die Furcht sich auf seinem eigenen verwittertem Antlitz. Denn er wußte aus leidvoller Erfahrung: Mit einem Wolf konnte er fertig werden, kaum aber mit menschlichen Bestien!
»Halt dich hinter mir! Der Kerl sieht gefährlich aus!« Mit unterdrückter Stimme rief Björn Adjana die Warnung zu, während die Pferde bereits in Trab, dann in Schritt fielen. Die Welsche gehorchte; auch ihr erschien der ruppige Mann mit dem derben Stock, den er mit der Eisenspitze nach vorne in den blutverschmierten Händen hielt, nicht geheuer.
Doch dann, als der Schäfer erkannte, wie zierlich die Gestalt auf dem Apfelschimmel war, veränderte sich sein Gesichtsausdruck. »Du hast ein Weib bei dir?! Bist am Ende doch kein Marodeur?!« rief er Björn zu.
Der Blonde begriff und entspannte sich. Demonstrativ ließ er den Hengst etwas zur Seite ausweichen, ehe er erwiderte: »Wir wollen dir nichts Böses! Eher ist es so, daß wir auf der Jagd nach Marodeuren sind ...«
»Ihr?!« Der Hirte lachte bitter auf. »Du und die Kleine?! Gegen das Rudel Halsabschneider, die mich zusammenschlugen und dann die beiden Schafe abstachen und raubten?!«
»Ein Rudel, sagst du? Wie viele genau? Und wann waren sie hier?« Der Blonde stieß die Fragen blitzschnell hervor.
»Nun ja, eineinhalb Tage ist's her«, versetzte der Schäfer. »Drei waren es; einer schlimmer als der andere ...«

»Trugen sie Harnische und schwarze Mäntel?« mischte sich Adjana ein.
Der Hirte nickte. »Ja, Kriegsleute! Haben mir die Schafe mit den blanken Schwertern gemetzelt...«
»Kamen sie aus der gleichen Richtung wie wir?« wollte wieder Björn wissen.
»So war's! Und dann sprengten sie weiter auf den Wald zu ...« Der Schäfer deutete die Richtung an.
»Wohin könnten sie gewollt haben?« überlegte Adjana. »Liegt hinter dem Forst ein Dorf? Oder eine Burg?«
Der Hirte schüttelte den Kopf. »Dahinter? Nichts! Aber mittendrin ...«
»Was?! So rede doch!« Der Hengst, ohnehin unruhig wegen des Wolfskadavers, spürte zusätzlich Björns Erregung und begann zu tänzeln.
»Die Waldlaterne gibt's dort«, murmelte der Schäfer; dann, nachdem der Blonde noch einmal nachgefaßt hatte, erklärte er genauer, was er damit meinte.

»Wenn wir die drei schwarzen Reiter stellen und ausquetschen können, ehe sie ihre verdiente Strafe erhalten, dann haben wir auch den Lauenburger überführt!« Steenholm rief es über die Schulter, während er gleichzeitig den Isabellfarbenen im vollen Trab über den kaum sichtbaren Waldweg trieb.
»Aber ich bitte dich nochmals, dich nicht allen dreien im offenen Kampf zu stellen!« kam es von Adjana zurück. Sie wich geschickt einem heranpeitschenden Ast aus. »List ist in unserem Fall allemal besser als gleich dreinzuschlagen! Und sollten die Feinde noch immer in der Waldlaterne sein ...«

»Das glaube ich nicht«, versetzte der Blonde. »Vor allem aber müssen wir den verdammten Ort erst einmal finden. Ich habe fast schon das Gefühl, wir sind längst daran vorbeigeritten ...«

»Nein!« erwiderte die Welsche. »Er liegt noch vor uns, ich weiß es! Und außerdem spüre ich, daß wir dort sehr, sehr vorsichtig sein müssen ...«

Dann, sie hatten eine weitere Viertelmeile zurückgelegt, drang auf einmal der beißende Geruch von brennendem grünen Holz durch das Halbdunkel des Waldes. Die Rauchfäden zogen von einer Stelle etwas seitlich des Pfades heran. Die beiden Reiter folgten ihnen; langsam im Schritt jetzt. Björn hatte zudem eine seiner Pistolen gespannt – und um ein Haar hätte er sie auch abgefeuert, als unvermittelt das furchteinflößende Mal vor ihm auftauchte.

Der blutüberströmte menschliche Körper lauerte mit weit ausgebreiteten Armen im Eingang einer düsteren Grotte; hinter ihm drohten Spieße, Schwerter, nagelbesetzte Keulen, Peitschen und andere Folterwerkzeuge aus dem Dunkel. Mordlüstern glühten die Augen, wie Krallen waren die Hände gespreizt; jeden Moment konnte das Ungeheuer aus der Höhle schnellen und sie angreifen.

Dies jedenfalls schoß Björn jäh durch den Kopf, während er seine Waffe in Anschlag brachte und gleichzeitig in seinem Rücken das entsetzte Keuchen Adjanas hörte – erst mit dem nächsten Lidschlag begriff er, was er wirklich sah: einen übermannshohen Kruzifixus, dessen Hände an den Balken genagelt waren; darunter, am Stamm des Kreuzes, die Mordwerkzeuge, mit denen er gepeinigt worden war.

Mit einem heftigen Atemzug setzte der Schwede den Hahn der Pistole wieder in Ruhe und wandte sich sei-

ner Begleiterin zu, die noch immer mit schreckgeweiteten Augen starrte. »Ein Folterchristus«, flüsterte er. »Ich habe von derlei Götzenbildern bereits gehört, aber noch nie eines gesehen. Es scheint, als sei die Grotte eine Art Wallfahrtsstätte ...«
Auch Adjana entspannte sich, als er sein Pferd hart neben sie lenkte und den Arm um ihre Schultern legte. »Und die Laternen über dem Eingang der Höhle – sie sind es wohl, die dem Ort seinen Namen gegeben haben«, sagte sie leise. »Es muß schrecklich sein, wenn sie nachts brennen und der Flackerschein das furchtbare Bild mit den gläsernen Augen überzieht ...«
»Katholisches Teufelszeug!« Björn spuckte die Worte förmlich aus. »Aber komm weiter! Dort drüben scheint sich die Quelle des Rauches zu befinden, und dort müßte auch die Taverne liegen, die der Schäfer meinte, als er von der Waldlaterne sprach ...«
Das einsame Gasthaus stand, in eine gerodete Bodensenke geduckt, etwa dreihundert Schritte hinter der obskurantistischen Grotte. Das breite, flache Dach war statt mit Schindeln oder Schiefer mit einer dicht verfilzten Grasnarbe bedeckt; die Fenster in den Bohlenwänden darunter glichen eher Schießscharten. Seitlich dampfte zwischen den aus Holzknüppeln errichteten Stallhürden für etliche Rinder, Schweine und Ziegen ein Dunghaufen. Gleich dahinter türmte sich ein Berg grobes Feuerholz auf, dann begann erneut der Wald.
Als die Rösser sich näherten und der Hengst unvermittelt gegen den Forst hin wieherte, tauchte unter dem niedrigen Türsturz ein kräftiger, etwa vierzigjähriger Mann auf, der die Ankömmlinge zunächst mißtrauisch musterte, dann jedoch umsteckte und rief: »Herzlich willkommen, die Dame und der Herr, in meiner Taverne! Man hat Euch wohl in Myselwerda oder auch in

Zscherkwitz drüben empfohlen, die Nacht in der alten Waldlaterne zu verbringen. Recht tut Ihr daran, findet auf acht oder zehn Meilen im Umkreis kein anderes Gasthaus, und bis zur Dunkelheit sind's höchstens noch drei Stunden ...«

»Dann hättest du also Platz für uns?« Mit zusammengekniffenen Augen musterte Björn die Taverne und das Grundstück.

»Platz genug!« versicherte der Wirt. »Ihr seid unsere einzigen Gäste, sollt deswegen ganz besonders aufmerksam bedient werden!«

»So? Ich dachte, es wären noch andere Reisende hier eingekehrt«, sagte der Blonde leichthin. »Mir war, als hätten wir auf dem Weg durch den Wald Spuren gesehen ...«

»Die waren gestern da«, erwiderte der Besitzer der Herberge. »Heute sind die Betten schon wieder frei. So ist's, die einen gehen, die anderen kommen ...«

Björn und Adjana wechselten einen raschen Blick, schwangen sich dann aus den Sätteln. Der Wirt grinste zufrieden, pfiff im nächsten Moment gellend durch die Zähne. Ums Hauseck schlurfte ein abgerissener Bursche heran, offensichtlich der Knecht; sein Herr wies ihn an: »Kümmere dich um die Pferde der Herrschaften! Bring sie in den Verschlag gleich hier vorne!« Er wandte sich wieder seinen Gästen zu. »Und Ihr, meine Dame, mein Herr, seid so gut, mir ins Haus zu folgen. Meine Alte wird Euch auftragen, was Küche und Keller hergeben ...«

Adjana unterbrach ihn: »Die Rösser würden besser auf der Weide dort hinten stehen!« Sie deutete zu der freien Fläche neben dem riesigen Stoß Feuerholz.

»Geht nicht! Wölfe! Der Winter scheint heuer früh zu kommen; sie schleichen schon jetzt um die Rodung!«

schnappte der Wirt in einem Tonfall, der keinen Widerspruch duldete.
Die Welsche beschied sich; der Isabellfarbene wieherte erneut schmetternd zum Waldrand hinüber, als der Knecht ihn und den Apfelschimmel wegführte.
»Bring unsere Sättel und das andere Zeug nachher herein!« rief Björn ihm noch zu, dann folgten er und Adjana dem Hausherrn durch die niedrige Tür in die Wirtsstube.
Die tief herabhängenden Balken und verräucherten Wände gaben dem Raum das Aussehen einer Höhle. Unwillkürlich erinnerte die junge Frau sich an die grauenhafte Grotte draußen im Wald und fröstelte trotz des Holzkohlenfeuers, das auf dem Steinherd in einer Ecke glühte. Doch die dickliche Wirtin brachte sie rasch wieder auf andere Gedanken, als sie händereibend herbeieilte und versicherte, daß der Punsch in kürzester Zeit zubereitet sein würde.
»Und zuvor schon mal einen Kornbrand zum ersten Aufwärmen«, fiel ihr Gatte ein.
Björn nickte, freilich nicht ganz ohne Hintergedanken, denn kaum hatten er und Adjana mit dem Wirt angestoßen, brachte er das Gespräch neuerlich auf die Gäste des vergangenen Tages. »Es waren wohl versprengte Soldaten, die gestern bei dir einkehrten, nicht wahr?« erkundigte er sich.
»Soldaten oder Händler, wen kümmert's?« antwortete der Mann achselzuckend. »Waren auf jeden Fall ziemlich wortkarg; hab' nichts aus ihnen herausbringen können. Sind auch spät angekommen und früh wieder weitergezogen.«
»Und es hat dir tatsächlich keiner von ihnen erzählt, welches Gewerbe sie trieben?« heuchelte der Blonde weiterhin Interesse.

»Nein, die waren alle drei maulfaul und müde«, wiederholte der Wirt. Unmittelbar darauf fuhr er herum und herrschte sein Weib an: »Wo bleibt denn der Punsch? Mach endlich zu!«
Adjana nutzte die Gelegenheit, um Björn heimlich drei Finger zu zeigen und dabei bedeutungsvoll zu zwinkern. Der Blonde gab das Signal zurück; im gleichen Augenblick ertönte von draußen wiederum das schmetternde Wiehern des Isabellfarbenen. »Ich glaube, wir sollten doch noch einmal nach den Pferden sehen«, sagte die Welsche. »Kann sein, dein Hengst hat etwas zurückbehalten von dem Dorn, den er sich heute eingetreten hat.«
»Und du hast das richtige Händchen dafür, um ihn notfalls noch einmal zu versorgen«, stimmte Björn zu.
Damit verließen die beiden, obwohl die Wirtin wegen des Punsches protestierte, die Taverne.
Eng aneinandergedrängt standen die beiden Tiere im Verschlag; der Knecht hatte sie inzwischen abgesattelt und war verschwunden.
»Der Isabellfarbene ist wirklich unruhig«, wunderte sich Björn und klopfte ihm den Hals. Dann wandte er sich wieder Adjana zu: »Was wolltest du mir unter vier Augen sagen?«
»Ich weiß nicht genau ... Ein Gefühl ...« flüsterte die junge Frau. »Als der Wirt dir ungewollt bestätigte, daß es die drei Reiter waren, hat er uns dennoch etwas verschwiegen ... Irgendwie, tief drinnen, habe ich gespürt, daß er log ... Daß er etwas verbergen wollte ...«
»Ja, du hast diese Gabe«, murmelte der Blonde. »Aber eines ist klar: Die Feinde sind tatsächlich nicht mehr hier ...«
»Vielleicht sind sie viel später weg, als der Mann uns weismachen wollte«, erwiderte Adjana. »Vielleicht

dachte er, wir könnten noch versuchen, sie einzuholen und zusammen mit ihnen zum nächsten Ort reiten. Dann hätte er auf das Geschäft mit uns verzichten müssen ...«

»Das wäre eine Möglichkeit«, gab Björn zu. »Und wenn es so wäre, dann ...«

Im nächsten Moment hatte er die Welsche auf den Rükken des Hengstes gehoben, löste nun den Zaum und schwang sich selbst hinter Adjana auf. »Das kurze Stück geht's auch ohne Zügel und Sattel!« rief er ihr zu, während er das Tier mit Schenkeln und Fersen bereits ins Freie trieb. Dort ließ er es in schnellem Trab zu der Stelle laufen, wo sich der Weg, den sie gekommen waren, jenseits wieder im Wald verlor.

Der Pfad wand sich zunächst durch verrottetes Laub. Ein Stück weiter aber kam fette, dunkle Erde, und hier waren die Spuren, obwohl nicht mehr frisch, plötzlich gut zu erkennen. Dennoch runzelte Björn die Stirn, ganz so, als verwirrte ihn gerade dieser Anblick; fast gleichzeitig rief die Welsche: »Die stammen nie im Leben von drei Pferden!«

»Du hast recht! Es waren nur zwei«, bestätigte der Blonde. »Und das bedeutet, daß sich der dritte Reiter noch hier bei der Taverne befindet ...«

»Wenn er nicht einen anderen Weg eingeschlagen hat«, vollendete Adjana den Satz.

»Das läßt sich feststellen«, versetzte Björn und trieb den Hengst seitlich durch das Gebüsch. »Wenn wir einen Kreis um das Gasthaus schlagen, müssen wir auf die verborgene Fährte stoßen – sofern es sie gibt ...«

Mühsam drang der Isabellfarbene durch das Gestrüpp. Brombeerranken rissen an den Stiefeln der Reiter; tiefhängende, vor Nässe triefende Äste und Zweige trafen ihre Körper. Die Taverne, die zunächst noch im Nordwesten sichtbar gewesen war, lag jetzt bereits östlich, doch das große Pferd, das aufgrund der Strapaze immer unwilliger wurde, hatte höchstens einmal eine schmale Wildfährte gekreuzt. Plötzlich, als ein von Osten heranwehender Luftzug den Hengst traf, wieherte er schrill auf und ging durch.

Björn, der lediglich das Stallhalfter in der Faust hielt, vermochte den Isabellfarbenen nicht zurückzuhalten. Wie ein Ungewitter brach das Roß durch den Forst, geradewegs zurück zu der Rodung, auf der das Gasthaus stand. Der Blonde und die Frau klammerten sich fest, so gut sie konnten; Björn fluchte dabei lauthals auf den Isabellfarbenen, der auf einmal dermaßen verrückt spielte. Dann sprengte der Hengst bei dem übermannshohen Brennholzhaufen auf die Lichtung hinaus. Der Blonde griff ihm hart in die Mähne, versuchte ihn wenigstens jetzt zur Räson zu bringen – und tatsächlich fiel das Pferd augenblicklich in Schritt. Jedoch nur, um jetzt mit aller Gewalt gegen den Holzstoß zu drängen und erneut wie wahnsinnig zu wiehern. Und in dieses Wiehern mischte sich nun ein zweites, das aus dem Haufen der hochgeschichteten armlangen Scheiter zu kommen schien.

Blitzschnell glitt Adjana zur Erde, als der Hengst sich bäumte und mit den Vorderhufen gegen den Holzstoß zu trommeln begann. Björn hielt sich auf seinem Rükken, ließ das Tier jetzt seltsamerweise sogar gewähren – gleich darauf stürzte ein Teil des Haufens ein. Zurückweichend erkannte die Welsche, daß sich dahinter ein Hohlraum befand; mit dem nächsten Lidschlag sah sie auch die Rappstute dort drinnen, die den Isabellfarbenen durch ihren Geruch angelockt hatte.

»Sie ist rossig!« keuchte Björn. »Deswegen spielt er verrückt!« Er sprang ebenfalls ab und ließ dabei das Stallhalfter fahren; der Hengst würde sich ohnehin nicht mehr von der Stelle rühren.

»Aber was bedeutet das hier?!« stieß Adjana hervor.

»Das werden wir gleich erfahren!« erwiderte Björn und blickte den heranrennenden Herbergsleuten und dem Knecht grimmig entgegen. Einen Augenblick später fuhr er sie an: »In der Wirtsstube verbrennt ihr teure Holzkohle, obwohl ihr hier draußen jede Menge Scheiter habt. Ich hätte gleich draufkommen müssen, daß damit etwas nicht stimmt. Jetzt raus mit der Sprache: Aus welchem Grund habt ihr das Roß hier verborgen?!«

»Der Krieg, Herr!« jammerte die Wirtin.

»Wer könnte es denn wagen, bei diesen Zeitläuften ein Pferd einfach in den Stall zu stellen?!« fiel ihr Gatte ein. »Im Handumdrehen hätten's die Marodeure requiriert!«

»Wenn man heutzutage sein Eigentum behalten will, dann muß man es verstecken!« beteuerte der Knecht.

»Die Stute gehört also euch?« Björns Grimm schien sich gelegt zu haben. »Nun ja, wem denn sonst ...« setzte er, als alle drei heftig nickten, scheinbar versöhnlich hinzu. »Aber ihr hättet es mir trotzdem sagen müssen, wegen meines Hengstes. Wir hätten uns vorhin den Hals brechen können, als er durchging ...«

»Ihr habt recht, Herr«, dienerte die Wirtin. »Aber wir geben auch einen aus auf den Schreck. Kommt zurück in die Gaststube!«

»Sobald wir uns um mein Roß gekümmert haben«, erwiderte Björn; gab Adjana dabei mit den Augen ein Zeichen. »Möglicherweise hat es bei dem wilden Ritt Schaden genommen ...«

Dann, als sie Deckung hinter dem Isabellfarbenen gefunden hatten, der immer wieder spielerisch nach der Stute biß und dabei unruhig um sich trat, flüsterte

der Blonde: »Wenn es sich bei diesem rassigen Tier um ein Bauernpferd handelt, dann will ich geteert und gefedert werden! Vielmehr wette ich meinen Kopf, daß es aus dem Marstall des Lauenburgers stammt!«
»Aber wo ist dann der Reiter?!« fragte die Welsche. Gehetzt blickte sie sich um, als befürchtete sie, der Mann könnte jeden Moment auftauchen.
»Wir müssen jetzt auf jeden Fall sehr vorsichtig sein!« Björns Blick ging zu den Tavernenleuten, die noch immer ein Stück abseits lauerten. »Es ist durchaus möglich, daß sie mit ihm unter einer Decke stecken! Doch zunächst einmal muß der Hengst zum Haus zurück, damit wir ihn notfalls bei der Hand haben!«
Der Blonde wand das Stallhalfter zu einer Schlinge und drückte diesen provisorischen Knebelzügel ins Maul des Isabellfarbenen. Dann schwang er sich auf den Rücken des Hengstes und versuchte ihn von der Rappstute wegzubringen. Sofort setzte auf beiden Seiten erneut das schmetternde Wiehern ein. Der Isabellfarbene sperrte sich; Björn hatte große Mühe, ihn wenigstens ein paar Pferdelängen weit abzudrängen. Gleich darauf setzte sich der Kampf zwischen Roß und Reiter dergestalt fort, daß der Hengst in Galopp sprang und mit wütend hochgeworfenem Kopf einen Kreis um den Holzhaufen zog. Als er die Stute von neuem erblickte, wollte er zurück, doch jetzt gebrauchte der Blonde die Sporen. Der Isabellfarbene schien endlich gehorchen zu wollen, tat ein paar krampfige Sprünge in Richtung Taverne. Aber dann schlug ihm offenbar wieder der lockende Geruch in die Nüstern. Er brach seitlich aus, kam jedoch gegen den Sporenschlag und den sich zusammenziehenden Knebel im Maul nicht an – und preschte, nachdem er, außer sich, ausgekeilt hatte, plötzlich in Richtung auf Myselwerda davon.

Der Reitwind peitschte Björns Gesicht; er hatte alle Mühe, sich auf dem nackten Pferderücken zu halten; gleich darauf schlugen die Äste und Zweige des Waldpfades im Nordwesten über ihm und dem Roß zusammen. Mit aller Kraft versuchte er, das rasende Tier aufzuhalten, doch es war vergeblich: der Hengst war endgültig außer Rand und Band geraten. Und dann bäumte sich das Tier mit wild schlegelnden Hufen auf; unmittelbar vor sich sah Björn den grauenerregenden Korpus des Kruzifixus und die Marterwerkzeuge, die ihn aufzuspießen drohten ...

Als Adjana auf dem Apfelschimmel heranpreschte, sah sie den verstörten Isabellfarbenen vor der Grotte stehen und immer wieder mit den Hufen gegen die hölzernen Waffen und Folterinstrumente schlagen. Der Blonde hingegen war nirgends zu sehen; die junge Frau fürchtete bereits, er läge mit gebrochenem Genick irgendwo im Wald.

Dann aber, nachdem sie abgesessen war, vernahm sie das Geräusch aus der Höhle. Sie zerrte den ungebärdigen Hengst ein Stück zurück, um durch das teils zersplitterte Gewirr eindringen zu können, drückte sich mit angehaltenem Atem an dem Gekreuzigten vorbei, stolperte unversehens, rutschte nach unten weg und prallte gegen einen Körper, der sich in der seltsam süßlich riechenden Finsternis verbarg. Doch den schweren Duft nahm sie nur ganz am Rande ihres Bewußtseins wahr – denn im gleichen Moment umklammerte eine heranschnellende Hand ihren Hals.

Björn hatte sie im ersten Schreck für einen Feind gehalten; jetzt, da er ihren zarten Körper fühlte, löste er den Griff wieder. Adjana hörte seine gepreßte Stimme: »Du?!«

»Bist du verletzt?!« keuchte sie und vernahm die Antwort: »Nein – aber da ist ein Toter unter mir ...«

Im gleichen Moment, da er es sagte, wurde auch ihr plötzlich klar, was der süßliche Geruch bedeutete. Panisch schrak sie zurück, beeilte sich, über die Rampe aus bröselnder Erde und verrottetem Laub wieder nach oben zu kommen; erleichtert bemerkte sie, daß der Blonde ihr folgte.

Zurück im Tageslicht, während er eine der Laternen über dem Grotteneingang abnahm und sie untersuchte, erklärte er ihr hastig die Zusammenhänge: »Letztlich entdeckte ihn der Hengst. Weil ich ihn nicht zur Stute ließ, ging er auf ihrer Spur durch. Und zwar auf der letzten Wegstrecke, die sie mit ihrem rossigen Aroma markierte, ehe man sie in dem Holzstoß verbarg. Dieser kurze Weg muß von der Taverne hierher und dann zurück geführt haben. Als der Isabellfarbene sich vor der Grotte aufbäumte und mit den Hufen gegen das Hindernis zu schlagen begann, begriff ich es ...«

»Aber wenn die Stute aus dem lauenburgischen Marstall stammt, dann müßte es sich bei dem Toten hier ...« setzte Adjana an.

»Wir werden es sofort herausfinden!« unterbrach Björn und holte seinen Feuerstein aus der Tasche, um die Laterne zu entzünden.

Die Abenddämmerung webte bereits ihre finsteren Schatten über die Rodung. Die drei Bewohner standen

unter der vom Herdfeuer erleuchteten Tür der »Waldlaterne« und spähten stumm zu den beiden Reitern hinüber, die sich jetzt näherten. Zu den Pferden – und zu der Schleife, die der Hengst hinter sich herzog: der Bahre, auf der die leblose Gestalt festgeschnürt war.
Unmittelbar vor dem flackrigen Rahmen der Tür brachte Björn den Isabellfarbenen zum Halten – und zwar so, daß die Schleife direkt im Licht stand. Dann saß er ab, deutete auf den Toten und herrschte die mit versteinerten Gesichtern Dastehenden an: »Kennt ihr diesen Mann?!«
»Bei den sieben Wundmalen Christi!« jammerte die Wirtin auf. »Einen Leichnam schleppt Ihr an?! Einen Fremden! Und das auch noch bei Einbruch der Nacht! So etwas bringt großes Unglück, Herr!«
»Es wird in der Tat über euch kommen, wenn ihr nicht sofort redet!« drohte der Blonde. »Denn der Tote ist euch nicht fremd!« Er wies auf die Bahre. »Ein Geharnischter im schwarzen Mantel! Der gestern zusammen mit zwei anderen auf seiner Rappstute hier eintraf! Auf der gleichen Stute, die ihr vor neugierigen Augen verborgen haltet! Und jetzt raus mit der Sprache! Augenblicklich! Was geschah mit diesem Reiter?! Wie kam er zu Tode?! Und wer hat ihn in der Grotte unter dem Kruzifixus verscharrt?!«
Der Wirt bekreuzigte sich. »Wenn Ihr das sowieso schon wißt, Herr ...« begann er zögerlich.
»Ja?!« schnappte Björn.
Der andere schien sich einen Ruck zu geben: »Dann sollt Ihr auch den Rest erfahren. Es war nämlich so, daß ...«
Der Blonde, um besser zu verstehen, trat einen Schritt vor. Im gleichen Moment sprang ihn der Knecht an. Das scharfe Waidmesser, das er blitzschnell gezogen hatte,

zielte im waagrechten Schwung direkt auf die Kehle des Schweden und hätte sie ihm durchtrennt, wenn Björn sich nicht gedankenschnell geduckt hätte. So streifte der tückische Hieb lediglich sein Haar, gleichzeitig aber traf ihn der Fußtritt des Wirts dermaßen hart gegen das Schienbein, daß er stürzte. Das gegürtete Schwert geriet ihm dabei zwischen die Beine und kam unter ihm zu liegen. Der Knecht, während jetzt auch der Wirt eine Klinge zog, heulte triumphierend auf und holte erneut aus, um den tödlichen Stoß in den völlig ungeschützten Rücken des Schweden anzubringen.
In derselben Sekunde sirrte etwas Blitzendes heran. Eine Handspanne vor dem Körper Björns ruckte das Waidmesser jäh zurück. Mit hervorquellenden Augen starrte der Knecht auf seine eigene Herzgrube – aus der Adjanas Dolchgriff ragte.
Wiederum fast im gleichen Moment prallte der Apfelschimmel gegen die Brust des Wirts und schleuderte ihn zurück gegen die Hauswand. Der Blonde nutzte die Gelegenheit, sprang auf, zog das Schwert und ging, während Adjana die Frau in Schach hielt, deren Gatten an. Im offenen Kampf hatte der Wirt keine Chance gegen den geübten Offizier. Schon der fünfte Schlag Björns entwaffnete ihn; einen Herzschlag später saß die Schwertspitze des Schweden an seiner Kehle.
Der Besiegte winselte um Gnade; jammernd flehte die Wirtin um sein Leben.
Der Blonde wechselte einen kurzen Blick mit der Welschen, ließ das Schwert sinken und veranlaßte, daß die beiden Leichen vorerst in den Schuppen gebracht und die Pferde untergestellt wurden. Anschließend trieb er das Paar ins Innere der Taverne.
»Und jetzt heraus mit der Sprache!« verlangte Björn dort. »Wie gelangte der Tote in die Grotte?!«

»Sie kamen zu dritt«, keuchte der Wirt. »Hatten zwei Schafe bei sich; verlangten, daß wir sie ihnen brieten. Natürlich gehorchten wir, richteten ihnen auch eine Kammer für die Nacht her. Doch ehe sie hinaufgehen konnten, packte sie der Spielteufel. Sie karteten wie die Wahnsinnigen: zuerst um Silber, bald um Gold, das sie reichlich bei sich hatten. Und dazwischen: einen Krug Branntwein nach dem anderen ...«

»Da war's kein Wunder, daß sie in Streit gerieten!« fiel die Wirtin ein. »Derjenige, der jetzt draußen liegt, habe betrogen, so brüllten sie. Ein Wort gab das andere, dann zogen sie blank; fielen wie die Wölfe übereinander her ...«

»Und der eine hat's eben mit dem Leben bezahlt!« murmelte der Besitzer der Taverne. »Aber wir hatten nichts damit zu tun; wie hätten wir sie auch zurückhalten sollen?!«

»Ihr hattet nichts damit zu tun – und behieltet dennoch das Pferd des Getöteten?« insistierte Björn.

»Weil sie von uns verlangten, daß wir den Leichnam so begraben müßten, daß ihn bis zum Jüngsten Tag keiner mehr finden könne«, flennte die Frau. »Sie sagten, dies müsse aufgrund eines fürstlichen Befehls so geschehen; der Tod des Verräters sei insgeheim längst beschlossen gewesen. Wenn's aber herauskäme, dann würden wir alle hängen. Und wir ... wir wußten einen geeigneten Ort. Zum Lohn dafür haben sie uns die Stute gelassen; allen anderen Besitz des Geächteten jedoch nahmen sie mit, als sie früh am nächsten Morgen weiterritten.«

»Aha, und weil man euch weisgemacht hatte, irgendein Adliger würde euch bestrafen, wenn die Mordtat ans Licht käme, habt ihr versucht, auch meinen Freund noch zu töten!« rief Adjana entsetzt aus und umklammerte Björns Arm.

Der Blonde, während die Wirtsleute sich beschämt duckten, blickte ihr tief in die Augen und zog sie an sich. »Aber du hast es verhindert!« flüsterte er ihr zu.
Ihre samtdunklen Pupillen weiteten sich erschrocken in der noch einmal aufflackernden Erinnerung. Doch gleich darauf, als sie spürte, daß er um ihre abgrundtiefe Angst um ihn wußte, verschwand der Gedanke an das Schreckliche und machte einem unendlich erlösenden Gefühl Platz: Sie waren sich beide noch einmal geschenkt worden!
Im selben Moment wurde sie hochgehoben, und während der Blonde sie zur Kammer tief hinten im Raum trug, wußte sie, daß ihr nichts Böses mehr geschehen konnte, sobald erst die Tür hinter ihnen verriegelt sein würde.

9
DAS GESTÄNDNIS

Der neue Tag mußte sonnig sein; der weiche Lichtstrahl, der durch die kleine Fensterluke in den Raum fiel, umschmeichelte Adjanas Brüste mit pastellfarbenen Tönen.

Welch ein Wunder nach all der Dunkelheit! dachte Björn, während seine Lippen, zitternd vor neu erwachtem Verlangen, über die sanften Konturen glitten und dabei jedes kaum sichtbare Härchen auf der warmen Haut zu erspüren schienen. Vorsichtig tastete seine Zunge sich an das haselnußfarbene Rund heran. Die junge Frau, noch im Halbschlaf, dehnte ihm ihren Körper entgegen; entzückt spürte der Mann, wie die kleine Beere sich in seinen Kuß drängte. Als er zu saugen begann, stöhnte Adjana beglückt auf; dann waren ihre Hände in seinem Haar und forderten ihn auf, weiterzumachen.

Wieder, ganz wie bei Einbruch der Nacht schon, erforschte er ihren Leib: den sanften Schwung der Brüste, die schlanken Flanken, die lockende Mulde des

Nabels, das dunkle Dreieck zwischen den sich langsam öffnenden Schenkeln. Aus dem gedämpften Stöhnen der jungen Frau wurde ein kleiner, lustvoller Schrei, als er in sie kam: langsam und rücksichtsvoll zunächst, dann mit seiner ganzen männlichen Kraft und seiner berauschenden Lust, die zuletzt all ihr Denken wegschwemmte.
Der Lichtstrahl, der sie geweckt hatte, war ein ganzes Stück weitergewandert, ehe das Paar in die Realität zurückfand. Zögernd löste Björn sich aus Adjanas Armen; seine Augen baten dabei um Verständnis. Ein Lächeln, hinter dem der kleine Schmerz höchstens zu ahnen war, glitt über ihre Lippen. »Ja, mein Herz, wir müssen reiten«, sagte sie leise. Geschmeidig glitt sie sogar noch vor ihm aus dem Bett; noch einmal sah er sie nackt, dann verwandelte sie sich wieder in die Gefährtin und Kämpferin, die ihm am Abend zuvor das Leben gerettet hatte.
Die Wirtsleute zeigten keine Feindseligkeit mehr, stumm und unterwürfig trug die Frau das Frühstück auf; von draußen drang das Klirren und Scharren einer Schaufel herein. Björn und Adjana ahnten, was der Besitzer der Taverne tat; nachdem sie gegessen hatten, gingen sie hinaus auf den Vorplatz und folgten den Geräuschen um die Ecke des Bohlenhauses.
Die beiden Gräber waren zwischen Stall und Schuppen ausgehoben worden. Den Knecht bedeckte bereits eine dünne Erdschicht; der andere Tote, der Geharnischte, lag noch neben der zweiten Grube. Mit niedergeschlagenem Blick trat der Wirt beiseite, als der Blonde und die junge Frau herankamen. Sie blieben bei dem erdolchten schwarzen Reiter stehen, untersuchten noch einmal genau seine Wunden, dann seine Ausrüstung. Doch außer dem dunklen Mantel und dem Brust-

panzer war nichts an ihm, was ihnen weitere Aufschlüsse hätte geben können.
»Du hast ihn wohl sehr gründlich gefleddert, was?« wandte sich Björn an den Besitzer des Gasthauses.
»Ich sagte es Euch doch schon gestern, Herr! Das waren seine Kameraden!« lautete die Antwort.
»Schöne Kameraden!« fiel mit verächtlichem Funkeln in den Augen Adjana ein.
»Und was ist mit dem Sattelzeug des Toten? Das werden seine Mörder doch kaum mit sich weggeschleppt haben«, nahm wieder der Blonde das Wort. »Und die Stute trug es gestern auch nicht mehr.«
»Dort drinnen ...« Der Wirt deutete auf den Schuppen und wandte sich dann wieder seiner schaurigen Arbeit zu.
Der Sattel, von einem altem Woilach bedeckt, hing ganz hinten über einem Balken. Aber auch die Packtaschen waren restlos ausgeräumt worden. Lediglich die beiden leeren Pistolenholster und die frische Schramme eines Schwert- oder Hellebardenhiebes an der linken Pausche hätten dem Blonden und seiner Freundin einen gewissen Hinweis geben können, wenn sie nicht ohnehin schon gewußt hätten, daß der Reiter an der Schlacht von Lützen und am Attentat auf den schwedischen König beteiligt gewesen sein mußte.
Enttäuschung malte sich auf Björns Gesicht. »Zwei der Meuchelmörder starben, ehe ich sie zur Rede stellen konnte«, sagte er. »Dabei brauchen wir um jeden Preis ein Geständnis! Erst dann, wenn wir von einem der Attentäter direkt gehört haben, daß der Lauenburger ihn anstiftete, ist dieser eigentliche Mörder tatsächlich überführt! Erst dann kann ich ihn selbst hetzen und zur Rechenschaft ziehen!«
»Ja, zwei Männer starben – doch zwei andere sind

immer noch übrig«, erwiderte Adjana. »Außerdem kann ihr Vorsprung nicht mehr sehr groß sein ...«
Der Blonde nickte zustimmend und ging mit raschen Schritten zur Tür.
Die Wirtin hatte sich mittlerweile zu ihrem Gatten gesellt, war ihm soeben behilflich, den Leichnam des Geharnischten in die Grube zu hieven. Björn und Adjana warteten den kurzen Moment ab, dann erklärte der Schwede den beiden: »Wir könnten euch wegen des Anschlags auf uns nach Myselwerda bringen und euch dort den Bütteln übergeben!«
Die Frau schluchzte auf; Björn musterte sie scharf und setzte dann hinzu: »Aber wir werden es nicht tun, wenn ihr uns offen Auskunft gebt: Wißt ihr, wohin die beiden Mörder von hier aus wollten?«
»Nach Süden«, knurrte der Mann und deutete die Himmelsrichtung an. »Nach Zscherkwitz ...«
Der Blonde, wie von ungefähr, trat einen Schritt auf die verängstigte Wirtin zu.
»Aber dort wollten sie sich trennen«, platzte sie erschrocken heraus. »Ich hab's gehört, als sie sich leise besprachen. Der eine hat wohl eine Liebschaft in Zscherkwitz, wollte ein Weilchen dort unterkriechen, wie er seinem Kumpan andeutete. Der andere hingegen sagte etwas von Gößnitz, von einem Hammer dort ...«
»Hammer?« wunderte Adjana sich. »Das ergibt keinen Sinn ...«
»Genauer hab' ich's nicht verstanden«, beteuerte die Frau. »Ich schwör's, bei meiner Seligkeit!«
Noch einmal faßte Björn sie scharf ins Auge, dann wandte er sich ab, um das Sattelzeug zu holen und die Pferde fertig zu machen.

Der Tag blieb sonnig; im Verlauf der Stunden trocknete der Boden ab und erleichterte den Tieren so das Vorwärtskommen. Dennoch brach die Dunkelheit herein, ehe sie ihr nächstes Ziel erreichten.
Der Blonde und seine Freundin waren gezwungen, im Freien zu nächtigen. Eine ausgemoderte Erle schon viele Meilen jenseits des Waldes bot ihnen notdürftigen Unterschlupf. Der Hengst und der Wallach fanden Wasser und Futter an einem nahegelegenen Bach. Gegen Morgen schlug die Feuchtigkeit der Luft in Rauhreif um. Adjana und Björn wärmten sich aneinander, so gut sie konnten. Mit dem ersten Tageslicht verzehrten sie ein karges Frühstück aus dem Proviantsack des Blonden und ritten weiter.
Gegen Mittag endlich tauchte an einem Nebenflüßchen der Pleiße der Ort auf, den sie suchten: Zscherkwitz, eine Ansammlung von etwa fünf Dutzend strohgedeckten Hütten und dazu drei steinernen Gebäuden, von denen die beiden ersten die Kirche und offenbar der Pfarrhof waren und das dritte, das einen zweieinhalbstöckigen Eckturm besaß, der Sitz eines Kleinadligen. Ummauert war der Flecken nicht. Adjana und Björn hätten direkt hineingaloppieren können, verhielten jedoch ihre Tiere rechtzeitig im Schutz einer Feldscheune und beratschlagten.
»Die Wirtin sagte, er würde wohl bei einem Weibsstück stecken«, erinnerte sich Björn.
Die Schwarzhaarige puffte ihn empört. »Hör mal, wie redest du denn über die Liebe?« Sie besann sich. »Aber von wirklicher Zuneigung wird so einer vermutlich nichts wissen ...«
»Eine Hure wird's sein, so hab ich's doch gemeint«, ver-

setzte der Blonde. »Eine Schlampe in irgendeiner dieser Hütten. Und dort muß er auch sein Roß untergestellt haben. Wenn wir vorher herausfänden, wo es steht, könnten wir ihn im Handumdrehen überrumpeln ...«
»Aber nicht jetzt, bei Tageslicht!« warnte Adjana. »Wenn Fremde in ein solch schäbiges Dorf kommen, gibt's sofort einen Aufruhr.« Sie deutete auf die Scheune. »Dort drinnen liegt duftendes Heu. Wir sollten in Ruhe hier abwarten. Bei Einbruch der Dunkelheit gehe ich dann für dich spionieren. Eine zarte Frau wie ich fällt in der Dämmerung längst nicht so auf wie ein großer, starker Kerl ...« Ein lockendes Funkeln in ihren Augen begleitete die letzten drei Worte, gleichzeitig legte sie ihm die schmale Hand auf den Schenkel.
»Du Biest ...« raunte Björn mit rauher Stimme, glitt vom Sattel und fing Adjana in seinen Armen auf. »Eigentlich müßten wir wachsam bleiben ...« Er küßte sie. »Aber andererseits hast du recht ...«
Gleich darauf waren die beiden Reiter samt ihren Rössern in der einsamen Feldscheune verschwunden; knarrend fiel die Bohlentür hinter ihnen zu – und öffnete sich erst wieder, als sich die Dämmerung über das Flußtal senkte und die Schatten drüben in Zscherkwitz samtig wurden.
»Versprich mir aber, daß du gut auf dich aufpaßt!« flüsterte der Blonde seiner Freundin noch zu, während sie nach draußen spähte.
Sie nickte, machte sich dann rasch von ihm frei und lief geduckt hinüber zum Dorf. Björn sah sie hinter einem von Büschen gesäumten Feldrain verschwinden und fühlte sich plötzlich sehr einsam. Unterdrückt fluchend riß er sich zusammen und besann sich auf die Aufgabe, deretwegen sie hergekommen waren. Er kontrollierte

die Ladungen seiner Pistolen, schliff mit dem dreieckigen Sandstein, den er in einer Tasche am Schwertgurt trug, die Schneiden seiner Blankwaffen nach. Und blickte dabei fast unentwegt über das Feld – doch die Zeit verstrich; mehr als eine Stunde lang kehrte Adjana nicht zurück.

Als der Blonde bereits das Schlimmste zu befürchten begann und mit aller Kraft an sich halten mußte, um der Welschen nicht nach Zscherkwitz hinein zu folgen, war sie plötzlich wieder da. Im matten Sternenschein vor der Scheune konnte er ihr Gesicht nur undeutlich erkennen, dennoch bemerkte er, daß etwas nicht stimmte. Und dann hörte er sie flüstern: »Ich habe bei allen Hütten nachgesehen, konnte aber nur ein paar alte Mähren und ein halbes Dutzend Esel entdecken. Der Mörder befand sich ganz sicher in keiner der Katen ...«

»Dann muß er in der kleinen Burg sein, und das Roß steht dort im geschlossenen Stall«, fiel Björn ihr ins Wort.

»Nein!« erwiderte Adjana. »Ich war auch dort, spähte in einem günstigen Moment durch ein Mauerloch. Kein schwarzes Kriegspferd ...«

»Ja, aber ...«, schnaubte der Blonde. »Hat uns denn die verdammte Wirtin reingelegt?!«

»Hat sie nicht«, antwortete die junge Frau. »Und jetzt laß mich endlich mal ausreden!« Sie preßte ihm in gespieltem Zorn die Finger auf den Mund und kam ihm dabei ganz nahe. »Das Pferd, das wir suchen, befindet sich nämlich ...« Und dann flüsterte sie ihm den Rest des Satzes ins Ohr.

»Was?! Das begreife ich nicht!« Björns Stimme klang jetzt völlig ratlos. »Der Attentäter haust wirklich ...?!«

»Das ist doch gleichgültig!« versetzte Adjana. »Wir können ihn auf jeden Fall dort schnappen! Und nun komm endlich, oder willst du hier Wurzeln schlagen?!«

Der schwarze Brustharnisch lag auf einer Truhe. Mantel, Schwertgurt und Pistolenhalfter hatten ihren Platz daneben gefunden. Die drei Kerzen im Leuchter auf dem Wandvorsprung darüber warfen ihren flackernden Schein auf das kriegerische Stilleben.

Sie beleuchteten auch den Besitzer der Ausrüstung, der nackt auf dem Bett neben der Truhe lag. Ihn und den anderen Mann, der sich soeben über seine Lenden beugte, um die sodomitische Handlung an ihm vorzunehmen.

Der Liegende stöhnte erregt auf – im gleichen Augenblick fiel ein breiter, sich zuckend bewegender Schatten über sein verzerrtes Gesicht und seine Brust. Als er hochschrak und den Saugenden dabei rüde von sich stieß, erkannte er unter dem Türsturz den Eindringling, der ihn und den anderen mit äußerster Verachtung musterte.

Der Schock der beiden Überraschten hielt zwei, drei gehetzte Atemzüge lang an. Dann, urplötzlich, schnellte der Attentäter vom Bett hoch. Ein wahrer Panthersprung, während der andere sich kreidebleich hinter der Lagerstatt zu verbergen suchte, brachte ihn dorthin, wo seine Waffen lagen.

Auch Björn, der mit leeren Händen eingetreten war, zog sein Schwert; er schaffte es, noch ehe der Warnruf Adjanas in seinem Rücken aufgellte. Die Klinge breit haltend, ging er den Meuchelmörder an; der Attackierte fing

den flach geführten Hieb gegen seine Schläfe hastig mit seinem eigenen Raufdegen ab. Im nächsten Moment schien ein Stahlwirbel inmitten des Raumes zu flirren. Blitzschnell – Finte, Gegenfinte, Hieb, Stich, Quart, Quint – fielen die Schwertschläge; der Nackte, nachdem er den ersten Schrecken überwunden hatte, war dem Schweden ein durchaus ebenbürtiger Gegner.
Jetzt, aus dem rasenden Tanz heraus, trieb er den Blonden in einem plötzlichen Ausfall sogar gegen die Tür zurück. Mit einem raschen Satz rettete Adjana sich zur Bettstatt; gerade noch rechtzeitig, um den zweiten Mann, der eben Anstalten machte, sich zur Fensterluke hochzuziehen, zurückzureißen und ihn dann mit ihrem Dolch in Schach zu halten.
Unter dem Türsturz klirrte die Klinge des Attentäters gegen das schmiedeeiserne Schloß, prallte unkontrolliert ab. Steenholm nutzte eiskalt die Chance, die sich ihm dadurch bot: Sein emporschnellendes Knie traf die Weichteile des Gegners; als der mit einem Schmerzensschrei einknickte, hieb ihm Björn den Griff seines Schwerts gegen die Kinnlade. Der Nackte schrie erneut auf, gurgelnd diesmal, verlor den Raufdegen und flog quer durch den Raum gegen die Truhe.
Ehe er wieder auf die Beine kommen konnte, war der Blonde bei ihm, drückte ihm die Schwertspitze in die Grube unter dem Adamsapfel und herrschte ihn an: »Noch eine Bewegung, und du hast das Eisen in der Kehle sitzen! Ebenso ergeht's dir, wenn du jetzt nicht sofort redest!«
»Was wollt ihr ...«, ächzte der Mann.
»Bei den heiligen Martern Christi! Seid ihr wahnsinnig geworden?!« drang es aus der Ecke hinter dem Bett. »Wenn ihr Gold sucht, ich habe genügend! Ihr könnt es bekommen ...«

»Schweig, du Pharisäer!« schnitt ihm Adjana das Wort ab.
»Es geht nicht um schmutziges Geld!« Björn bohrte seinen Blick in die Augen des vor ihm Kauernden. »Es geht um Lützen! Um den Meuchelmord am schwedischen König dort! Du warst einer der Attentäter! Gib es zu!«
Die Gesichtshaut des Nackten schien sich mit einem Schlag grau zu verfärben. »Nein ...«, setzte er an.
Björn verstärkte den Druck der Schwertspitze ein wenig. Aus der Haut unter dem Adamsapfel quoll ein dünner Blutfaden.
»Ja!« heulte der Mann auf.
»Was, ja?!« Ein zweiter, winziger Ruck der Klinge begleitete die Frage.
»Ich war bei Lützen!« gab der Nackte zu.
»Und?!« Der Blick Björns blitzte kurz zu den Reiterpistolen auf der Truhe.
»Ja! Ich schoß auf den König! Aber es war im Gefecht!« Der Attentäter schien wieder Oberwasser zu gewinnen. »Ich schoß auf einen Feind, nichts weiter ...«
»Du standest nicht unter den Fahnen Wallensteins!« rief Adjana empört.
»Ich denke eher, der Herzog von Lauenburg gab dir den Befehl und das Gold!« donnerte der Blonde. »Raus mit der Sprache! War es so?!«
»Der Lauenburger ist ein evangelischer Fürst. Ich hingegen bin gut katholisch! Bin's immer gewesen!« wand sich der Nackte. »Mein Freund hier kann's beschwören!«
»Das glauben wir dir auch ohne Eid, daß der dein Freund ist – und ganz wie du gut katholisch dazu«, spottete mit bitterem Unterton Steenholm. »Dennoch standest du im Dienst des norddeutschen Herzogs!«
»Nein! Ich habe nie im Leben einem Protestanten

gedient! Dem Lauenburger nicht und keinem anderen!« Die Augen des Mannes verengten sich bei diesen Sätzen tückisch.
Erneut drehte Björn die Schwertspitze. »Ich frage dich jetzt noch einmal!« drohte er. »Und du wirst reden! Früher oder später ...«
»Ich werde ...«, stöhnte der Nackte. Wie von ungefähr berührte seine Hand dabei die Klinge, versuchte sie wegzudrücken. Der Blonde, im Glauben, er hätte den anderen gebrochen, trat einen Schritt seitwärts, senkte dabei langsam die Spitze der Waffe. Im gleichen Moment, da der Nackte blitzschnell den auf der Truhe liegenden Dolch an sich riß, begriff er, daß er einen entscheidenden Fehler gemacht hatte. Denn ehe er es zu verhindern vermochte, hatte sich der in die Enge Getriebene den scharfen Stahl in die Brust gejagt. Seine hervorquellenden Augen schienen den Schweden auf obszöne Weise zu verhöhnen – und in derselben Sekunde wußte Björn, daß der Mann nie wieder reden würde.
Doch da war noch der andere: der Sodomit, der von der kreidebleichen Adjana nach wie vor hinter dem Bett in Schach gehalten wurde.
Björn schnellte hin, packte zu und schleuderte den Priester von Zscherkwitz gegen die gegenüberliegende Wand, wo über einem Hausaltar das große Bildnis des Gekreuzigten hing.
Wimmernd brach der Pfaffe zusammen, der Schwede setzte ihm nach, klammerte die Hand um sein Genick und preßte ihm das Gesicht auf die schwere, bronzebeschlagene Bibel, die auf dem Altar lag. »Schwöre bei deinem Gott, daß wenigstens du mir jetzt die Wahrheit sagen wirst!« forderte er. »Wenn nicht, werde ich dich samt deinem Hurenbock hinaus auf den Kirchplatz

zerren und den Dörflern reinen Wein einschenken! Es wäre wahrlich ein Wunder, wenn sie dann mit dir nicht ebenso umspringen würden wie mit dem, der hier über dir hängt! Also, wer stiftete deinen Lotterbuben zum Mord an meinem König an?!«

Der Priester schwitzte vor Angst. »Ich schwöre es bei den sieben Wundmalen des Gekreuzigten, bei meiner ewigen Seligkeit dazu – ich habe nie mit ihm darüber gesprochen! Jahrelang hatten wir uns nicht mehr gesehen ... seit der Zeit im Seminar, ehe er entsprang und zu den Soldaten lief. Erst gestern tauchte er hier auf, sagte, er habe Urlaub vom Heer, wolle sich eine Weile bei einem alten Kommilitonen vom Krieg ausruhen ... Das, Herr, ist alles! Mehr kann ich Euch nicht gestehen – und die Sünde, die ich mit ihm trieb, bereue ich zutiefst!«

Björn spürte, daß der Pfaffe in seiner Todesangst die Wahrheit gesprochen hatte; zumindest was den Meuchelmörder anging. »Gut, dann bereue gegenüber dem da! Und nimm seine Strafe an!« schnappte der Blonde. Gleichzeitig führte er einen sausenden Schwertstreich. Das meterhohe Kruzifix löste sich aus seiner Halterung und krachte auf den Priester herunter.

Während der nackte Kleriker besinnungslos zu Boden ging, rannten Björn und Adjana hinaus zu ihren Pferden, die sie im Schutz der Nacht zwischen Kirche und Pfarrhof versteckt hatten. Der gleich darauf einsetzende Hufschlag störte die Bewohner von Zscherkwitz auf, doch die Reiter entkamen ungeschoren; die Dörfler würden lediglich die beiden Sodomiten finden, sobald sie den Pfarrer zu alarmieren versuchten.

In raschem Galopp brachten Björn und Adjana das Flüßchen zwischen sich und etwaige Verfolger; anschließend blieben sie noch etwa eine Meile in den

Sätteln, bis sie Unterschlupf in einem ausgedehnten Forst fanden. Zwar hatte der Wald noch einen Rest Tageswärme gespeichert, trotzdem kamen die beiden nicht wirklich zur Ruhe. Daran war freilich nicht die Kälte allein schuld. Der Blonde schlug sich, nachdem der Kampfrausch von ihm gewichen war, zusätzlich mit quälenden Gedanken herum.

»Drei der vier Attentäter sind inzwischen zur Hölle gefahren, zweien davon stand ich Auge in Auge und mit der blanken Waffe gegenüber. Dennoch war ich nicht imstande, ihnen das Geständnis abzuringen, das ich so dringend brauche!« beklagte er sich. »Verflucht auch! Wie konnte ich nur so leichtsinnig sein und es ermöglichen, daß der Halunke sich selbst richtete?! Dadurch ist mir der Beweis, den ich schon in Händen zu halten glaubte, im letzten Moment doch wieder entglitten! Ohne ein solches Geständnis jedoch kann ich den Lauenburger nicht überführen!«

»Wir wissen aber doch beide, daß er schuldig ist«, wandte die Welsche ein.

»Ja, wir ahnen es, sind uns innerlich sogar sicher«, stöhnte Björn. »Doch der Attentäter, den wir heute stellten, hätte uns diesen schweren Verdacht bestätigen müssen! Nur wenn ich mit letzter Sicherheit weiß, daß der Herzog ihn und die anderen zum Königsmord anstiftete, bin ich auch berechtigt, ihn zur Rechenschaft zu ziehen!«

»Du meinst, das wahre Recht duldet keine Willkür; sei sie auch noch so klein …«, sagte Adjana nachdenklich.

Der Blonde nickte. »Als Reichsfürst kann sich der Lauenburger der gewöhnlichen Justiz entziehen. Er steht über dem Gesetz. Allein der Kaiser könnte ihn richten. Der hat aber selbstverständlich kein Interesse daran, denn der Herzog besorgte schließlich seine Sache. Also muß in diesem Fall ein anderes Prinzip greifen: ein natürliches Recht jenseits aller Adelsprivilegien, dessen Werkzeuge wir beide sind. Guten Gewissens aber dürfen wir nur dann vergelten und töten, wenn auch der letzte Zweifel an der Schuld des Lauenburgers ausgeräumt ist!«

»Oder wenn wir angegriffen werden und unser eigenes Leben bedroht ist – wie im Folterturm und auch heute nacht wieder«, sagte die Welsche. Und setzte nach kurzem Nachdenken hinzu: »Vielleicht lag das alles sogar in der Absicht einer höheren Macht ... Drei schwarze Reiter fanden durch uns oder durch eigene Schuld eine schnelle Strafe. Und einer um den anderen führte uns weiter – bis zum vierten Meuchelmörder, der jetzt allein noch übrig ist ...«

»Wir müssen ihn finden! Um jeden Preis!« Björns Stimme klang plötzlich wieder tatkräftig. Gleich darauf aber schienen ihn erneut Zweifel zu befallen; ernüchtert murmelte er: »Bloß war der Hinweis, den uns die Wirtin der Waldlaterne gab, so verflucht dunkel ...«

»Nur zur Hälfte«, versuchte Adjana ihn zu trösten. Mit diesen Worten nahm sie ihn in die Arme. Doch auch in ihrer beschützenden Nähe blieb er unruhig, bis endlich der Morgen graute.

Sie ritten einen knappen Tag bis Gößnitz; kurz vor der Stadt, deren Turmspitzen und Giebel auf dem Hochufer der Pleiße in den jetzt wieder verhangenen Himmel ragten, gerieten sie in einen Hinterhalt.

Links und rechts des Hohlweges fuhren die Hellebarden aus den Büschen und versperrten den schlammigen Pfad nach vorne und im gleichen Moment, als die Reiter ihre Tiere herumwerfen wollten, auch nach hinten. Die erschrockenen Rösser keilten aus und stiegen. Noch ehe Adjana und Björn sie wieder in der Gewalt hatten, setzten im Schutz der quergestellten Hauspieße vier Kerle durch das Gestrüpp und schnappten sich die Zügel der Pferde.

»Runter mit dir und der Dame!« raunzte grinsend der Anführer und verlieh seinen Worten mit gezücktem Degen Nachdruck.

Gedankenschnell, kaum daß der Hengst die Hufe wieder auf dem Boden hatte, griff auch der Blonde nach seinem Schwert; riß es halb aus der Scheide. Doch plötzlich stockte die Bewegung – und Björn rief etwas, das seine Begleiterin nicht verstand.

»Ach so, ihr seid Schweden!« entgegnete verblüfft der mit dem Degen und senkte ebenfalls die Waffe. Erst jetzt wurde auch Adjana bewußt, daß der Mann mit nordischem Akzent gesprochen hatte.

»Ich bin sogar Offizier und kann dir jederzeit mein Patent zeigen«, bestätigte der Blonde. Unvermittelt schnauzte er los: »Aber zuerst will ich wissen, was dich und deine abgerissene Horde dazu treibt, hier im Hinterhalt zu lauern?!«

»Unser Hauptmann hat's befohlen!« versetzte der Korporal und gab seinen Leuten ein Zeichen, die Hellebarden zurückzuziehen. »Es gehen Gerüchte um, daß versprengte Wallensteinsche in der Gegend sind ...«

»Kaiserliche?!« Björns Augen blitzten jäh auf.

»Ja, es soll ein größerer Verband von Marodeuren sein!« nickte der andere. »Und wir in der Stadt sind nur ein kleiner Haufen, kaum hundert Mann. Deswegen haben wir die Zugangswege abgeriegelt, damit der Feind uns nicht innerhalb der Mauern überrumpeln kann ...«

»In der Gegend, aus der wir kommen, war es ruhig«, erklärte der Blonde; seine Stimme klang jetzt wieder beherrscht. »Wir dachten eher, wir könnten in Gößnitz auf den einen oder anderen Katholischen stoßen ...«
»Dann müßten die Papisten sich schon tief in den Kellern verkrochen haben«, grinste der Korporal.
»Genau solche jagen wir!« gab Björn zurück. Dann erkundigte er sich: »Wo hat dein Hauptmann sein Quartier?«
Nachdem er die Auskunft bekommen hatte, trabte er wieder an. Schon nach wenigen Metern verbreiterte sich der Hohlweg; Adjana, der die Erleichterung im Gesicht geschrieben stand, trieb den Apfelschimmel an seine Seite und fragte: »Du willst den Befehlshaber dieser Truppe um Hilfe bitten?«
»Unter Umständen – nachdem wir ihn uns genau angesehen haben«, antwortete der Blonde.

Der vierschrötige Hauptmann, obwohl Kommandeur einer Etappeneinheit, machte den Eindruck eines ehrlichen, aber nicht unbedingt mit herausragenden Geistesgaben gesegneten Draufgängers. Im Ratskeller, wo er praktischerweise seine Unterkunft genommen hatte, studierte er zunächst den Freibrief Steenholms, nickte dann und erkundigte sich: »Womit kann ich Euch dienen, Herr Kamerad?«
Björn hatte sich mittlerweile entschlossen, ihm nicht mehr als nötig zu sagen: »Wir sind hinter einem hochrangigen Deserteur her, der dieser Dame«, er deutete auf Adjana, »auf seiner Flucht zudem etliches an Schmuck gestohlen hat.«

»Aha, und Ihr habt Euch ihrer ritterlich angenommen«, nickte der Haudegen grinsend.
Der Blonde ging auf das Spiel ein. »So ist es. Eine alleinstehende Frau ist in diesen Zeiten verraten und verkauft. Und der Schmuck war alles, was sie noch besaß. Für mich ist es also eine Ehrenpflicht, den Kerl, von dem ich sprach, nicht nur wegen seiner Fahnenflucht, sondern auch wegen des anderen Verbrechens zu bestrafen!«
»Daran«, der Hauptmann musterte Adjana von oben bis unten, »tut Ihr sehr recht! Ich wollte, ich wäre an Eurer Stelle, Herr Kamerad ...«
»Es könnte gut sein, daß sich der Gesuchte hier in Gößnitz aufhält«, versetzte Björn und zog den Blick des Vierschrötigen damit wieder auf sich. »Euer Quartiermeister müßte doch eigentlich Bescheid darüber wissen, ob sich irgendwo ein Fremder eingenistet hat ...«
»Das muß er! Das ist seine Pflicht!« beteuerte der Hauptmann und pfiff im nächsten Moment gellend durch die Finger. Aus dem Weinlager weiter hinten im Raum kam sein Bursche geschossen und erhielt den Befehl, augenblicklich den Quartiermeister zu holen. Der Stiefelknecht war bereits halb auf dem Marktplatz, als ihn ein zweiter Pfiff noch einmal herumfahren ließ.
»Und wenn du die Ordre erledigt hast, dann spring gleich noch zum Schwertfeger!« rief ihm der Offizier zu. »Mach ihm Beine, damit er mir endlich den Raufdegen wieder in Ordnung bringt!«
Nachdem der Bursche endgültig verschwunden war, erklärte der Hauptmann: »Gestern, beim Übungsfechten mit meinem Leutnant, ist mir doch glatt die Klinge zerbrochen, die hundsföttische! Dabei dachte ich, sie sei besser als unser Schwedenstahl, als ich sie kürzlich als Kriegstribut bei einem papistischen Edelmann hier

in der Gegend requirierte. Aber jetzt weiß ich's: Die Sachsen schmieden schlechte Schwerter ...«

Er räsonierte weiter, während er gleichzeitig der Schankwirtin in den Ohren lag, damit sie für seine Gäste Wein und einen Imbiß auftrug. Björn und Adjana ließen sich von seinem Poltern nicht stören, griffen herzhaft zu, und als sie gesättigt waren, traf auch der Quartiermeister ein.

Der Blonde beschrieb ihm den Mann, den er suchte, so gut wie möglich: »Ein kräftiger Kerl, nicht zu alt, schwarzer Brustharnisch, schwarzer Mantel, schwarzes Roß. Am Sattel vermutlich schwere Reiterpistolen ...«

Doch mit jedem Detail wurde die Miene des Befragten länger, zuletzt erklärte er: »Nein, Herr! So einer hält sich ganz bestimmt nicht innerhalb der Mauern von Gößnitz auf, kann auch in den letzten Tagen nicht eingetroffen und wieder weggeritten sein. Denn ich habe bei unserer eigenen Ankunft jedes einzelne Haus inspiziert und auch später ein Argusauge auf die Gebäude und die Ställe gehabt, um vielleicht noch ein besseres Quartier für einen der Offiziere oder Sergeanten zu finden. Und wenn der Geharnischte in der Stadt wäre, dann wäre er mir ganz bestimmt aufgefallen!«

Adjana sah die Enttäuschung in den Augen ihres Freundes; die Enttäuschung und erneut die quälende Unsicherheit. »Aber die Wirtin der Waldlaterne sagte doch, er habe hierher, nach Gößnitz, gewollt ...« stieß er hervor.

»Ich versichere es Euch nochmals, Herr! In der Stadt hält sich der Mann, den Ihr sucht, gewiß nicht auf!« unterbrach ihn der Quartiermeister.

»Die Frau redete von Gößnitz, sagte aber außerdem noch etwas von einem Hammer ...«, sann Adjana.

»Ein Hammer? Vielleicht ein Zunftzeichen an irgendeinem Gebäude hier ...«, fiel der Hauptmann ein. »Ein Küfer oder auch ein Schmied könnten es im Hauswappen führen... Aber wenn mein Untergebener behauptet, da sei nichts, dann lege ich meine Hand für ihn ins Feu...«
Der Offizier stockte, weil im selben Moment sein Bursche, wenn auch mit leeren Händen, zurückkam. »Himmel, Arsch und Wolkenbruch!« polterte er mit dem nächsten Lidschlag los. »Hat der verdammte Schwertfeger meinen Raufdegen denn noch immer nicht fertig geschmiedet?! Hast du ihm denn nicht gedroht, er würde wie ein Lump durchgewalkt, wenn er mir den Stahl nicht ...«
Erneut brach der Hauptmann ab und starrte auf Björn, der sich bei seinen letzten Worten plötzlich gegen die Stirn geschlagen hatte. Und nun stieß der Blonde zur grenzenlosen Verwunderung aller anderen hervor: »Natürlich, das ist's!«
»Was?« fragte die Welsche.
Er griff nach ihrem Arm. »Komm mit! Ich erkläre dir alles unterwegs ...«

Zuerst waren sie entlang der Pleiße flußabwärts galoppiert, doch es war ein Vorstoß ins Leere geworden. Nun lag bereits wieder eine Viertelmeile flußaufwärts hinter ihnen; allmählich begann Adjana zu bezweifeln, daß die Vermutung Björns tatsächlich zutraf. Dies um so mehr, als der Treidelweg, der hart am Wasser entlang von beiden Seiten her nach Gößnitz führte, jetzt auch noch am Fuß einer zerklüfteten Felsschroffe zu enden schien, die sich wie ein Keil über den Fluß reckte. Als die beiden Reiter näher kamen, erkannten sie jedoch, daß sie ihren Weg über eine Untiefe am Ufer fortsetzen konnten. Kaum waren sie um die Flanke des Felsens gebogen, so daß der Blick hinauf zur Leite wieder frei war, riß der Blonde den Hengst jäh herum und zerrte auch den Apfelschimmel durch das aufspritzende Wasser zurück in den Sichtschutz der Schroffe.

Um ein Haar wäre die Welsche gestürzt, dennoch verlor sie kein Wort darüber, sondern fragte hastig: »Ist es das?«

Björn nickte erregt. »Aber wir müssen zu Fuß hinauf! Durch das Gestrüpp so nahe heran wie möglich ...«

Sie befestigten die Zügel der Pferde am niedrigen Geäst einer Erle, die den Tieren Deckung bot. Dann, nachdem Björn eine seiner Pistolen eingesteckt und die andere Adjana gegeben hatte, machten sie sich an den Aufstieg.

Sie erreichten den Grat der Felsrippe, kämpften sich weiter den steilen Hang hinauf, drängten sich, einen hier zu Tal schießenden Wildbach immer zur Rechten, durch das Gebüsch, das von dornigen Brombeerranken durchsetzt war. Endlich wurde der Abhang flacher, ging in eine natürliche Terrasse über – und von dort aus sahen sie ihr Ziel jenseits des Baches nun auf gleicher Höhe.

Das Wildwasser fing sich hier in einem großen Steintümpel. Direkt oberhalb stand das Blockhaus, an dessen Flanke die unterschlächtige mühlradähnliche Konstruktion angebaut war: genau an der Stelle, wo der Bach sich in den Teich ergoß. Das Gebäude schien in regelmäßigen Abständen von unsichtbaren Schlägen erschüttert zu werden: alle paar Sekunden drang das schwere Pochen bis zu ihnen herüber.

»Der Eisenhammer«, flüsterte der Blonde seiner Gefährtin zu. »Nichts anderes kann die Wirtin gemeint haben. Als der Hauptmann vom Schmieden sprach, fiel's mir wie Schuppen von den Augen ...«
»Ja, das erklärtest du mir schon«, gab Adjana ungeduldig zurück. »Sag mir jetzt lieber: Wie kommen wir hinein?«

Der durch Eisenbänder verstärkte Balken war so stark wie ein Menschenleib und maß ungefähr sechs Meter. Vier Fünftel seiner Länge befanden sich jenseits einer Drehachse; dieser lange Hebelarm wurde vom Wasserrad draußen in regelmäßigen Abständen nach unten gedrückt, um dann über einen Quersteg zu springen und wieder nach oben zu schnellen. Jedesmal knallte das kurze Stück auf der anderen Seite dann nach unten, und der schnabelartige Aufsatz aus Erz traf die rotglühende Schiene auf dem Amboß.
Zwei Kerle in ledernen Schürzen arbeiteten am Eisenhammer, bewegten mit Hilfe langer Zangen das Werkstück so, daß die Schläge es auswalzen konnten. Ein dritter stand etwas abseits an einem Schragen und schliff die Klinge eines dort liegenden brusthohen Bidenhänders, der bereits fertiggestellt worden war. Dieser Mann trug keinen Schurz, sondern die Kleidung eines Landsknechtes. Und neben ihm hingen an hölzernen Wandzapfen ein schwarzer Harnisch, ein Waffengurt und ein Mantel in derselben Farbe wie der Brustpanzer.
Mit einem singenden Strich des Sandsteins beendete der muskulöse, sechs Fuß große Soldat seine Arbeit

und rief den beiden anderen zu: »Aufgepaßt, Vettern! Zieht die Köpfe ein, wenn ich den Flamberg pfeifen lasse!«
Damit hob er das zweihändige Schwert über den Kopf und schwang es mit voller Kraft im Kreis, wobei in der Tat ein helles, wummerndes Vibrieren der Luft hörbar wurde, das sich mit dem Pochen des Hammers mischte. Zuletzt, als der eigene Schwung ihn fortzureißen drohte, lenkte der Landsknecht die Klinge in Hüfthöhe gegen einen Balken. Mit einer Wucht, die das ganze Gebäude erzittern ließ, traf sie auf, fraß sich dreifingerbreit ins Hartholz und blieb zitternd stecken.
Gleich darauf, als habe er einen Schaden erlitten, wurde der Rhythmus des Eisenhammers immer langsamer, bis die Bewegung zuletzt ganz zum Stillstand kam.
»Blöder Hund! Mußt du denn stets den Schlagetot spielen?!« raunzte einer der Schmiede gegen den Soldaten hin. »Siehst doch, was dabei herauskommt!«
»Die Erschütterung hat irgendwo das Hebelwerk verstellt«, pflichtete der andere ihm bei. Fluchend, während der Schwertschwinger sich bemühte, den Flamberg wieder an sich zu reißen, untersuchten die beiden die einfache Mechanik des Eisenhammers, konnten aber im Inneren des Blockhauses keinen Defekt feststellen. Zuletzt kamen sie überein, daß der Schaden draußen, am Zulauf oder am Rad, eingetreten sein müsse und verschwanden durch die niedrige Bohlentür.
Der Landsknecht grinste, zerrte ein weiteres Mal am Griff des Bidenhänders und brachte ihn endlich aus dem Holz. Er begutachtete die Klinge, legte das Schwert zurück auf den Schragen und begann die Schneide dort, wo sie aufgetroffen war, noch einmal nachzuschleifen. Als das Schlagwerk in seinem Rücken plötz-

lich wieder zu pochen begann, feixte er erneut. Er drehte sich jedoch nicht um; auch dann nicht, als er von der Tür her die Schritte hörte. Erst als das Blockhaus dröhnend zu explodieren schien und die Bleikugel hart über seinem Schädel in eine Bohle schlug, fuhr er, wie von einer Viper gestochen, herum.

Zwischen ihm und der Tür standen Björn und Adjana: in den Händen die Pistolen, mit deren Kolben sie draußen die beiden Schmiede niedergeschlagen hatten. Und jetzt drang die Stimme des Blonden aus dem sich langsam verziehenden Pulverdampf heraus: »Das war lediglich ein Warnschuß! Aber in der Waffe meiner Begleiterin steckt noch eine zweite Kugel! Und die fährt dir ins Herz, wenn du nicht haargenau das tust, was ich dir sage!«

»Was wollt ihr von mir?!« Die Fäuste des Soldaten umklammerten den Griff des Flamberg; geduckt stand er da.

»Wir kommen von Lützen!« erwiderte Björn. »Von Lützen, wo vier schwarze Reiter den schwedischen König ermordeten! Drei sind tot, der vierte bist du! Und nun wollen wir von dir hören, wer euch zu der hinterhältigen Tat anstiftete?!«

»Du bist verrückt ... Ich weiß nichts von Lützen ... Ihr müßt mich verwechseln ...« Gehetzt preßte der Mann die Sätze heraus.

»Und das da?!« Der Pistolenlauf des Blonden ruckte zu Harnisch und Mantel an der Wand herum.

»Das ... gehört mir gar nicht ...«, keuchte der Landsknecht – und mit dem letzten Wort sprang er seine Gegner an. Mit ungeheurer Kraft schwang er den Bidenhänder, prellte Adjana damit die Waffe aus der Hand und lenkte den Schlag weiter gegen Björns Körpermitte. Die Welsche schrie auf, sie sah den breiten Stahl bereits quer durch den Leib ihres Geliebten fahren; dann, wie in lähmender Verzögerung der Bilder, sah sie Björns Körper sich in einem wahnwitzigen Satz hochschnellen, so daß die breite Klinge haarscharf unter seinen Fersen vorbeipfiff.

Der eigene Schwung riß den Angreifer mehrere Schritte mit sich; als er wieder festen Stand gefaßt hatte und herumfuhr, drang der Schwede seinerseits mit der blanken Waffe auf ihn ein. Doch das Schwert des Blonden wirkte wie ein Spielzeug gegenüber dem Flamberg des anderen. Björns Attacke rannte sich fest, wenige Augenblicke später befand er sich erneut in der Defensive. Mit Kreuzschlägen, seine größere Reichweite eiskalt nutzend, trieb ihn sein Feind vor sich her: immer näher an den pochenden eisernen Hammer heran.

Adjana hatte ihre Pistole wiedergefunden, wagte aber nicht zu schießen. Allzu leicht hätte sie den Falschen treffen können; gehetzt überlegte sie, ob es besser wäre, den Attentäter mit dem Dolch anzuspringen. Ehe sie sich jedoch entscheiden konnte, strauchelte Björn plötzlich und ging unmittelbar darauf unter einem Prellschlag von oben, den er nur noch notdürftig zu parieren vermochte, in die Knie. Mit einem triumphierenden Schrei holte sein Feind erneut aus: Der Hieb, wenn er traf, mußte den Blonden zwischen Amboß und Hammer schleudern. Wieder hatte Adjana ein grauenhaftes Bild vor Augen: Wie der Körper ihres Geliebten unter dem erzenen Schnabel zermalmt wurde. Und dann sah sie tatsächlich, wie sich silbrig glänzendes Eisen in menschliches Fleisch und Gebein fraß.

Immer noch hing das Triumphgebrüll des Landsknechts in der rauchigen Luft, verwandelte sich dann aber jäh in ein animalisches Röcheln. Und seine Augen, die aus den Höhlen zu platzen drohten, starrten dem

schwerfällig stürzenden Flamberg nach; dem Bidenhänder, um dessen Griff sich immer noch die am Gelenk abgetrennte Faust klammerte.
Ehe der Verstümmelte sich besinnen konnte, schlug Björn mit dem Heft der eigenen Waffe zu. Besinnungslos ging der Mann zu Boden. Der Schwede zerrte ihm den Leibgurt von den Hüften, knebelte das Leder um den blutenden Stumpf und hievte den Besiegten hoch.
Der dröhnende Lärm des Eisenhammers brachte den Landsknecht bereits nach wenigen Augenblicken wieder zu sich. Hart neben dem Kopf des Mannes schlug der erzene Schnabel auf den Amboß. Björn hatte den Attentäter in dieselbe Lage gebracht, in der er sich kurz zuvor selbst noch befunden hatte.
»Und jetzt noch einmal zu Lützen!« herrschte er den Landsknecht an. »Wer war es, der hinter dir und den drei anderen schwarzen Reitern stand?!«
»Niemand! Und das ist mein letztes Wort!« Speichel sprühte von den verzerrten Lippen des Mannes.
»Es ist in der Tat dein letztes Wort, wenn du dich weiter uneinsichtig zeigst!« Der Schwede drückte den Schädel des anderen so nahe an den erzenen Schnabel heran, daß der nächste Schlag die Haare streifte.
»Nein!« heulte der Verwundete auf. Im Angesicht des schrecklichen Todes war sein Wille zum Widerstand jäh zerbrochen. »Der Herzog war's ... Der Lauenburger ... Er gab uns den Befehl und das Gold ...«
»Warum?« insistierte Björn.
»Er sagte, wer den König für seine protestantische Ketzerei bestrafe, könne am kaiserlichen Hof sehr hoch aufsteigen ... Er selbst und wir anderen auch ...«
Der Blonde spuckte angewidert aus. »Dann hättest du also später in Wien wieder zum Lauenburger stoßen wollen?«

»Später, ja ...«, ächzte der Attentäter. »Aber zuvor sollten ich und die anderen untertauchen ... Ebenso wie der Herzog ...«
»Wo wollte sich der Lauenburger verkriechen?« Diesmal stellte Adjana die Frage.
»Nahe bei Dresden ...«, stöhnte der Mörder. »Auf irgendeiner Burg dort ... Mehr kann ich nicht sagen ... Wir hatten abgemacht, ihn erst wieder in Wien zu treffen ... Im neuen Jahr ... Wenn Gras über die Sache gewachsen wäre ...«
»Das Gras«, versetzte Björn, »wird nun länger wachsen, als du dachtest! Nämlich auf deinem Grab!«
»Ich habe alles zugegeben, was ich wußte! Ich habe gebeichtet, Herr! Ihr wollt doch jetzt nicht...« Der panische Blick des Überführten schien den pochenden Hammer neben seinem Kopf bannen zu wollen.
»Nein, nicht so«, erwiderte der Blonde verächtlich. »Denn ich bin nicht wie du! Ich bin kein Meuchler, sondern ...«
»Wer seid Ihr?!« Der Attentäter bäumte sich unter dem Griff des Schweden auf.
»Der Sohn eines Toten«, sagte der Blonde. »Und damit dein Richter!«
Er wartete das Begreifen in den Augen des anderen ab. Erst dann stieß er ihm blitzschnell die Schwertklinge ins Herz.

10
DER KOHEN

Die Vettern des Toten, die gefesselt vor dem Hammerwerk lagen, würden sich früher oder später selbst mit dem Dolch befreien können, den Steenholm und Adjana in ihrer Nähe deponiert hatten. Jetzt nutzten die beiden die Zeitspanne, die ihnen bis zum Einbruch der Dunkelheit noch blieb, um eine möglichst große Entfernung zwischen sich und Gößnitz zu bringen. Sie folgten der Pleiße zunächst noch ein Stück weiter nach Süden, bis der Fluß so flach wurde, daß sie mehrere hundert Pferdelängen weit in seinem Bett reiten konnten. Nachdem sie auf diese Weise ihre Spuren verwischt hatten, wandten sie sich nach Osten und drangen noch einige Meilen in den Mischwald dort ein, ehe die Dämmerung kam.

Erst nachdem die Welsche einen Windschutz aus Flechtwerk und daneben eine kleine Feuerstelle errichtet und der Blonde die Rösser versorgt hatte, fanden sie Muße, sich zu besprechen. »Jetzt haben wir also

endlich den unumstößlichen Beweis, den wir brauchten«, sagte Björn. »Es kann keinen Zweifel mehr daran geben, daß der Lauenburger der eigentliche Verbrecher ist, und wir kennen nun auch seine Motive. Durch den Mord an meinem Vater will er sich noch mehr Ländereien und noch mehr Adelsreputation erkaufen, doch diese Suppe soll ihm gründlich versalzen werden! Er darf nicht ungeschoren davonkommen; muß ebenso gestellt und gerichtet werden wie die vier schwarzen Reiter, die nichts weiter als seine Werkzeuge waren!«
»Aber du hast gehört, daß er sich nach Wien retten will«, wandte Adjana ein. »Am kaiserlichen Hof dort kommen wir nie und nimmer an ihn heran! Wollten wir es trotzdem versuchen, dann müßten wir gegen eine ganze Armee von Feinden kämpfen ...«
»Du hast recht, es muß vorher geschehen!« versetzte Björn. »In vier bis fünf Tagen sollten wir es bis Dresden schaffen; wir brauchen uns von hier aus nur immer gen Sonnenaufgang zu halten. Dort werden wir den Lauenburger dann schon aufspüren. Wir wissen ja, daß er sich für die nächsten Wochen oder gar Monate in den Schutz des Kurfürsten von Sachsen geflüchtet hat – und zwar auf eine Festung, die in der Nähe der Residenzstadt liegen muß.«
»Ja, und er hat noch immer mehrere Dutzend Reiter bei sich, die ihn auf dieser Burg bewachen werden«, erwiderte Adjana leise und kam zu ihm. »Bitte, bedenke das! Und bedenke auch, daß du während der letzten Tage mehrmals in Todesgefahr warst, obwohl wir es stets nur mit einzelnen Feinden zu tun hatten ...«
Sanft nahm der große Mann ihr schmales Gesicht in seine Hände. »Aber wir haben überlebt, weil das Recht auf unserer Seite ist«, sagte er. »Und«, er küßte sie, »wir können uns auf Biegen und Brechen aufeinander ver-

lassen. Auch das haben wir doch gelernt, nicht? Einmal hast du mich gerettet, ein andermal war's wieder umgekehrt. Und ebenso werden wir es in Dresden halten.« Seine Stimme wurde rauh. »Außer du willst mich allein gegen ...«

»Nein!« rief sie entschlossen. »Ich werde dich nie im Stich lassen! Nie, nie nie! Denn du hast nicht bloß irgendwann einmal mein Leben gerettet; du hast mich vor dem Schlimmsten bewahrt, das einer Frau zustoßen kann! Trotzdem ...«

Er verschloß ihr den Mund mit einem zweiten Kuß, doch sie machte sich schnell wieder frei. »Ich wollte dich ja nur um eines bitten«, sagte sie. »Der gefährlichste Teil unserer Aufgabe liegt noch vor uns! Und deswegen sollst du mir versprechen, daß du so vorsichtig wie möglich bist!«

»Ich kann dir zumindest versprechen, daß wir nicht versuchen werden, die Fluchtburg des Herzogs im Sturm einzunehmen«, versicherte Björn.

Die folgenden Tage verliefen ereignislos. Die Etappen des knapp einwöchigen Ritts wurden von den Flüssen markiert, die immer wieder durchfurtet oder auf einer der seltenen Brücken überquert werden mußten: Mulde, Chemnitz, Zschopau, Striegis, Bobritzsch und zuletzt die Triebisch, ehe der fast überall vorhandene Wald schließlich den Blick auf das tief eingeschnittene Elbetal freigab.

Im fahlen Licht des nun allmählich schon einfallenden Winters sahen Björn und Adjana, nachdem sie dem Stromlauf noch ein Stück gefolgt waren, die Mauern,

Giebel und Türme von Dresden vor sich. Nach dem langen Marsch durch die Wildnis, den Nächten, die sie kaum geschützt im Freien hatten verbringen müssen, erschien ihnen die Residenzstadt wie eine ganz neue, fremdartige und vor allem unendlich verlockende Welt. Die Welsche stieß einen Jubelschrei aus und galoppierte an; Seite an Seite jagten sie auf das westliche Tor jenseits des Flußüberganges zu.
Die Wächter musterten den großen blonden Mann und die fremdländische junge Frau zunächst mißtrauisch. Nachdem Steenholm jedoch seine Behauptung, er sei ein niederländischer Kunstmaler, der zusammen mit seinem Lieblingsmodell sein Glück am Hof des Kurfürsten machen wolle, durch eine diskret gespendete Münze untermauert hatte, ließen sie das Paar passieren.
»Bloß gut, daß du noch rechtzeitig deine Offizierspistolen im Felleisen hast verschwinden lassen!« sagte Adjana leise, als sie innerhalb der Mauern waren.
Björn nickte. »Wenn sie uns gefilzt hätten, wäre der Schwindel aufgeflogen. Aber mir fiel keine bessere Geschichte ein, und irgendeine Tarnung brauchen wir, wenn wir uns eine Weile in dieser Stadt aufhalten wollen. Bleiben wir also von jetzt an dabei.«
»Und wo willst du uns einquartieren?« fragte die junge Frau. »Weißt du, ich kann es kaum noch erwarten, endlich ein Bad zu nehmen ...«
»Die reinlichste Herberge, die wir finden könnten, wäre eine jüdische«, antwortete der Blonde nach kurzem Nachdenken. »Das heißt, falls die hiesige Gemeinde den Krieg bislang noch heil überstanden hat ...«
»Wir wollen es hoffen«, versetzte Adjana und deutete auf einen Platz, der sich vor ihnen öffnete. »Wir können uns dort drüben auf dem Markt erkundigen.«
Sie hatten Glück; ein Hafner, der an seinen langen

Schläfenlocken unschwer als Anhänger des mosaischen Glaubens zu erkennen war, wies seinen halbwüchsigen Sohn an, ihnen den Weg zur Judengasse zu zeigen.
Sie lag in jenem Stadtviertel, das am weitesten vom kurfürstlichen Schloß und den dort gruppierten Kirchen entfernt war, und bestand eigentlich aus mehreren ineinanderlaufenden Sträßchen, die so eng waren, daß die Häusergiebel sie beinahe überdachten. Der Isabellfarbene und der Apfelschimmel mußten meistens hintereinander gehen, bis das Gebäude erreicht war, in dem die Besucher des Ghettos abzusteigen pflegten.
Nachdem das niedrige Gassentor aber erst einmal passiert war, erlebten Björn und Adjana eine angenehme Überraschung. Denn der kleine Innenhof mit den angebauten Ställen und der im ersten Stock umlaufenden Arkade machte einen ausgesprochen anheimelnden Eindruck, was nicht zuletzt dem Umstand zu verdanken war, daß hier der sonst in den Städten übliche Unrat völlig fehlte.
Ein etwa dreißigjähriger Kohen, der als Zeichen seines Standes ein bronzenes Tintenfaß und eine Schreibfeder am Gürtel trug, empfing die Gäste. Nachdem ihre Tiere versorgt waren, geleitete er die beiden ins Haus. Seitlich des Einganges, in einem Nebenraum, erspähte Adjana ein in Stein gehauenes Wasserbassin und erkundigte sich erfreut: »Mein Gott, Ihr habt einen eigenen Baderaum hier?«
Der Schreibkundige, sein Name war Schmuel, lächelte entschuldigend: »Ihr seid nicht Anhänger unserer Lehre, deshalb könnt Ihr es auch nicht wissen. Dies hier ist die Mikwe, die nur zu rituellen Zwecken benutzt wird. Aber Ihr könnt jederzeit eine Wanne und Wasser auf Eurem Zimmer bekommen.«

»Das wäre durchaus ein Grund, Euren Glauben anzunehmen!« lachte die Welsche erfreut; der Kohen fiel ein. Keine halbe Stunde später aalte sie sich bereits in dem warmen Bad, das ihr nach all dem Schmutz und den Strapazen der letzten Wochen wie das Paradies erschien – nicht zuletzt, weil Björn den Genuß mit ihr teilte.

Das barocke Schloß mit seiner weniger prunkvollen als vielmehr wuchtigen und bedrohlichen Fassade war vom Adelsgeschlecht der Wettiner erbaut worden, die nun schon seit Jahrhunderten hinter den gewaltigen Mauern herrschten.
Die Bettlerin, die ein kleines Stück außerhalb des Bannkreises neben den Portalpfeilern einer romanischen Kirche kauerte, bildete einen kläglichen Kontrast zu der scheinbar für die Ewigkeit gegründeten Residenz. Ihr stumpfbraunes Gewand war zerlumpt; das Gesicht, das sich stets im Schatten einer ebenfalls zerfetzten Kapuze verbarg, ließ entstellende Pockennarben oder noch Schlimmeres befürchten. Wenn sie mit klagender Stimme um ein Almosen flehte und dabei den Arm in Richtung der Vorübergehenden ausstreckte, zitterte ihre Hand kraftlos und greisenhaft.
Die meisten Hochgestellten, die im kurfürstlichen Schloß zu tun hatten, übersahen die Frau geflissentlich. Nur selten einmal flog aus einer Sänfte oder von einem Sattel herunter eine Münze vor die Füße der Bettlerin. Doch die Abgerissene harrte aus; seit Wochen nun schon schien sie mit den romanischen Säulen und den dort eingemeißelten Teufels- und Dämonenfratzen wie verschmolzen.

Auch an diesem diesigen Dezembertag hockte sie bereits wieder seit Stunden beim Kirchenportal; in regelmäßigen Abständen wanderte ihr Blick zur Residenz hinüber, dann erneut in die andere Richtung. Selbst als nasser Schnee zu fallen begann, blieb sie; ließ sich auch vom Kaplan der Pfründe nicht vertreiben, als der sie, einmal mehr, anraunzte und ihr die Höllenstrafe für ihr angeblich unchristliches Müßiggehen androhte. Erst als die Schneeflocken allmählich von der Dämmerung verschluckt wurden, kam sie mühsam auf die Beine und verschwand in der einfallenden Nacht: ein armseliger, beklagenswerter Schatten.
Unmittelbar bevor am Zugang zur Judengasse das Tor geschlossen wurde, tauchte die Bettlerin dort aus der Dunkelheit auf und schlüpfte gerade noch ins Ghetto. Sie huschte, gar nicht mehr greisenhaft jetzt, weiter bis zu einem Innenhof mit Arkadengang und lief in der Herberge die Stiege zur Kammer im ersten Stock hinauf. Der große blonde Mann, der sie dort in seinen Armen auffing, störte sich nicht im geringsten an ihrem abstoßenden Aussehen. Vielmehr sagte er, nachdem er sie geküßt hatte, zärtlich: »Wie froh ich bin, daß du zurück bist! Der Schnee draußen, die Kälte ...«
»Und dennoch war es wieder sinnlos«, erwiderte die Welsche. Sie warf ihre Lumpen ab, stand nun im sauberen Unterkleid da. »Wir waren so sicher, daß ich früher oder später einen Kurier oder Offizier mit dem Wappen des Lauenburgers entdecken würde, wenn ich mich in der Nähe des Schlosses auf die Lauer legte. Dann hätte ich dem Mann nur zu der unbekannten Burg folgen müssen, wo der Herzog sich verborgen hält. Aber nein, er scheint keinerlei Kontakt zum Kurfürsten zu halten.«
Sie ging zum Badezuber, der bereits für sie vorbereitet worden war, ließ auch das Unterkleid fallen und stieg

hinein. Das Wasser umschmeichelte ihren jungen, reizvollen Körper; Björn kam zu ihr und setzte sich auf den Rand der Wanne, hatte aber kaum Augen für ihre Schönheit.

»Ja, es ist wie verhext«, murmelte er. »Wir sind so nahe an den Mörder meines Vaters herangekommen – und dann plötzlich gegen eine Mauer geprallt.« Seine Stimme wurde lauter. »Nein, Adjana, so kommen wir nicht weiter! Ich kann nicht noch länger im Hintergrund bleiben und lediglich in den Tavernen nachforschen! Auch wenn du es gut meintest, als du mir anbotest, die Bettlerin zu spielen, damit ich selbst nicht bei der Residenz spionieren mußte ...«

»Die Leute des Lauenburgers hätten dich wiedererkennen können, wenn sie dort aufgetaucht wären«, versetzte die Welsche. »Der eine oder andere hat dich ganz sicher bei Lützen gesehen. Und dann wäre der Hochverräter sofort gewarnt gewesen ...«

»Aber so, wenn ich nicht mehr als bisher riskiere, bleibt er ungeschoren!« brach es aus dem Schweden heraus. »Zur Hölle auch! Warum kann ich nicht einfach in jede einzelne der in Frage kommenden Festungen eindringen und das Oberste zuunterst kehren, um den Meuchelmörder zu finden?!«

»Weil es allein im Umkreis von ein paar Wegstunden um Dresden mehr als drei Dutzend sind«, erwiderte Adjana. »Ganz abgesehen davon, daß dich ein solches Vorgehen unweigerlich das Leben kosten würde!«

»Ich weiß ja!« knurrte Björn. »Aber was sollen wir dann tun?!« Seine hellen Augen brannten sich in ihre dunklen. »Wenn auch noch deine hellseherische Gabe versagt ...«

»Ich erklärte dir schon einmal, daß ich sie nicht willkürlich rufen kann«, erwiderte die junge Frau leise.

»Verzeih! Ich habe es nicht böse gemeint ...« Die Worte kamen zerknirscht.
»Natürlich nicht ...« Adjanas Hand fuhr durch sein Haar. »Laß uns nachher noch einmal alles gründlich überlegen. Nachdem wir gegessen und neue Kraft gefunden haben ...«
Björn lenkte ein. »Der gute Schmuel hat uns für heute abend gefüllten Fisch versprochen. Eine Spezialität seines Volkes. Er wollte ihn selbst zubereiten. Erstaunlich eigentlich für einen Schreiber ...«
»Dieses Wort würde er nicht so gerne hören«, lächelte die Welsche. »Er ist nicht nur ein einfacher Skribent. Sondern als Kohen zuständig für das Kopieren der heiligen Texte seiner Gemeinde; außerdem so etwas wie ein Verwalter der Urkunden ...«
»Eine trockene Angelegenheit«, versetzte der Blonde. »Längst nicht so reizvoll wie meine nackte Geliebte im dampfenden Bad. Komm, laß mich deinen Rücken schrubben ...«
»Gerne«, erwiderte die junge Frau und reichte ihm den Schwamm. Doch kaum hatte sie sich unter seiner Liebkosung wohlig zu räkeln begonnen, schrak sie zusammen. Denn unversehens herrschte Björn sie an: »Er kümmert sich um die Urkunden, sagtest du?!«
»Was? Ach so, Schmuel – ja, natürlich«, antwortete sie verdutzt. Gleich darauf, als Björn sie unversehens aus dem Zuber hob, protestierte sie lauthals.

»Vielleicht könnte ich Euch tatsächlich helfen«, erwiderte der Kohen auf die Frage des Schweden. »Doch zuvor, verzeiht, müßte ich Eure Beweggründe kennen.

Denn nach der Thora, dem Gesetz meines Volkes, darf ich nur dann handeln, wenn nichts Unlauteres dadurch bewirkt wird. Bitte versteht mich! Nicht, daß ich Euch so etwas unterstellen möchte, aber ...«
Der Blonde und Adjana tauschten einen langen Blick. Die Stille, nur vom Brutzeln der Fische auf der Feuerstelle im Hintergrund der Küche unterbrochen, schien beinahe greifbar zu werden. Endlich erwiderte Björn.
»Wir wären bereit, Euch einzuweihen. Allerdings nur unter dem Siegel strengster Verschwiegenheit ...«
»Auch das gebietet die Thora: Was ein Jude im Vertrauen erfährt, hat er in seinem Herzen zu verschließen!« versicherte der Schreibkundige.
»Dann sollt Ihr wissen, daß es um die Ermordung des schwedischen Königs in der Schlacht von Lützen geht ...«, begann Björn Steenholm.
Schmuel stand auf, schob die inzwischen durchgebratenen Fische von der Herdstelle, stellte sie warm und murmelte: »Ich sehe, wir werden später essen müssen.«
Nachdem er zum Tisch zurückgekommen war, erzählte Björn dem Juden alles Wichtige; verschwieg lediglich, daß Gustav Adolf sein leiblicher Vater gewesen war.
Als der Blonde geendet hatte, erklärte der Kohen: »Es gab eine Zeit, da es so aussah, als würde der uralte Haß der Christen auf mein Volk begraben werden. Martin Luther, der erste Protestant, schien uns die Hand zum Frieden reichen zu wollen. Die deutschen Humanisten beeinflußten ihn damals, vor mehr als hundert Jahren. Doch nicht ihre lichte Philosophie siegte letztlich, sondern erneut der christliche Irrglaube, wonach wir Juden die Mörder des vorgeblichen Gottes gewesen seien. Auch Luther verfiel im Alter wieder diesem Wahn, und mein Volk litt unter den neuen protestantischen Herren kaum weniger als unter den katholischen ...«

»Aber der König von Schweden schützte die Juden, wo immer er konnte!« fiel Adjana ein. »Ebenso wie er mich, die ich in den Geruch einer Hexe geraten war, vor der Verfolgung durch den Lauenburger zu bewahren versuchte ...«

»Der Löwe von Mitternacht war in der Tat ein Freund meines Volkes«, bestätigte der Schreibkundige. »Und auch Ihr seid es, denn sonst hättet Ihr meine offene Sprache nicht geduldet.« Er lächelte. »Dies ist der eine Grund, warum ich Euch helfen werde, sofern ich kann. Der andere steht in der Thora geschrieben und lautet: ›Du sollst nicht morden!‹ Und auch deswegen sehe ich es als meine Pflicht an, Euer Anliegen nicht zurückzuweisen.«

Die Welsche griff nach seiner Hand und drückte sie. Björn folgte ihrem Beispiel, dann fragte er: »Befindet sich das, was dazu nötig ist, hier im Haus?«

»Es liegt wohlverwahrt in der Synagoge«, erwiderte der Kohen. »Wir werden nachher hingehen. Doch vorher laßt uns essen, sonst wird das Mahl ungenießbar. Da aber auch die kleinen Gaben ein Geschenk des Ewigen sind, sollen wir sie nicht verkommen lassen ...«

Dann trug er, obwohl vor allem in den Augen des Schweden die Unruhe funkelte, die gefüllten Fische auf.

Klein und von außen wie verwachsen wirkend, duckte die Synagoge sich zwischen zwei andere Gebäude. Doch als Schmuel nach dem Eintreten die Öllampen vor dem Thoraschrein entzündete und das weiche Licht sich ausbreitete, begannen Adjana und Björn die innere Harmonie des bescheidenen Versammlungsraumes zu erahnen. Die steinernen Bögen und Rippen, von keinem pompösen Zierat oder Bildnis unterbrochen, schienen sich wie eine reine, behütende Schale um sie legen zu wollen.

Der Schreibkundige verharrte eine Weile in Andacht vor dem Schrein, kniete sich dann daneben auf die Fliesen und maß, vom Sockel des Heiligtums ausgehend, auf den verfugten Bodenplatten zwölf Handspannen in südöstlicher Richtung ab. Anschließend vollführte er eine seltsame Handbewegung über der letzten Fliese. Mit leisem Scharren glitt sie beiseite; darunter wurde ein Hohlraum sichtbar. Der Kohen griff hinein, holte einige runde, armlange Lederhüllen herauf und trug sie ins Licht der Lampen. Als er die Köcher öffnete und ihren Inhalt herauszog, erkannten seine Begleiter mehrere dicke Bündel zusammengerollter und gesiegelter Urkunden.

»Ihr meint also tatsächlich, darin die Spur des von uns Gesuchten entdecken zu können?« Björn konnte nun beim besten Willen nicht mehr an sich halten. »Zwar war es mein eigener Einfall, daß es mit Eurer Hilfe und in Eurer Eigenschaft als Urkundenverwalter der jüdischen Gemeinde gelingen könnte, aber ...«

»Es gibt kaum einen Kirchen- oder Edelsitz im Umkreis von Dresden, zu dem wir nicht irgendwann in gewissen Beziehungen standen«, erwiderte Schmuel. »Die Prälaten und Adligen verfluchen uns zwar nach außen hin als Pack, dennoch kommen sie heimlich, um Geld aufzunehmen oder Kreditbriefe auf unsere Banken in anderen Ländern zu erwerben. Denn die christlichen Theologen behaupten, ihre Gläubigen dürften keinen Zins nehmen; das Finanzwesen liegt deswegen – notgedrungen – allein in unseren Händen.« Er entrollte das erste Bündel. »Doch nun laßt uns sehen, ob irgendwo in diesen Verschreibungen der Name des Lauenburgers auftaucht oder zumindest ein Hinweis auf ihn ...«

Björn und Adjana starrten zweifelnd auf die vielen krausen Schriftzeichen, die zumeist hebräisch, seltener lateinisch waren; der Kohen indessen prüfte die Dokumente mit geübtem Blick. Eine Stunde verging, dann eine weitere; manchmal murmelte Schmuel etwas, vertiefte sich dann aber sofort wieder in das nächste Pergament. Es waren nur noch wenige Blätter übrig, als er plötzlich eine der Öllampen näher heranzog und aus derselben hastigen Bewegung heraus den Blonden am Ärmel packte. »Das könnte es sein, auch wenn die Festung selbst ...«, stieß er hervor.

»Lest schon vor!« schnappte Björn.

»Nun gut«, erwiderte der Jude. Dann zitierte er: »Ich, Arnold von Mittweida, Ritter und Vogt auf der obgenannten Burg, bestätige im Namen ihrer Besitzer, als da sind: Graf Johannes Rompler von Hohenfels und Baron Arsacius zu Steinberg zusammen zu drei Vierteln. Sowie zum letzten Viertel der Hochwohlgeborene Franz II., regierender Herzog von Lauenburg ...«

»Der verstorbene Vater dessen, den wir suchen!« rief Steenholm. »Aber wie heißt die Ganerbenburg, deren Mitbesitzer der alte Herzog war und auf der die Urkunde ausgestellt wurde?!« Er suchte den Blick Schmuels. »Das muß doch auch in dem Dokument stehen!«

»Tja, genau darin liegt die Schwierigkeit«, murmelte der Kohen. »Ich wollte es Euch vorhin schon sagen: Der Name der Festung ist nicht genannt. Schaut her: Es findet sich hier oben und dann noch einmal lediglich der Begriff ›obgenannte Burg‹. Darauf bezieht sich offenbar auch der letzte Satz, wo es heißt: ›Gesiegelt zu ...‹ Und dann nichts mehr ...«

Schmuel deutete auf ein schmales Lederbändchen am unteren Ende der Urkunde. »Hier war die Petschaft einmal befestigt, ist aber unglücklicherweise verlorengegangen. Und da nicht ich gegengezeichnet habe, sondern einer meiner Vorgänger, wissen wir jetzt nur, daß sich irgendeine Burg in der Umgebung von Dresden einst im Teileigentum des früheren Herzogs von Lauenburg befand und nach dessen Ableben vermutlich an seinen Sohn Franz Albrecht übergegangen ist. Ihren Namen hingegen können wir nicht herausfinden ...«
»Aber ohne das Siegel ist das Dokument doch für Eure Gemeinde wertlos, nicht wahr?« fragte Adjana.
»Das ist wahrscheinlich auch der Grund, warum die Petschaft fehlt«, antwortete der Schreibkundige. »Der Vogt hat das Darlehen, das er für seine drei Herren bekam, wohl längst zurückbezahlt, und zum Zeichen dafür wurde das Siegel damals von ihm wieder abgeschnitten, so daß das Pergament seine Rechtskraft verlor ...«
Der Blonde stöhnte auf: »Dann war also wieder alles umsonst!« Er nahm dem Juden die Urkunde aus der Hand; einen Augenblick sah es so aus, als wolle er sie im Zorn zerknüllen. Schmuel öffnete den Mund, um es ihm zu verbieten – plötzlich jedoch hielt Björn das Pergament so nahe an eine der Öllampen, daß es sich zu wellen begann. Er starrte auf einen bestimmten Fleck, zog es wieder ein Stück zurück und rief: »Hier, seht nur! Hier hat sich das umgelegte Siegel abgedrückt!«
In der Tat zeigte der untere Rand des Schriftstücks bei genauer Betrachtung eine leichte, dukatengroße Verfärbung.
»Mag sein, aber was nützt uns das noch?« wandte der Kohen ein.
»Wahrscheinlich nichts, aber trotzdem ...«, murmelte

der Blonde und legte das Pergament auf die Bodenfliesen. Dann, während die beiden anderen ihn verständnislos beobachteten, kratzte er ein wenig Ruß von der Lampe ab und verteilte ihn über die bewußte Stelle auf dem Dokument.
»Und jetzt dein Schnupftuch«, bat Björn seine Geliebte.
Verwundert gehorchte sie; gleich darauf rieb der Blonde den dünnen Stoff vorsichtig über den schwarzen Fleck. Mehrmals begutachtete er zwischendurch sein Werk, bis er endlich zufrieden zu sein schien und die Urkunde erneut nah ans Licht hielt. Und im gleichen Moment, als sie die kreisförmig angeordneten Schriftzeichen erkannten, begriffen Schmuel und die Welsche.
»Die erhabenen Buchstaben auf dem umgelegten Siegel hatten feine Wachsspuren hinterlassen«, erklärte Björn. »Im Gegensatz zum Pergament selbst nahmen sie den Ruß nicht in sich auf. So konnte ich ihn an diesen Stellen wieder abreiben, und wir brauchen das auf der Petschaft umlaufende Wort jetzt nur noch zu lesen ...«
Adjana versuchte es bereits, wandte sich aber nach ein paar Augenblicken an den Kohen und fragte verwirrt: »Könnten das jüdische Lettern sein?«
»Nein«, erwiderte Schmuel, nachdem er sich ebenfalls vergeblich bemüht hatte.
»Es ist natürlich Spiegelschrift«, versetzte Björn – und dann reihte er, leise murmelnd, einen Buchstaben an den nächsten, bis er das Wort zusammen hatte: »Wildenstein«.

11
DAS GEHEIMNIS VON WILDENSTEIN

Die Festung, so hatte Schmuel erklärt, sei etwa einen halben Tagesritt südlich der Residenzstadt zu finden. Ganz in der Nähe, so hatte er hinzugefügt, gebe es einen verlassenen Weiler namens Bärenklause, eine von der Pest entvölkerte Siedlung, die in früheren Zeiten einmal ein katholischer Wallfahrtsort gewesen sei. In den Hütten hausten wohl mittlerweile die Füchse, doch die Gnadenkapelle sei erhalten geblieben und dank ihres in dieser Gegend sehr auffälligen Zwiebelturmes schon von weitem zu erkennen. Folge man dem Pfad hinter der Kirche bergan, so komme man direkt zur Burg Wildenstein, die auf einem Kalksteinfelsen mitten im Wald stehe.

Björn und Adjana, die nun mit zusätzlichen Pelzen gegen die Kälte ausgestattet waren, benötigten länger als einen halben Tag, ehe sie sich endlich in der Nähe des gesuchten Ortes glaubten. Das immer wieder heftig einsetzende Schneetreiben des späten Dezembers hatte

sie mehrmals in die Irre reiten lassen. Doch nun rief der Blonde seiner Begleiterin zu: »Dort vorne, links, das könnte die Kapelle sein!«
Björn hatte sich diesmal nicht getäuscht; wenig später konnten sie ihre Pferde im Windschatten der Kirchenmauer zügeln. Die hoch über ihren Köpfen aufragende Turmkuppel ließ keinen Zweifel mehr zu, daß sie den Weiler Bärenklause erreicht hatten. Doch die eisigen Schneefahnen, die dort oben wie die Wilde Jagd um das Kreuz stoben, warfen sofort die nächste Frage auf, und Adjana sprach sie aus: »Wo, denkst du, können wir hier einen Unterschlupf für die Nacht und die nächsten Tage finden?« Sie wies auf das runde Dutzend halbverfallener Hütten, die sich ringsum in den Schnee duckten. »Von denen sieht jedenfalls keine so aus, als würde sie den Frost abhalten!«
Auf einem kurzen Inspektionsritt durch die Wüstung, während Adjana im Schutz der Kapelle zurückblieb, fand der Blonde ihre Einschätzung bestätigt. Als er zurückkam und bedauernd den Kopf schüttelte, deutete die Welsche auf die Kirchentür. »Dann ist das hier wohl die einzige Möglichkeit, die uns bleibt. Nur ist das Portal leider versperrt ...«
Björn saß ab und versuchte es zunächst mit dem Dolch, kam aber damit nicht gegen das schwere Schloß an. Als er daraufhin eine seiner Pistolen aus dem Sattelholster zog, warnte Adjana ihn erschrocken: »Nicht! Man könnte den Schuß auf Wildenstein mitbekommen!«
Der Schwede grinste und nahm den schweren Schafspelz ab, den er über dem Mantel um die Schultern trug. Nachdem er den Hahn gespannt hatte, schlug er das Vlies um Zündpfanne und Lauf der Waffe und preßte die Mündung gegen den Türspalt, genau an die Stelle, wo der Riegel saß. Die Detonation war nur schwach zu

hören, doch das Portal flog mit einem wuchtigen Schlag auf.
Sie brachten die Pferde hinein; nachdem der Hengst und der Wallach in der nur von innen zugänglichen Sakristei zur Ruhe gekommen waren, musterten sie die Stätte, die ihnen nun für eine Weile als Refugium dienen sollte, genauer.
Rund um das Kirchenschiff standen auf steinernen Podesten etwa ein Dutzend Figuren von Heiligen und Märtyrern. In den Mauernischen dazwischen hingen Hunderte von seltsamen Devotionalien: geschnitzte oder auch aus Bronze und Silber getriebene menschliche Gliedmaßen, welche von Pilgern zum Dank für tatsächliche oder auch nur vorgebliche Wunderheilungen hier zurückgelassen worden waren. Eine vom Kerzenrauch geschwärzte Marienstatue, die in einer in die Kirchenmauer integrierten natürlichen Kalksteinnische stand, bildete den Blickfang in der Apsis: direkt über dem großen Tafelbild des Altars.
Dieses Gemälde wiederum zeigte in nachgedunkelten Ölfarben ein ungewöhnliches Motiv. Aus einer Höhle heraus griff ein Bär soeben eine Gruppe von Menschen an, welche jedoch auf wunderbare Weise von der neben ihnen in den Lüften schwebenden Madonna beschützt wurden. Ein wenig im Hintergrund des Bildes und ein Stück höher als die Grotte war eine Burganlage zu sehen: eine Festung mit zinnenbewehrtem Bergfried, die mitten im Wald auf einer Felsklippe stand.
»Vermutlich Wildenstein«, murmelte Björn; im gleichen Moment wurde ihm das Unbehagen in Adjanas Augen bewußt, und er nahm sie in die Arme. »Ich weiß«, sagte er, »es ist ein schauriger, unheimlicher Ort hier. Durch und durch vom Aberglauben der Papisten getränkt.« Seine Stimme wurde fester: »Aber du wirst

sehen, wir werden es uns trotzdem wohnlich machen. Zunächst einmal brauchen wir ein Feuer ...«

Eine Stunde später hatten die beiden sich so gut wie möglich eingerichtet. Ein großes bronzenes Räucherbecken, auf dem früher Weihrauch verbrannt worden war, diente ihnen als Herdstelle beim Eingang zur Sakristei; ein halbes Dutzend Kerzen spendete in der nun einfallenden Dunkelheit zusätzliches Licht. Aus den Schafspelzen und Pferdedecken hatte die Welsche das Lager bereitet, und in der Pfanne über dem Feuer schmurgelte das koschere Fleisch, das Schmuel ihnen zusammen mit dem nötigen Kochgeschirr mitgegeben hatte.

»Na, wir hätten es schlimmer treffen können, nicht wahr?« Björns Stimme klang zufrieden. »Noch nicht einmal der Rauch belästigt uns allzusehr, er scheint irgendwo dort hinten einen Abzug zu finden.« Er deutete vage in die Richtung des Altars, spießte gleich darauf die Dolchspitze in einen Fladen Fleisch und setzte hinzu: »Und auch das Essen ist jetzt fertig, also lassen wir's uns schmecken. Morgen dann werden wir uns mit neuen Kräften auf die Suche nach der Burg machen.«

Er hielt Adjana das erste Stück hin. Dabei bemerkte er in den Augen der jungen Frau, die sich bisher stets so mutig gezeigt hatte, erneut dieses unausgesprochene Unbehagen. Doch er schwieg, weil er dachte, es sei die ungewohnte Umgebung – und weil er hoffte, die Schwarzhaarige würde von selbst auf andere Gedanken kommen, wenn sie erst an seiner Seite unter den Pelzen lag.

»Sie sieht unheimlich aus! Ich weiß nicht, warum – aber ich fürchte mich vor ihr!« Adjana flüsterte die Sätze; Björn sah, daß ihre Lippen dabei bebten. Die beiden kauerten im Schutz eines Ginsterbusches auf einem bewaldeten Hang gegenüber der Burg; drei, vier Steinwürfe weiter und ein Stück höher ragten die Mauern und Zinnen von Wildenstein in den diesig verhangenen Himmel.

»Es ist eine Festung wie jede andere«, raunte der Blonde und griff nach der Hand seiner Gefährtin. Als ihre Finger sich wie schutzsuchend zwischen seine flochten, fügte er beruhigend hinzu: »Und ich habe dir versprochen, trotz meines Hasses auf den Lauenburger nicht leichtsinnig zu sein! Wir werden uns jeden einzelnen Schritt genau überlegen, ehe wir etwas unternehmen ...«

»Verzeih!« Adjana bemühte sich sichtlich, das Flattern aus ihrer Stimme zu verbannen. »Ich weiß, ich kann dir vertrauen. Dennoch sagt mir eine dunkle Ahnung, daß uns hier große Gefahr droht ...«

»Dein Verstand sagt dir das« versetzte Björn. »Und es trifft ja durchaus zu. Auch ich weiß, daß der Lauenburger ein gefährlicher Feind ist; der gefährlichste von allen, auf die wir bisher trafen. Aber ich habe vor, ihm auf eine Weise zu begegnen, die ihn des Vorteils beraubt, den er uns gegenüber zu besitzen scheint ...«

»Wie willst du das denn anstellen?!« Der Blick der Welschen schoß hinüber zur Burg. »Angesichts dieser Mauern ...?!«

»Richtig, er sitzt dahinter wie der Bär in seiner Höhle«, murmelte der Schwede. »Im offenen Kampf könnte man ihn höchstens mit Artillerie angreifen. Doch es gibt einen anderen Weg: den der List. Ein guter Plan, dann ein schneller entscheidender Stoß mitten ins Herz des Gegners. Und es ist schließlich nur ein einziger Feind, auf den es uns dort drüben ankommt ...«

»Dieser Feind wird aber doch von mehreren Dutzend Männern bewacht!« wandte Adjana ein.

»Nicht ständig, vor allem nicht nachts«, erwiderte der Blonde. »Und genau dann werde ich vermutlich zuschlagen!«

Er legte den Arm um die Schultern der jungen Frau und erklärte ihr: »Dieses Ritternest ist drei- oder gar vierhundert Jahre alt. Alle Festungen aus dieser Zeit verfügen über einen Geheimgang, der den früheren Bewohnern im Fall einer unglücklich verlaufenden Belagerung als Fluchtweg dienen konnte. Ich habe mich mit solchen Dingen beschäftigt, als ich noch im Heer Gustav Adolfs diente. Und wir haben mit Hilfe dieses Wissens mehr als eine Burg geknackt: Pulverfässer in den verborgenen Stollen, dann die Lunte dran ...«

Er besann sich. »Natürlich würde uns das hier nichts helfen. Doch man kann durch einen solchen Fluchtgang auch in eine Festung eindringen. Und ich traue mir zu, den Weg zu finden. Denn die verschiedenen Möglichkeiten, einen Geheimgang anzulegen, waren zu allen Zeiten ziemlich beschränkt ...«

Er wies auf Wildenstein, das mit seinen hohen grauen Mauern und dem klobigen vierkantigen Bergfried schroff über die Klippe emporragte. »Der Fels bildet überall das Fundament der Burg. Logischerweise kann dann auch ein Stollen nur durch ihn in die Tiefe und ins Freie führen. Irgendwo am Fuß des Kalksteins muß sich also der Ausgang befinden. Und genau dort werden wir suchen. Rings um die Klippe ...«

»Direkt unter den Augen der Wächter?!« entsetzte sich die Welsche.

»Siehst du einen?« grinste Björn. »Die hocken doch um diese Jahreszeit alle im Warmen! Außerdem ist der Sockel des Kalkfelsens ebenso wie der Talboden überall von dichtem Gestrüpp und Wald bedeckt. Ich kann mich ohne weiteres unbemerkt anschleichen ...«
»Nicht ohne mich!« entfuhr es Adjana. »Ich werde nie zulassen, daß du dich allein in diese Gefahr begibst!«
»Nun gut, dann komm mit«, versetzte der Blonde. »Ich habe nichts dagegen. Schon damit du erkennst, daß es ungefährlich für uns ist, wenn wir nur keinen unnötigen Lärm machen ...«
»Du willst ... sofort los?!« Die junge Frau schluckte.
»Die Nebelfetzen, die zu dieser Stunde noch dort unten hängen, werden uns zusätzlich schützen«, erklärte Björn und machte sich an den Abstieg.
Sie drangen bis zum nördlichsten Ausläufer der Klippe vor, der in die Richtung des Weilers Bärenklause wies. Allerdings lag das verlassene Dorf mit der Kirche knapp eine Viertelmeile entfernt und war hinter dem Hügelrücken nicht sichtbar.
»Achte vor allem auf dichtes Dornengestrüpp«, flüsterte der Schwede seiner Begleiterin zu. »Oft waren die verborgenen Austrittslöcher der Geheimgänge auf diese Weise zusätzlich geschützt, und das könnte uns einen Hinweis geben.«
In der Tat fanden sie, während sie sich langsam um den Kalksteinblock arbeiteten, mehrere Stellen, wo Ginster und Brombeerranken ein beinahe undurchdringliches Gewirr bildeten. Doch wenn sie dann dort ihre Dolche einsetzten, stießen sie auf nichts weiter als festes Gestein. Nach jedem fehlgeschlagenen Versuch schien die steile Falte zwischen Björns Brauen sich ein Stück tiefer einzugraben, dennoch gab er nicht auf. Er drängte Adjana weiter zur östlichen und dann zur südlichen

Felsflanke; eben als sie dort endlich eine vielversprechende Spalte entdeckt zu haben glaubten, klang vom Gegenhang her Hufschlag auf.
Blitzschnell preßten die beiden sich so tief wie möglich ins Gebüsch. Gleich darauf sahen sie einen Kurierreiter in den Farben des Lauenburgers herantraben, den Festungskegel halb umrunden und auf dem schmalen Pfad nach oben verschwinden. Sie hörten, zweimal hintereinander in kurzem Abstand, das Kreischen des Burgtores; erst dann wich allmählich ihre Anspannung, und der Blonde flüsterte: »Hätten wir noch einen Beweis gebraucht, dann hätte der Bote ihn uns jetzt geliefert. Und die Tatsache, daß er aus Süden kam, möglicherweise direkt aus Böhmen oder gar den österreichischen Erblanden, bestätigt das, was wir in der Hammermühle erfuhren. Der Herzog scheint bereits mit dem Kaiser in Kontakt zu stehen ...«
Er besann sich wieder auf den Felsspalt, untersuchte ihn, nachdem er noch einmal einen sichernden Blick hinauf zur Festung geworfen hatte, näher. Aber auch diesmal blieb seine Mühe erfolglos; der Riß im Kalkstein war viel zu schmal, als daß ein Mensch hätte hindurchkommen können.
Kein anderes Ergebnis zeitigten schließlich die Nachforschungen an der westlichen Kegelflanke. Als allmählich wieder die Dämmerung einfiel, mußte Björn zugeben, daß er sich die Suche offenbar zu einfach vorgestellt hatte. Und dann sprach die Schwarzhaarige aus, was ihm selbst bereits mehrmals durch den Kopf gegangen war: »Könnte es nicht möglich sein, daß der Zugang zum Stollen mittlerweile tief unter dem durch die Jahrhunderte gebildeten Humus dieses Tales liegt?«

Das Gemälde am Hochaltar schien blutrot aufzuglühen, als Adjana die Pfanne von der Kochstelle nahm. Unwillkürlich ging ihr Blick hinüber und blieb an dem Bären hängen, der die Menschen bedrohte. Dann, um ihren Geliebten vom Mißerfolg dieses Tages abzulenken, sagte sie: »Es ist doch eigentlich seltsam, nicht wahr? Die Anbetung an diesem Wallfahrtsort hat wohl einen ganz realen Hintergrund: Ein Untier, das aus einer Höhle kam, fiel eine hilflose Familie an, die dennoch irgendwie gerettet wurde. Und das alles muß hier irgendwo geschehen sein. Trotzdem haben wir gestern und heute nicht die Spur einer Grotte entdeckt ...«
Der Blonde nahm ihr das gebratene Fleisch ab, begann es aufzuteilen und murmelte dabei: »Bei solch papistischen Mirakeln weiß man nie. Den römischen Pfaffen genügt doch ein Rattenloch, um einen wundertätigen Ort daraus zu machen. Hauptsache, sie können anschließend die Spenden ihrer Schäfchen einsakken ...« Er gab der Welschen, nachdem er sich selbst bedient hatte, die Pfanne zurück. »Auf jeden Fall, Höhle hin oder her, brauchen wir uns nicht den Kopf darüber zu zerbrechen. Was allein zählt, ist der Geheimgang, der in die Burg Wildenstein führt ...«
Adjana sah ihr Vorhaben, ihn auf andere Gedanken zu bringen, gescheitert. »Du hoffst also nach wie vor darauf, ihn zu entdecken?«
»Vielleicht habe ich mich getäuscht, und er läuft unter dem schmalen Talboden hindurch«, erwiderte Björn. »Wir steigen morgen wieder hinauf und suchen die Gegenhänge ab. Sollten wir auch dann nicht fündig werden – nun, dann bleibt immer noch der Weg direkt über die Mauer ...«

Die Welsche erbleichte. »Das ist doch wohl nicht dein Ernst?!«

»Wenn ich es mache, dann jedenfalls nicht allein«, gestand der Blonde zu. »Wir haben genügend Gold. Dafür kann ich im Notfall ein paar verwegene Burschen in Dresden anwerben. Doch jetzt genug davon! Schmeckt das Fleisch?«

Adjana, der gerade der Bissen im Hals steckengeblieben war, nickte zögernd.

Sie blieb wortkarg, bis das Mahl beendet war. Dann trug sie schweigend die Pfanne nach draußen, um sie an dem kleinen Bach in der Nähe zu reinigen. Als sie in die Kapelle zurückgekehrt war, legte Björn den großen hölzernen Querriegel vor die Tür und sah noch einmal nach den Pferden in der Sakristei, wo es stark nach dem Futter roch, mit dem die Tiere sich derzeit begnügen mußten: Tannenbärte und als Zukost am Feuer getrocknetes Laub. Als der Blonde schließlich zu Adjana unter die Pelze kroch, spürte er, wie verspannt sie immer noch war. Und er begriff: In ihrer Angst um ihn wollte sie in dieser Nacht nicht berührt werden.

Sein Schlaf war unruhig. Mehrmals suchten ihn bedrohliche Träume heim; er sah die Welsche und sich am Kalksteinfelsen von lauenburgischen Reitern überrascht und überwältigt, dann wieder brach aus gespenstisch peitschendem Unterholz ein tollwütiger Bär über sie herein und schlug zuerst der Geliebten und dann ihm selbst, der ihr nicht beizuspringen vermochte, die horngelben Tatzen ins Fleisch, um sie beide halbtot in seine Höhle zu schleppen.

Endlich traf das Morgenlicht, das durch die Fensterrosette über dem Altar in der Kapellenapsis fiel, den Schweden. Als er, hochschreckend, die Augen aufschlug, fiel sein Blick direkt auf das Altarbild, auf dem die Helligkeit des neuen Tages lag. Im ersten Moment, da er das Untier vor der Grotte erkannte, glaubte er sich in einem weiteren Alptraum gefangen. Gleich darauf jedoch begriff er, daß die Bedrohung nur Schein war – und blitzartig wurde ihm noch etwas anderes klar: Plötzlich, mit noch immer betäubtem und dennoch überwachem Verstand, wußte er, wo er die Höhle, von der Adjana gesprochen hatte, zu suchen hatte.

Hastig weckte er die Welsche und erklärte der Schlaftrunkenen mit abgerissenen Worten, was er glaubte, herausgefunden zu haben. Er konnte es kaum erwarten, bis sie sich den Mantel übergeworfen hatte, dann zog er sie zum Altar. Sie bogen um die Ecke, wo Sockel, Tafelbild und die dahinterliegende Felswand einen Spalt freiließen – sofort spürten sie den leichten Luftzug.

»Es ist doch klar! Ich hätte es schon bedenken müssen, als wir bemerkten, daß der Rauch unseres Feuers nicht in der Kapelle hängen blieb«, rief Björn. »Es mußte irgendwo einen verborgenen Abzug geben – und hier ist er!«

»Sei vorsichtig!« ermahnte Adjana ihn, als er durch den Spalt schlüpfte.

»Ja, natürlich«, hörte sie seine Stimme aus der Dunkelheit, dann kamen scharrende und schleifende Geräusche, die sich nach oben zu entfernen schienen; zuletzt herrschte Stille.

Gerade als die Welsche sich in ihrer Sorge um den Schweden ebenfalls hinter den Altar zwängen wollte, begannen von oben Steine zu rieseln; unmittelbar darauf gewahrte sie den vagen Schatten in der Finsternis, und wiederum einen Herzschlag später kam Björn zurück.

Seine Kleider waren feucht und trugen an Ellenbogen

und Knien frische Schmutzspuren, aber seine blauen Augen strahlten, als er verkündete: »Es ist ganz so, wie ich vermutete! Der Höhleneingang führt etwa in Mannshöhe in den Felsen und erweitert sich dann in südlicher Richtung. Es kann sich nur um die Bärenklause handeln, die auf dem Altarbild dargestellt ist. Genau hier spielte sich das Geschehen ab; die Priester haben die Kirche ganz einfach über der Grotte erbaut, vor der sich das angebliche Wunder ereignete ...«

»Und um so mehr glaubten die Menschen natürlich an den Humbug«, unterbrach Adjana. »Sie wußten wahrscheinlich, daß sich hinter dem Bild, das sie anbeteten, der tatsächliche Schauplatz befand ...«

»Ja, aber das ist längst nicht alles!« fiel ihr wiederum Björn ins Wort.

»Was denn noch?« fragte die Welsche erstaunt.

»Ich sagte doch schon: Die Höhle setzt sich in südlicher Richtung fort!« erwiderte der Blonde. »Genau dort aber steht Wildenstein! Und wenn man den Weg bergauf und bergab nicht rechnet, den wir gestern zurückgelegt haben, dann dürfte die Entfernung alles andere als groß sein ...«

»Du glaubst, die Grotte sei gleichzeitig ...« Adjana verschluckte sich vor Aufregung.

»Der Ausstieg des Geheimganges, ja!« vollendete der Blonde den Satz. »Zumindest wäre es eine Möglichkeit, und wir werden das sofort nach dem Frühstück überprüfen ...«

Diesmal trug jeder von ihnen eine der Prozessionslaternen, die sie in der Sakristei gefunden hatten. Die Kerzen hinter den farbigen Scheiben spendeten ein ruhiges Licht und erleichterten ihnen dadurch ihr Vorhaben. Björn half Adjana zum Höhlenmund hinauf, ging dann durch die kühle Feuchte so weit voran, wie er das Innere der Kalksteingrotte bereits ertastet hatte.

»Hier, bei diesen Felstrümmern, kehrte ich vorhin um«, erklärte er nach ungefähr zwei Dutzend Schritten. »Aber ich konnte noch den Luftzug dahinter spüren ...«

Beide drangen zwischen die riesigen Steine vor, hoben die Laternen und spähten. Und dann war es die Welsche, die die Entdeckung machte.

Der Riß im Höhlenboden war von dem hintersten über ihm hängenden Felsen beinahe verdeckt, entpuppte sich aber bei genauerer Untersuchung als so breit, daß der Einstieg möglich war. Wieder war es der Blonde, der sich, nachdem er Adjana sein Licht gegeben hatte, als erster in die Tiefe gleiten ließ. Die Welsche sah ihn verschwinden; erneut befiel sie die Angst, doch wenig später kam sein Ruf: »Ich stehe jetzt ungefähr drei Meter unter dir, und seitlich in der Spalte befinden sich Trittlöcher. Wenn du mir zuerst die Laternen reichst, kann ich dir leuchten ...«

Als sie bei ihm war, flüsterte Adjana: »Wenn es hier Steighilfen gibt, dann muß der Stollen tatsächlich künstlich angelegt worden sein!«

»Und er läuft von hier aus wiederum in südlicher Richtung weiter!« antwortete Björn erregt.

Der Geheimgang, dem sie nun ohne Schwierigkeiten folgten, war teils in den Fels geschlagen, teils nutzte er einfach die natürlichen, in Hunderttausenden von Jahren vom Wasser ausgeschwemmten Hohlräume im Kalkstein. Gelegentlich wand er sich, wich aber nie wirklich von der Hauptachse ab. Da und dort waren

Gefällstrecken oder Steigungen zu überwinden; an zwei besonders steilen Stellen waren Stufen eingehauen worden. Je weiter der Schwede und seine Begleiterin vordrangen, desto größer wurde ihre Gewißheit, zuletzt irgendwo auf dem Areal von Wildenstein herauszukommen. Doch während Björn jetzt förmlich danach zu gieren schien, fühlte Adjana sich mit jedem Schritt beklommener – und dann schienen ihre dunklen Befürchtungen sich jäh auf grauenhafte Weise zu bestätigen.

Denn plötzlich, hinter einer weiteren Biegung, prallte der Blonde gegen ein Hindernis. Ein dumpfes, metallisches Geräusch erklang. Als Björn einen Schritt zurücksprang und die Laterne hochrucken ließ, sahen sie das etwa einen Meter hohe, glockenförmige und gerippte Gebilde, das an rostüberkrusteten Ketten von der Decke hing. Aber erst als sie erkannten, was sich im Inneren des eisernen Korbes befand, begriffen sie wirklich: Der wirre Haufen Gebein mit dem bleckenden Totenschädel darüber mußte einmal ein Mensch gewesen sein, der in diesem Käfig elend verschmachtet war.

Nur mit Mühe vermochte die Schwarzhaarige einen Schrei des Entsetzens zu unterdrücken. Hastig zerrte der Schwede sie weiter: gebückt unter dem unsäglichen Relikt hindurch. Erst als die Dunkelheit den schrecklichen Anblick wieder verschluckte und das Zittern Adjanas sich in den Armen des Mannes einigermaßen gelegt hatte, sagte Björn mit rauher Stimme: »Der Fluchtgang diente zuzeiten wohl auch als Verlies der früheren Wildensteiner.« Er knirschte mit den Zähnen. »Bis auf die Grundmauern niederbrennen müßte man dieses Rattennest ...«

Er stutzte, fuhr herum. Im selben Moment vernahm

auch Adjana das Geräusch: erneut ein metallisches Kettenklirren, doch diesmal aus der entgegengesetzten Richtung.
»Laternen abblenden!« zischte der Blonde; mit dem nächsten Atemzug standen sie beide in der undurchdringlichen Dunkelheit. Doch nur einige Augenblicke später, während das schwere Rasseln anhielt, formte sich weiter vorne inmitten der Finsternis die Ahnung eines etwas helleren Ovals aus.
»Komm weiter!« raunte der Schwede und zog die junge Frau hinter sich her; das Klirren schien ihn nicht länger zu schrecken. Und dann, nach etwa drei Dutzend stolpernden Schritten, begriff die Welsche den Grund: Sie sah den runden Schacht vor sich, in dem der hölzerne Kübel an seiner Kette soeben wieder hochschwebte.
Die beiden kauerten im Einstieg des Geheimganges, der etwa zwei Meter über dem Wasserspiegel in die ausgemauerte Brunnenröhre mündete. Seitlich der ovalen Öffnung waren Trittlöcher zu erkennen, die – paarweise versetzt – nach oben führten. Von dort kam auch das flackernde Licht, in das der Eimer jetzt eintauchte. Ein paar Spritzer sprühten herab, als der Kübel über den Brunnenrand gehievt wurde – und dann vernahm Steenholm eine Stimme, deren Tonfall ihn unwillkürlich nach dem Dolch greifen ließ: »Paß doch auf, du Tölpel! Ich kann die Pfützen hier im Palas auf den Tod nicht ausstehen! Wenn du mir den Tort noch einmal antust, lasse ich dich auspeitschen!«
»Der Lauenburger!« Björn knirschte den Namen wie einen Fluch heraus. »Er ist es doch, nicht wahr?!« Er preßte Adjanas Schulter.
Die Welsche bestätigte es; auch für sie konnte es keinen Zweifel geben. Ganz ähnlich hatte der Herzog sie ange-

brüllt, ehe er sie im Lager Gustav Adolfs geschlagen und zum Profos geschleppt hatte. Erneut begann sie zu zittern, flehte den Blonden flüsternd an: »Laß uns weggehen von hier!«
Im nächsten Moment wurde ihr klar, daß sie Björn gerade jetzt, da ihm der Zufall dermaßen in die Hände gespielt hatte, wohl kaum dazu bringen konnte. Doch nachdem er den Brunnenschacht und die Steiglöcher noch einmal kurz und intensiv gemustert hatte, stimmte er zu ihrer Überraschung zu: »Ja, wir gehen auf der Stelle zurück!«

Der Blonde hatte ein paar Bissen Proviant zu sich gesteckt, danach die Ladungen seiner Pistolen kontrolliert und die Zündpfannen mit frischem Pulver versehen. Jetzt verwahrte er eines der beiden Feuerrohre hinter seinem Wehrgehänge, das andere drückte er Adjana in die Hand und wies sie an: »Du wirst die Waffe vermutlich nicht benötigen, aber sicher ist sicher. Auf jeden Fall mußt du die Stellung hier in der Kapelle halten. Rühr dich nicht vom Fleck, bis ich wieder hier bin!«
»Ich habe solche Angst um dich!« Die junge Frau schrie ihm die Worte ins Gesicht. »Was du vorhast, ist Wahnsinn! Die Nähe des Lauenburgers hat dir den Verstand geraubt! Ich dachte, du würdest wenigstens die Nacht abwarten wollen! Wenn ich geahnt hätte, daß du lediglich so eilig in unseren Schlupfwinkel zurückwolltest, um ...«
»Ich muß diese Chance nutzen!« fiel Björn ihr ins Wort. »Der Brunnenschacht führt direkt in den Palas von Wildenstein, du hast es selbst gehört. Genau in jenes

Gebäude der Burg, in dem der Mörder meines Vaters haust. Das gibt mir die einmalige Gelegenheit, ihn in einer überraschenden Aktion zu überwältigen. Ich brauche noch nicht einmal Helfer dafür anzuheuern, wie ich es ursprünglich vorhatte …«

»Dein Leichtsinn wird dich das Leben kosten!« jammerte Adjana. »Bitte …«

»Nein! Ich muß nur den richtigen Augenblick abwarten, um über ihn zu kommen«, beharrte der Blonde. »Dann bringe ich ihn entweder mit Hilfe der Kübelkette und der Steiglöcher in den Geheimgang, schleppe ihn hierher und bestrafe ihn, nachdem wir zusammen das Weite gesucht haben. Anderenfalls, sofern es sehr schnell gehen muß, töte ich ihn an Ort und Stelle und verschwinde wieder. Doch damit ich das so durchführen kann, muß ich mich jetzt sofort auf die Lauer legen. Meine Chance kann schon in der nächsten Stunde kommen, vielleicht aber auch erst in der Nacht – doch jeder Moment, den ich noch hier verbringe, mindert sie …«

Hastig umarmte er die Widerstrebende, löste sich sofort wieder von ihr und griff nach seiner Laterne. Mit schnellen, entschlossenen Schritten ging er zur Apsis des Kirchenschiffes.

Die Welsche war versucht, ihm nachzurennen, um ihn auf diese verzweifelte Weise doch noch zurückzuhalten. Gleichzeitig aber wußte sie, daß es zwecklos sein würde. Er war förmlich außer sich; ein inneres Fieber schien ihn zu peitschen. Adjana konnte nichts anderes mehr tun, als mit versteinertem Gesicht zuzusehen, wie er hinter dem Altar verschwand.

Erst dann, als sie endgültig allein war, kauerte sie sich wimmernd auf die kalten Bodenfliesen und ließ den beklemmenden Bildern, die schon die ganze Zeit an ihrer Seele zerrten, freien Lauf.

Im Verlauf der vielen Stunden, die er nun bereits in der Gangnische über dem Brunnenkorb kauerte, waren für Björn Steenholm die Geschehnisse oben im Palas immer bildhafter geworden.
Zumeist hatte sich sein Todfeind tatsächlich in dem bewußten Gemach aufgehalten. Der Herzog hatte einen Kurier, wahrscheinlich den vom Vortag, in Richtung Wien abgefertigt; er hatte sich Mahlzeiten auftragen lassen, hatte zwischendurch einmal lange mit dem Hauptmann seiner Leibwache mit den Spielkarten hasardiert. Mehrmals auch war wieder der Kübel heruntergeklirrt; jedesmal bei solchen Gelegenheiten war der Lauenburger auf den Küchenknecht losgegangen, was ihm einen infamen Spaß zu bereiten schien. Auch die anderen Bediensteten hatte er herumgescheucht, wenn sie aufgetaucht waren: mit einem Imbiß, mit frischem Holz für den Kamin, mit Getränken.
Es war ein ständiges Kommen und Gehen gewesen, den ganzen Tag über; der Schwede hatte infolgedessen noch keine Gelegenheit gefunden, seinen verwegenen Plan in die Tat umzusetzen. Doch nun, in der vorgerückten Abendstunde, schien es endlich so weit zu sein.
Erneut hörte Björn den Herzog einen Befehl bellen; offenbar galt er diesmal dem Kammerdiener: »Trag mir noch einen zweiten Pelz für das Bett herein, du Kanaille! Bin halb erfroren letzte Nacht! Und bring auch einen Becher Branntwein mit! Danach möchte ich nicht mehr gestört werden, verstanden?«
Der Lakai wiederholte geflissentlich die Anordnungen, dann schlug eine Tür. Die Augen des Blonden glühten auf. Einmal mehr kontrollierte er seine Waffen, lauerte jetzt mit kaum noch erträglicher innerer Spannung.

Nach einer Weile bekam er die Rückkehr des Kammerdieners mit, vernahm wieder die Stimme des Herzogs und hörte erneut das Türschlagen – endlich herrschte Stille.
Der Schwede wartete ab, bis er völlig sicher sein konnte; erst dann schlüpfte er aus der ovalen Höhlung und machte sich so vorsichtig wie möglich an den Aufstieg.

Franz Albrecht von Lauenburg stand vor dem Lager neben dem Kamin, vor sich ein Tischchen mit einem silbernen Becher und einem mit Elfenbein eingelegten, flachen Kasten. Soeben griff er nach dem Pokal, nahm einen kräftigen Schluck, schüttelte sich mit der Wollust des Trinkers. Gleich darauf, während der Schnaps sein habichtsartiges Gesicht rötete, wanderten seine stechenden Augen zu der Schatulle. Er öffnete den Deckel, um noch einmal das wertvolle Geschenk zu betrachten, das der Kurier des Kaisers Ferdinand II. ihm überreicht hatte.
Die beiden Pistolen waren von erlesener Arbeit und zeugten damit ohne Zweifel von der Gunst der habsburgischen Majestät. Zufrieden ließ der Herzog die Finger über die achteckigen Läufe und die feinen Ziselierungen an den Schäften gleiten. Dann nahm er eine der Waffen aus dem Kasten und spielte mit den doppelten Hähnen. Er erfreute sich an der meisterlichen Mechanik des Feuerrohrs und konnte schließlich dem Verlangen nicht mehr widerstehen, die Pistole zu laden.
Franz Albrecht von Lauenburg holte das nötige Zubehör aus der Schatulle: ließ das Pulver in den Lauf rie-

seln, pfropfte, stopfte die Kugel nach, propfte erneut und machte danach auch die Zündpfanne scharf. Zuletzt, nachdem er einen weiteren Schluck Branntwein genommen hatte, schlug er die schwere Waffe an, um ihre Balance auszuprobieren.

Der Aufstieg war anstrengender gewesen, als Björn Steenholm vermutet hatte. Ohne die Laterne hatte er mühsam nach den Aussparungen in den Brunnenwänden tasten müssen; zusätzlich hatte ihm das Gewicht des Schwerts, des Dolches und der Reiterpistole in seinem Gehenk jede Bewegung erschwert. Er hatte ferner ständig darauf achten müssen, daß keine der Waffen gegen die steinernen Wände der Röhre klirrte, und deswegen war er mittlerweile von Kopf bis Fuß in Schweiß gebadet. Doch jetzt gleich, nur einen einzigen Tritt höher noch, würde er die Fassung des Beckens über seinem Kopf packen können!
Dieser Gedanke gab dem Blonden neue Kraft, noch einmal spannte sich sein Körper an; endlich hatte er die Position erreicht, von der aus er sich in den Palas zu schnellen vermochte.

Der Herzog hatte das eine Auge zugekniffen, mit dem anderen visierte er über den Lauf des doppelläufigen Feuerrohres: direkt auf den leeren Raum zwischen der Brüstung des Brunnenbeckens und dem darüber hängenden Eimer. Sein Zeigefinger legte sich um den

Abzug, zog den einen Stecher fast bis zum Druckpunkt zurück; eine winzige Bewegung noch, dann würde der Schuß sich lösen. Doch plötzlich senkte der Hagere die Waffe wieder, setzte die Hähne in Ruhe und legte die Pistole zurück in die Schatulle. Anschließend griff er neuerlich nach dem Pokal.

Im gleichen Moment, da Franz Albrecht von Lauenburg den Branntwein zu schlürfen begann, tauchten Kopf und Oberkörper Björn Steenholms über der Brunnenfassung auf. Für die Spanne eines Lidschlags schien der Torso dort festzuhängen, unmittelbar darauf kam der Leib des Blonden ganz ins Freie. Gedankenschnell duckte er sich, riß dabei die Schußwaffe aus dem Gurt, suchte mit hastig durch den Raum irrenden Blicken den Feind. Nach kurzer, blitzschnell überwundener Irritation bohrten seine hellen Augen sich in die grünen des Lauenburgers.

Doch nur einen Herzschlag lang stand das Bild des Verhaßten vor Steenholms Iris – dann verschwand es hinter der grellen Feuerzunge.

Der Mörder Gustav Adolfs, während des Trinkens durch ein Geräusch gewarnt, hatte sich gerade noch rechtzeitig der eben abgelegten Waffe bemächtigen und schießen können. Jetzt, obwohl der Blonde bereits am Schädel getroffen war und taumelte, brannte der Herzog auch noch den zweiten Lauf los. Vier Spannen unterhalb der Kopfwunde riß die schwere Bleikugel Björns Koller auf, schlug durch den Brustkorb und trat inmitten einer hellroten Fontäne am Rücken wieder heraus. Der Schwede wurde gegen die Wand geschleudert und brach dort zusammen. Der Lauenburger, der ihn erst jetzt zu erkennen schien, brüllte triumphierend seinen Namen. Gleichzeitig mit dem Schrei zog er blank und stürzte sich mit dem langen Dolch auf den

röchelnden Gegner, um ihm endgültig den Garaus zu machen.
Die scharfe Klinge preßte sich quer über Björns blutüberströmte Kehle. Sadistisch überlegte der Herzog, ob er die Sache mit einem Schnitt wie bei einem Schaf oder besser mit einem Stich zuende bringen sollte. Genau in dem Moment, da er sich für das Aufschlitzen entschieden hatte, spürte er den wütenden Schmerz im Gemächt. Würgend krümmte er sich zusammen; ein zweiter Stiefeltritt des Schweden warf ihn gegen die Brunnenfassung zurück.
Als der Blick des Lauenburgers wieder klar wurde, sah er Björn Steenholm auf den Knien – und nun hatte der Bonde eine schwere Reiterpistole im Anschlag.
Ehe der Feuerstrahl aus dem Lauf barst, hechtete der Herzog seitlich weg, glitt dabei im eigenen Erbrochenen aus, schaffte es aber dennoch, aus der Schußlinie zu kommen. Die Kugel ging haarscharf an ihm vorbei und zerschmetterte den Eimer über der Wasserstelle.
Der Rückstoß hatte den Schweden erneut zusammenbrechen lassen, doch der Lauenburger griff ihn nicht mehr an, sondern hetzte zur Tür, riß sie auf und rief gellend um Hilfe. Erst als er von draußen die Antwort der ohnehin bereits alarmierten Wächter hörte, wandte er sich wieder um – und sah, wie Steenholm sich bemühte, über den Brunnenrand zu kommen.
Der Anblick des Flüchtenden gab dem Herzog den eigenen Mut zurück. Er zückte seinen Dolch und schleuderte ihn gegen den Blonden. Die Klinge wirbelte haargenau auf Björns Herz zu. Im selben Augenblick krachten Schüsse durch die weit offene Tür des Gemachs. Der Schwede kippte über die steinerne Brüstung ab; gleichzeitig mit ihm rasselte die schwere Eisenkette in die Tiefe.

Im Sturz und vor allem im Moment des Aufschlags, schien das kurze Leben Björn Steenholms noch einmal in einer rasenden Bilderflut an ihm vorüberzuwirbeln: die Jugend in Götaland, die Feldzüge im Gefolge Gustav Adolfs, die Schlacht von Lützen, der tote König auf der Bahre in Churspitz, Adjana im Folterturm – und zuletzt nur noch das Antlitz der Welschen; ihre dunklen, geheimnisvollen Augen, die ihn wärmen und bergen wollten ...

Oben, im Palas, hatte Franz Albrecht von Lauenburg seine Doppelpistole nachgeladen und feuerte außer sich in den dunklen Schlund. Auch diejenigen, die jetzt bei ihm waren, schossen, was ihre Handrohre hergaben.
Dann, als der Vogt auftauchte, brüllte ihn der Herzog an: »Du kennst die Burg wie kein zweiter! Mach mir den Meuchelmörder dingfest! Ein paar Mann in den Brunnen! Und laß jedes Schlupfloch drinnen und draußen abriegeln! Finde ihn in seinem verdammten Loch, und bring ihn mir! Ich will, daß er auf die Zinnen gespießt wird und sein Kadaver den Geiern zum Fraß dient!«

Irgend etwas – vielleicht der höllische Lärm, der ihn von allen Seiten zu umbranden schien – hatte Björn Steenholm noch einmal in einen Zustand zwischen Sterben und seltsam dünnem Bewußtsein zurückgerissen.
Dies aber war das Grausamste an seiner Niederlage.

Denn in seinem hilflosen Schwebezustand zwischen Leben und Tod wurde er der ruppigen Schemen gewahr, die jetzt an ihm zerrten. Er bekam auch noch mit, wie sich die Fesseln um seine Glieder schlangen und glaubte zu begreifen, wohin die Männer ihn schleppten: zurück durch den unterirdischen Stollen zur Kapelle, wo ihnen auch Adjana in die Hände gefallen sein mußte.
Erst nachdem er dies noch hatte denken müssen, kam der gnädige Hieb, der endgültig alles auslöschte.

12
DER ZINNWALD

Die zerklüfteten, vom Urwald bepelzten Hügelketten hatten einst als eine der Schatzkammern des Reiches gegolten. Sächsische und böhmische Knappen hatten hier über Jahrhunderte hinweg Gold, Silber und andere wertvolle Metalle gefördert. Unter der Herrschaft des großen Prager Kaisers Karls IV., als das Schürfen seinen Höhepunkt erlebte, war selbst den Rodungsbauern, die den Bergleuten zuarbeiteten, ein gewisser Wohlstand vergönnt gewesen. Doch diese Blütezeit lag nun schon an die zehn Menschenalter zurück; seither waren von Säkulum zu Säkulum weniger Gruben abgeteuft worden. Und nun, da der Religionskrieg bereits in seinem sechzehnten Jahr wütete, hatte sich das Erzgebirge wieder in eine ruppige und kaum noch zugängliche Wildnis verwandelt.

Auch im Zinnwald waren die einst so ergiebigen Fundstellen vom Gestrüpp überwuchert und vergessen wor-

den; allein der Name des einige Tagesritte südlich von Dresden liegenden Forstes erinnerte noch an seine einstige Bedeutung. Doch selbst das war dem Köhler nicht wirklich bewußt gewesen, wenn er dort das Holz eingeschlagen und die Stämme zu armlangen Scheitern verarbeitet hatte. Für ihn hatten allein die Kloben gezählt, die er sodann zum Meiler schichtete, um das bienenkorbähnliche Gebilde anschließend mit Erde zu bedecken und das Feuer in seinem Kern mehrere Tage und Nächte hindurch zu hüten.
Er hatte stets nur daran gedacht, daß die Holzkohle ihm das Überleben sicherte, und sie hatte es auch getan, bis ihm im Frühherbst des Jahres 1632 die Axt ins eigene Bein gefahren war. Im Wundfieber hatte er danach noch etwa eine Woche in der Hütte gelegen, ehe die Fuhrleute, die gekommen waren, um die neue Ladung abzuholen, ihn gefunden hatten. Aber zu diesem Zeitpunkt war ihm der Tod bereits so nahe gewesen, daß die Männer nichts weiter für ihn tun konnten, als ihn am übernächsten Morgen zu begraben. Seither hatte das kleine Blockhaus leergestanden, bis im Januar 1633 unversehens die Kavalkade mit der verstörten schwarzhaarigen Frau in ihrer Mitte aufgetaucht war.

Mit tränenfeuchten Augen starrte Adjana auf den schmiedeeisernen Dreifuß über der Feuerstelle, an dem der leise brodelnde Kochkessel hing. Kaum merklich bewegte sich die Kette hin und her, doch der Anblick genügte, um in der Seele der Welschen erneut die schreckliche Erinnerung wachzurufen: die Erinne-

rung an jene andere Kette im Brunnenschacht zu Wildenstein, die, von seinem Blut beschmiert, den fürchterlichen Sturz Björn Steenholms gesehen hatte.
Adjana schluchzte auf, als sie an jene entsetzliche Nacht dachte, in der alle seine Pläne zunichte geworden waren. Zum hundertsten Mal warf sie sich ihr Versagen vor: daß sie ihren Geliebten nicht entschiedener vor seinem wahnwitzigen Unternehmen gewarnt hatte. Doch jetzt war es zu spät; die Vorwürfe, die sie sich seitdem machte, änderten nichts mehr an dem, was geschehen war.
Ein Stöhnen, das aus dem Verschlag neben dem Ofenplatz drang, ließ sie zusammenfahren. Ihr Magen verkrampfte sich, als sie daran dachte, was sie zu tun haben würde. Aber sie riß sich zusammen, fischte mit Hilfe ihres Dolches das Stück Leinen aus dem kochenden Wasser und trug es hinüber zum Alkoven.
Wieder stöhnte der Blonde auf, als Adjana den heißen Lappen auf den verkrusteten Brustverband legte. Sein vom Fieber glühender Körper wand sich, als er tief in seiner Ohnmacht die Berührung spürte. Mit zitternder Hand streichelte die junge Frau sein verschwitztes Haar über der vom Blutkuchen bedeckten Narbe an der Schläfe. Sie beruhigte ihn auf diese Weise so gut sie konnte und wartete ab, bis die Feuchtigkeit des Leinens die verklebte Binde durchtränkt hatte. Dann löste sie den Verband so vorsichtig wie möglich ab.
Noch immer war das Einschußloch links unter dem Brustmuskel stark entzündet und sonderte Eiter ab. Der Geruch würgte die Welsche, dennoch reinigte sie die Wunde so sorgfältig wie möglich. Das gequälte Stöhnen des Schweden erschwerte ihr die Arbeit zusätzlich; sie war selbst schweißgebadet, als sie mit dem Einschußloch fertig war. Doch damit hatte sie erst

den leichteren Teil ihrer Pflicht erfüllt, denn der Ausschuß unter Björns Schulterblatt sah noch schrecklicher aus. Auch diesen Wundkrater wusch sie aus, ehe sie zum Kessel zurückkehrte, das Wasser durch ein weiteres Tuch seihte und so die Kräuterrückstände auffing. Daraus fertigte sie die beiden neuen Pflaster und legte sie dem Blonden unter einem frischen Verband an. Als sie es geschafft hatte, war sie völlig erschöpft; zusätzlich quälte sie die Frage nach dem Sinn ihres Tuns.

Seit beinahe zwei Wochen lag Björn Steenholm jetzt schon besinnungslos hier. Seine röchelnden Schreie hatten Adjana bis in ihre eigenen Alpträume hinein verfolgt; jeden neuen Morgen war sie noch zerschlagener als am vorangegangenen erwacht. Nur die Hoffnung, er könnte gerade an diesem Tag endlich wieder zu sich kommen, hatte sie hochgepeitscht – aber stets war ihr nur die Enttäuschung geblieben. Deswegen glaubte sie im Grunde auch nicht mehr daran, daß die veränderte Kräutermixtur, die sie heute gebraut hatte, eine Wendung zum Besseren bewirken würde. Sie fürchtete vielmehr, daß trotz ihrer Mühen am Ende das Wundfieber über das letzte bißchen Lebenskraft Björns siegen würde.

Adjana wandte sich vom Alkoven ab, der ihr mehr denn je wie ein Sarg erschien. Mit schleppenden Schritten ging sie hinüber zu ihrem eigenen Lager und ließ sich auf die Felle sinken. Sie wollte versuchen, wenigstens ein bißchen ungestörten Schlaf zu finden. Doch wenig später ließen das Heulen der Wölfe im Wald und unmittelbar darauf das ängstliche Wiehern der beiden Pferde draußen im Schuppen sie erneut hochschrecken. Und sie wußte: Sie würde den Hengst und den Wallach bei Einbruch der Dämmerung in die Hütte bringen müs-

sen, wenn sie nicht auch noch den Verlust der beiden treuen Tiere riskieren wollte.
Im Verlauf der Nacht schien das Heulen des hungrigen Rudels immer näher zu kommen. Adjana tat kaum ein Auge zu und schalt sich eine Närrin, weil sie darauf bestanden hatte, allein mit dem Schwerverwundeten hier auszuharren. Mit allen Fasern wünschte sie sich nun, wenigstens ein kampffähiger Mann wäre an ihrer Seite. Doch da waren nur Björn und der Schatten des Todes, der dort drüben über dem Verschlag lastete; über dem Alkoven, in dem das Stöhnen und Röcheln jetzt wie unter einem letzten Aufbäumen hektisch wurde.
Die junge Frau vergaß die Wölfe draußen. Sie sprang auf, raffte einen Feuerbrand von der Herdstelle und leuchtete in den Verschlag. Was sie sah, entlockte ihr einen gellenden Schrei. Denn noch nie in all den Tagen hatte er sie angesehen. Doch jetzt standen seine Augen, wenn auch vom Fieber verwüstet, offen – und dann glaubte sie das Erkennen in ihnen zu lesen und ihren Namen zu hören. Mit dem nächsten Herzschlag freilich verschleierten sich die hellen Pupillen, gleich darauf sah Adjana nichts weiter mehr im Flackerschein der Fackel als die grauen Lider, die wieder geschlossen in ihren tiefen Höhlen lagen.
Die irrwitzige Hoffnung trieb sie dazu, die ganze Nacht über an seinem Lager auszuharren; nur einmal, als das Heulen des Wolfsrudels allzu nahe kam, hetzte sie hinaus und schleuderte eine Fackel in die Richtung, wo sie die Bestien vermutete. Danach saß sie erneut im Alkoven, lauschte ängstlich auf jeden gequälten Atemzug des Blonden und beobachtete ihn. Doch die Augen blieben geschlossen.
Als das erste Morgenlicht durch die winzigen Fenster des Blockhauses drang, setzte die Welsche den Kessel

wiederum auf. Und etwa eine Stunde später, als sie den Verband vom Vortag abnahm, sah sie, daß die Entzündung zurückgegangen war; auch der Eiter schien dünnflüssiger geworden zu sein. Doch die tiefe Ohnmacht des Kranken hielt nach wie vor an. Obwohl Adjana diesmal doppelt so viele Kräuter wie gestern in die Pakkung gegeben hatte, kehrte das Leben nicht noch einmal in Björns Augen zurück.

Die Lider öffneten sich erst dann wieder, als in der Abenddämmerung erneut das Wolfsheulen in die Hütte drang. Mit einem wilden Stöhnen erwachte der Blonde, und dabei hörte die ebenfalls hochschreckende Welsche ganz deutlich die Worte: »Meine Waffen ...«

Sofort war sie bei ihm, hielt ihn fest, streichelte ihn, stammelte: »Kannst du mich sehen, mein Herz?! Mich hören?! Bitte ...«

In den hellen Pupillen schien etwas gegen die Schleier zu kämpfen – und dann kam die Antwort: »Du ...? Wo bin ich ...?«

»Du bist in Sicherheit!« schluchzte Adjana auf. »Du mußt nur erst zu Kräften kommen, dann werde ich dir alles erklären! Versprich mir, daß du jetzt bei Bewußtsein bleibst!«

»Ja ...« seufzte Björn, gleichzeitig schlossen seine Augen sich wieder. Er war ihr erneut entglitten: zurück in jenen dunklen Abgrund, wohin sie ihm nicht zu folgen vermochte.

»Ich kann mich erinnern ... Der Kampf mit dem Lauenburger ... Der Sturz in den Brunnen ... Die Männer, die mich überwältigten ...«

Die Stimme des Blonden war jetzt, nach zwei weiteren Tagen, noch immer sehr schwach. Aber Adjana mußte nicht mehr befürchten, daß er jeden Moment wieder ohnmächtig werden würde. Sein Zustand hatte sich deutlich gebessert, die Wunden begannen sich endlich zu schließen. Deswegen war die Welsche auch sicher: Er war nun imstande, alles zu erfahren.

»Was ist danach ... geschehen?« hörte sie wieder sein Flüstern. »Wie kamen wir ... hierher?«

»Ich hatte keine Ruhe in der Kapelle«, erwiderte Adjana. »Ich spürte, daß dein Angriff auf den Lauenburger nicht gut ausgehen würde. Ich machte mir entsetzliche Vorwürfe, weil ich dich nicht zurückgehalten hatte. Und dann konnte ich einfach nicht anders ... Ich mußte zurück nach Dresden reiten ...«

»In die Stadt ...?« keuchte Björn.

»Ja, zu Schmuel!« Die Worte der Welschen kamen jetzt hastig. »Er war der einzige, von dem ich Hilfe erwarten durfte. Der Kohen hatte uns schließlich schon einmal beigestanden. Ich jagte hin, so schnell der Apfelschimmel mich tragen konnte; erzählte dem Juden alles. Und er ließ sich nicht lange bitten. Eine Stunde später waren wir schon wieder auf dem Rückweg zur Bärenklause. Schmuel, ich und noch drei weitere junge Israeliten, die der Kohen ins Vertrauen gezogen hatte und die bereit waren, an unserer Seite zu kämpfen. Wir kamen in der Abenddämmerung wieder bei der Kapelle an ...«

»Kurz ehe ich ... hinauf zum Palas kletterte«, warf der Blonde ein. Die Erregung ließ seine Pupillen unvermittelt klarer wirken.

»Ja, du warst immer noch nicht zurückgekehrt«, nickte Adjana. »Und meine bösen Vorahnungen waren noch schlimmer geworden. Aber wir konnten nicht einfach zu dir stoßen. Wenn wir plötzlich in deinem Rücken im Geheimgang aufgetaucht wären, hättest du uns allzu leicht für Feinde halten können. Es hätte Lärm gegeben, und du wärest auf jeden Fall verloren gewesen. Also führte ich die Juden lediglich bis auf Sichtweite zum Brunnen in den Stollen. Danach wollte ich versuchen, allein bis zu dir vorzustoßen, um dich über die Ankunft der Verbündeten in Kenntnis zu setzen. Doch ehe ich noch den Ausstieg des Ganges erreicht hatte, hörte ich von oben schon die Schüsse ...«

»Der Herzog hatte die Waffe direkt vor sich liegen«, erinnerte sich Björn. »Der Teufel muß ihm das eingegeben haben! Aber daß du ...«

»Als du abstürztest, waren meine Helfer bereits bei mir«, fuhr die Welsche fort. »Der Lärm hatte sie alarmiert. Nur deswegen gelang es uns, dich sofort aus dem Wasser zu bergen, das deinen Fall aufgefangen hatte. Dennoch dachten wir, du seist tot, als wir dich zurück in den Geheimgang zogen. Erst als wir schon ein ganzes Stück weg waren, bemerkte ich, daß trotz deiner schrecklichen Wunden noch ein Rest Leben in dir war. In diesem Zustand mußten wir dich bis zur Kapelle bringen und dann so tief wie möglich in den Wald, der jetzt unsere einzige Chance war ...«

»Befinden wir uns etwa noch immer in der Nähe von Wildenstein?« erschrak der Schwede.

Adjana schüttelte den Kopf. »Nein, wir hielten uns kaum eine Stunde dort auf. Nur so lange, bis die Juden die Tragbahre gebaut und sie zwischen zwei Pferden befestigt hatten. Danach führte Schmuel uns sofort weiter nach Süden und fand in der Morgendämmerung ein einsames Anwesen, das einem mosaischen Kohlenhändler gehörte. Der wiederum stellte uns den Wagen zur Verfügung, auf dem wir dich hierher in den Zinn-

wald brachten. Er gab mir auch die Heilkräuter sowie Proviant für einige Monate und erklärte Schmuel, wo die Hütte zu finden sei, in der du dich jetzt befindest. Hier sind wir vorerst sicher; zwischen uns und der Burg Wildenstein liegen mehrere Tagesreisen!«
»Du und die Juden ... ihr habt euer Leben für mich aufs Spiel gesetzt«, flüsterte der Blonde. »Es muß sehr schwer für euch gewesen sein, mich bis hierher zu transportieren ...«
»Es war schrecklich... weil wir die ganze Zeit Angst haben mußten, du würdest es nicht überstehen«, erwiderte die Schwarzhaarige leise. »Andererseits war es unbedingt nötig, dich aus der Reichweite des Lauenburgers zu bringen. Das aber wäre ohne die Mosaischen nie zu schaffen gewesen ...«
»Schmuel ... ist er auch da?« wollte Björn wissen.
»Er wäre geblieben«, antwortete Adjana. »Aber ich bestand darauf, daß er mit den anderen zurückkehrte. Ich wollte allein mit dir sein ...« Sie stockte. »So oder so ...«
Die Finger des Verwundeten verflochten sich mit denen der jungen Frau. Sein Händedruck war schwach, doch unendliche Dankbarkeit stand in seinen Augen. Dieser Blick entschädigte Adjana für alles, was sie für ihn getan hatte; der Blick und gleich darauf seine Lippen, deren Wärme sie endlich wieder spüren durfte.
Zuletzt, nachdem er sich eine Weile an ihrer Brust ausgeruht hatte, wollte er noch wissen. »Wie lange war ich besinnungslos?«
Die Welsche sagte es ihm. Dann, weil er ein Anrecht auf die ganze Wahrheit hatte, fügte sie hinzu: »Und bis du völlig genesen bist, wird das Jahr sehr weit fortgeschritten sein ...«

Nachdem der März dieses Jahres 1633 den Frost gebrochen hatte, zog sich der Große Krieg von der Mitte Deutschlands wieder in den Süden.
Nach dem Tod seines Königs hatte der schwedische Reichskanzler Axel Oxenstierna mit verschiedenen evangelischen Fürsten das Heilbronner Bündnis geschmiedet und damit der protestantischen Sache neuen Auftrieb gegeben. Die papstfeindlichen Heere marschierten Richtung Donau; bald schon sah sich die Oberpfalz, die als felsiger und bewaldeter Riegel vor den erzkatholischen Städten Regensburg und München lag, bedroht.
Wallenstein wiederum hatte sich mit seiner dezimierten Armee zurück auf seine böhmischen Besitzungen geflüchtet. Dort versuchte er die Einheiten neu zu formieren und ihre frühere Kampfstärke wiederherzustellen, was freilich das ausgesprochene Mißfallen des Kaisers erregte. Ferdinand II. verstieg sich dazu, dem Friedländer Feigheit zu unterstellen; möglicherweise war dies der Auslöser dafür, daß in den habsburgischen Kernlanden alsbald Gerüchte umliefen, wonach der verprellte Generalissimus in geheime Verhandlungen mit Oxenstierna eingetreten sei.
Ungeachtet dessen setzten sich jedoch die kleineren Schlachten und Scharmützel von Thüringen bis zur Oberpfalz fort, uferten unberechenbar hierhin und dorthin aus. Auch in allen anderen Regionen des Reiches schwelte und brannte der Glaubenskrieg weiter, zunehmend jetzt getragen von versprengten und auf eigene Faust marodierenden Haufen beider Seiten. Vor allem die Kleinstädte und Dörfer fielen ihnen zum Opfer; dort wurde den Handwerkern und Bauern der

rote Hahn aufs Dach gesetzt, wurden die armen Teufel malträtiert bis aufs Blut, damit ihnen die letzte Münze und der letzte Kanten Brot abgepreßt werden konnten, ehe man sie hohnlachend über die Klinge springen ließ. Einigermaßen sicher waren lediglich noch die völlig abgelegenen Gebiete: Landstriche wie der Zinnwald auf der Höhe des Erzgebirges, welche selbst für die abgebrühte Soldateska zu rauh und unwirtlich waren.

Den ganzen Spätwinter und Frühling über blieben Björn Steenholm und Adjana ungestört; lediglich die Wölfe schlichen bis in den späten März hinein um die Hütte, bevor das Tauwetter sie auf vielversprechendere Fährten lockte. Etwa zur gleichen Zeit tat der Blonde seine ersten Schritte im Freien: geschwächt und unsicher noch, doch immerhin mit der Gewißheit auf Besserung. Der Schußkanal durch seine Brust war nun geschlossen und vernarbt, und das Rasseln in seiner Lunge hatte sich endlich gelegt.

Ab April dann war er allmählich fähig, der Welschen bei der einen oder anderen Arbeit zur Hand zu gehen. Er sichelte das erste schüttere Grün und warf es den Pferden vor, die sich den Winter über zumeist mit trokkenem Laub hatten zufriedengeben müssen. Auch spaltete er das Brennholz, das zum Kochen und Braten benötigt wurde; über dem Feuer garte nun immer häufiger das Fleisch von Kleinwild, welches Björn in Fallen gefangen oder mit Pfeil und Bogen erlegt hatte.

Je weiter freilich seine Genesung fortschritt, desto unruhiger wurde er. Obwohl er auf Wildenstein dem Tod ins Auge gesehen und dann wochenlang mit ihm gerungen hatte, war er nicht bereit, die Jagd nach dem Mörder seines Vaters aufzugeben. Längst hatte er sich insgeheim geschworen, daß er den Lauenburger eines

Tages doch noch zur Rechenschaft ziehen würde. Er fürchtete lediglich, Adjana würde ihn davon abzubringen versuchen, und zögerte deswegen die Aussprache mit ihr noch hinaus.
Doch dann, der Mai stand jetzt bereits in seinem letzten Drittel, ergab sich die Gelegenheit ohne Zutun des Blonden. Denn mit der einfallenden Abenddämmerung tauchten vor der Hütte im Zinnwald zwei Reiter auf Maultieren auf: Schmuel und ein weiterer junger Jude namens Abram, der sich bereits an der Rettungsaktion nach dem Debakel von Wildenstein beteiligt hatte. Und die beiden Männer brachten nicht nur Salz und andere hochwillkommene Geschenke, sondern auch eine Nachricht, die sich auf den Todfeind des Schweden bezog.
»Der Herzog von Lauenburg ist samt seinem ganzen Gefolge weitergezogen«, erklärte der Kohen, nachdem sie alle ihren Platz am Herdfeuer gefunden hatten. »Vorher hielt er sich noch einige Tage am Dresdener Hof auf. Unser junger Freund hier«, er deutete auf Abram, »hat ihn in der Stadt beobachtet ...«
»In welche Richtung verschwand er nach der Audienz beim Kurfürsten?« unterbrach Björn hastig.
»Er nahm die Straße nach Prag«, antwortete Abram. »Doch die Stadt an der Moldau ist nicht sein eigentliches Ziel, wie mir einer seiner Roßknechte erzählte, den ich aushorchte. Der Lauenburger will dort lediglich Zwischenstation machen, um sich dann in Wien in den Dienst des Kaisers zu stellen.«
»Ganz so, wie der Attentäter in Gößnitz es uns sagte!« stellte der Blonde erregt fest. Dann besann er sich und reichte jedem der beiden Juden die Hand. »Ich bin euch sehr großen Dank schuldig!« fuhr er fort. »Nicht nur wegen der Botschaft, die ihr heute gebracht habt, obwohl sie außerordentlich wichtig für mich ist! Son-

dern noch mehr für das, was ihr im vergangenen Dezember für Adjana und mich getan habt!«
Er ging in die Ecke hinter der Feuerstelle, wo seine Geldkatze hing, holte eine Handvoll Goldstücke heraus und drückte sie dem Kohen in die Hand. »Bitte nehmt das, auch wenn es die Gefahr, in die ihr euch um unseretwillen begeben habt, nicht aufwiegt ...«
Schmuel zögerte, steckte die Münzen dann aber ein. »Sie werden denen in unserer Gemeinde zugute kommen, die es nötig haben«, murmelte er.
»Denkst du immer nur an die anderen? War das auch der Grund, warum ihr uns beigesprungen seid, du und deine Glaubensbrüder?« fragte Björn.
»Ich sagte euch früher schon einmal: Der Löwe von Mitternacht war ein Freund meines Volkes«, erwiderte der Kohen. »Und weiter erwähnte ich das Gebot der Thora, welches da lautet: ›Du sollst nicht morden!‹ Doch es gibt noch ein Drittes, das uns veranlaßte, euch beizustehen: Denn oft, viel zu oft, sind die Gesetze der Mächtigen allein für die Mächtigen selbst gemacht und werden dadurch zum Hohn ihrer selbst. Wenn dies jedoch geschieht, dann kann das Böse allein noch durch den Mut und das Aufbegehren einzelner Menschen in Schach gehalten werden. Und dies, Björn Steenholm, versuchst du zusammen mit der Gefährtin an deiner Seite. Damit aber erfüllt ihr den Willen des Adonai, des Ewigen ...«
»Ganz so wie du sprach einst, in meiner Jugend, die Runenfrau, die in den Wäldern meiner Heimat Götaland lebte«, murmelte der Blonde.
»Sie tat es, weil sie ebenso um die alte Weisheit der Menschheit wußte wie der Lehrer, dem ich folge«, antwortete Schmuel. »Denn es gab eine Zeit auf Erden, in der alle Ströme aus einer Quelle entsprangen ...«

Sein Blick wanderte von den hellen Augen des Schweden zu den dunklen der Welschen. Für einen Moment schien das tiefe Einverständnis beinahe greifbar die einfache Hütte zu erfüllen.
Dann brachte Adjana sie in die Gegenwart zurück. Sie deutete auf das Koller ihres Geliebten, wo noch immer die Spuren des Einschusses zu sehen waren, und sagte mit belegter Stimme: »Der Tod war dir so nahe, daß ich dich über viele Tage hinweg fast schon aufgegeben hatte! Björn, du darfst das Schicksal nicht noch einmal so herausfordern wie auf Wildenstein! Ich flehe dich an!«
Die beiden Juden pflichteten ihr nickend bei. »Auch David hätte den Kampf gegen den Riesen Goliath vermutlich nicht gewonnen, wenn er auf das Schwert statt auf den Kieselstein gesetzt hätte«, murmelte der Kohen.
Der Blonde setzte zu einer spontanen Antwort an, verkniff sie sich dann aber, starrte eine ganze Weile zwischen Adjana und Schmuel hindurch ins Feuer und erwiderte endlich: »Zumindest kann ich nichts übers Knie brechen, auch wenn die Nachricht, die ihr brachtet, mein Jagdfieber neu angestachelt hat. Doch noch immer machen mir meine Verletzungen zu schaffen, und ehe ich meine frühere Kraft nicht völlig zurückgewonnen habe, wäre es in der Tat vermessen, mich dem Lauenburger noch einmal zu stellen.« Er suchte den Blick der Schwarzhaarigen. »Das immerhin kann ich dir zugestehen ...«
Adjana schien zufrieden; sie erwiderte lediglich: »Wenn die Zeit dafür gekommen ist, dann laß uns noch einmal darüber sprechen.«
»So handelt ihr klug«, stimmte Schmuel zu. Plötzlich lächelte er. »Aber nun laßt uns das Wiedersehen feiern! Ich möchte für uns alle gefüllten Fisch zubereiten ...«

Nachdem die beiden Juden nach Dresden zurückgekehrt waren, kamen für Adjana und Björn wieder lange, einsame Monate; aus dem milden Frühling wurde allmählich brütender Sommer. Die Hitze, die nun auch hier oben im Erzgebirge zu spüren war, hinderte den Blonden jedoch nicht daran, sich Tag für Tag mit Schwert und Dolch sowie im Sattel zu üben. Zuletzt, der August stand bereits in seiner Mitte, durfte Björn sich sagen, daß das Ziel, das er sich selbst gesteckt hatte, erreicht war: Er hatte seine alte Kampfstärke und Ausdauer wiedergefunden und die Folgen des Lungenschusses endgültig überwunden.

Die Welsche hatte gewußt, daß dieser Zeitpunkt kommen würde; in langen Stunden im Wald hatte sie sich darauf vorbereitet. Und nun, in einer Nacht, da der Mond voll am Firmament stand und sie zusammen mit dem Schweden vor der Hütte saß, teilte sie mit ihm die Vision, die sich unter dem Einfluß des wachsenden Gestirns in ihr ausgeformt hatte.

»Noch nicht in diesem Jahr wird es geschehen, aber zeitig im nächsten ...«, flüsterte sie. »Dann wird ein Mächtiger dem Tod ins Antlitz blicken ... Eine kleine Stadt in den böhmischen Wäldern erkenne ich ... Die Verschwörung, die dem Kaiser gilt, wird dort aufgedeckt werden ... Nächtens dringen die mit den breiten Lanzen in das Schlafgemach des Friedländers ein ...«

Ihre Stimme verflachte, ihr starrer Blick gewann wieder Leben, ihr schmales Antlitz wandte sich Björn zu.

»Du meinst ... du hast den Tod Wallensteins gesehen?!« brach es aus ihm heraus.

Adjana nickte, stieß die folgenden Sätze gehetzt hervor: »Es wird geschehen! Ich weiß es! Und damit auch du!«

Sie griff nach seiner Hand; ihre Finger fühlten sich heiß an, aber ihre Stimme klang nun wieder beherrschter: »Und im Gefolge seines Untergangs könnte auch der Herzog von Lauenburg, der Mörder deines Vaters, seine Strafe finden – falls du und ich es klug anstellen ...«
»Wie?!« schnappte der Blonde. »Wie können wir das schaffen?!«
»Es könnte gelingen, wenn wir den richtigen Weg wählen«, antwortete die Welsche dunkel.

13

DER KURIER

Die Oberpfalz, jener bewaldete Mittelgebirgsriegel nördlich der großen katholischen Städte Regensburg und München, befand sich nunmehr in den Händen der Protestanten. Im Winter des frühen Jahres 1634 ließ der schwedische Oberbefehlshaber Oxenstierna einen großen Teil seines Heeres sich dort sammeln. Der österreichische Thronfolger Ferdinand III. und dessen General Gallas wiederum konzentrierten ihre Truppen südlich der Donaulinie, um bei einem gegnerischen Vorstoß auf die bayerischen Metropolen Widerpart bieten zu können. Bislang freilich war es nicht zum Schlagen gekommen; jetzt, in der Februarmitte, war noch einmal strenger Frost eingefallen, der das Marschieren allzusehr erschwert hätte.

Die Hochadligen in der Wiener Hofburg spürten wenig von der Kälte. In den Kaminen der kaiserlichen Residenz türmten sich die glühenden Kloben hüfthoch; zudem herrschte kein Mangel an Glühwein und anderen starken Getränken, mit denen der Monarch seine gekrönten und gesalbten Verbündeten traktierte. Zahlreich hatten die papsthörigen Reichs- und Duodezfürsten sich derzeit im Herzen der habsburgischen Macht eingefunden; unentwegt schwirrte die Gerüchteküche, wurde antichambriert und intrigiert.
Franz Albrecht von Lauenburg, der eineinhalb Jahre zuvor noch unter den schwedischen Fahnen gestanden und seinen Eid dann auf so schändliche Weise gebrochen hatte, hielt sich nun schon acht Monate in der Hofburg auf. In dieser Zeit hatte ihm der glotzäugige und knebelbärtige Kaiser etliche Audienzen gewährt; der verschlagene Herzog durfte sich sagen, daß seine Pläne inzwischen sehr erfreulich gediehen waren.
Sobald die protestantische Ketzerei jenseits der Elbe erst einmal mit Stumpf und Stiel ausgerottet sei, so hatte Ferdinand II. ihm erst kürzlich versprochen, werde er dort noch mehr Land und Einfluß erhalten als bisher. Großzügig hatte der Kaiser dabei die Tatsache übergangen, daß auch der Lauenburger evangelischen Glaubens war; hatte beim Punsch lediglich geäußert, es komme unter wahren Edelleuten nicht so sehr auf die Konfession an als vielmehr darauf, daß die jeweiligen Untertanen fromm unter der Fuchtel gehalten würden. Dies aber traue er dem Herzog ohne weiteres zu, nachdem er doch sogar einen Löwen zum Kuschen gebracht habe. Ein zynisches Augenzwinkern des Monarchen hatte diese Worte begleitet; der Lauenburger hatte es ihm nachgetan und später mit dem Einverständnis, das zwischen ihm und der Majestät herrsche, geprotzt.

Mittlerweile, seit die haarsträubenden Gerüchte um den Friedländer laut geworden waren, hoffte der Herzog sogar, aufgrund dieses Einverständnisses noch weitere Vorteile für sich herausschlagen zu können, sofern er hier am katholischen Hof nur den geeigneten Augenblick abwartete.

»Sollte Gott es wollen, daß der zwielichtige Wallenstein tatsächlich über seinen eigenen Ehrgeiz stürzt«, vertraute er an diesem Abend in der Februarmitte dem Hauptmann seiner Leibwache an, »dann könnte unter Umständen sogar ein beträchtlicher Teil der riesigen Ländereien des Friedländers für diejenigen abfallen, die treu zur Majestät standen!«

Der Offizier, ein verkrachter Kleinadliger, der mit dem Herzog nicht nur zu saufen, sondern ihm bei Gelegenheit auch die eine oder andere Hure zuzubringen pflegte, grinste und versicherte seinem Herrn dabei, es sei stets die Treue zur richtigen Sache, die einen wahren Edelmann vorwärtsbringe. Dann jedoch wurde sein Blick lauernd, und er fragte verhalten: »Was aber geschieht, wenn am Ende doch der Friedländer über die Majestät triumphiert? Hinter vorgehaltener Hand munkelt man immerhin, er könne nach wie vor über einen mächtigen Anhang verfügen; sehr erprobte Generäle darunter, die Tod und Teufel nicht fürchten ...«

»Ihr meint, wenn er mit deren Hilfe und mit seinen eigenen böhmischen Truppen im Kreuz losschlüge, dann hätte das Haus Habsburg unter Umständen einen schweren Stand gegen ihn? Und es könnte dann sogar dazu kommen, daß der kaiserliche Thron ins Wanken gerät?« feixte Franz Albrecht von Lauenburg.

»Natürlich sind dies nur gewisse Überlegungen, die aber vielleicht doch nicht ganz aus der Luft gegriffen sind«, gab der Hauptmann zu bedenken. »Vor allem auch, weil man läuten hört, der verräterische Wallenstein stehe seit neuestem sogar mit dem schwedischen Reichskanzler in geheimen Verhandlungen, um unter Umständen zusammen mit Oxenstierna ein Bündnis von Prag bis Stockholm gegen das Haus Habsburg zu schmieden ...«

»Das wäre Hochverrat!« antwortete der Lauenburger.

»Aber trotzdem nicht unmöglich«, versetzte der Offizier. Und dann trieb ihm der genossene Branntwein den Nachsatz heraus: »Wie Ihr ja selbst sehr gut beurteilen könnt ...«

Die stechenden Augen im Antlitz des Hochadligen glühten auf; einen Moment schien es, als wolle er blankziehen. Doch als der Hauptmann eine Entschuldigung zu stammeln begann, schlug er jäh eine gellende Lache auf und zischelte danach: »Habt Ihr nicht selbst vorhin gesagt, ein Edelmann müsse stets zur richtigen Fahne stehen, eh?!«

Der Offizier nickte beflissen.

»Na also!« bellte der Lauenburger. Dann raunte er: »Und wenn das einmal nicht mehr die kaiserliche sein sollte – nun, ich habe auch noch andere Verbindungen, wenn Ihr versteht, was ich meine ...«

Der Hauptmann wagte die Andeutung eines verschwörerischen Lächelns. Auch die dünnen Lippen des Herzogs verzerrten sich zu einem perfiden Grinsen, ehe er schloß: »Sollten die Verhältnisse sich unversehens ändern, so wäre der Friedländer von Wien aus in wenigen Tagen zu erreichen, sofern man schnelle Pferde besäße ...«

»Das stimmt! Er marschiert von Pilsen aus in Richtung Eger, wie die Spione melden«, bestätigte eilig der Offizier.

Kurz hinter Pilsen hatte der Generalissimus den Sattel räumen und die Sänfte besteigen müssen. Die Gicht, unter der er schon seit Jahren litt, quälte ihn in der Winterkälte mörderischer denn je. In dicke Pelze eingeschnürt, das eine Bein eitrig, ertrug der fünfzigjährige Albrecht von Wallenstein das Rütteln des Tragstuhles, der an langen Stangen zwischen zwei hintereinandergehenden Pferden hing; zuzeiten schien ihm jeder einzelne Tritt der Tiere wie mit Messern durch Mark und Bein zu fahren.
Hinzu kam der Lärm der um ihn gescharten mehrtausendköpfigen Truppe: zehn schwere Kompanien Reiter und Landsknechtshaufen, kommandiert von den Obristen Ilow, Terzka und Kinsky. Das Klirren und Rasseln der Rüstungen und Waffen, das Knarren und Poltern der Bagagewagen, die ununterbrochenen Rufe der Soldaten und das Wiehern der Rösser bedrängten den Generalissimus jetzt schon den ganzen Tag und verursachten ihm immer stechendere Kopfschmerzen. Dennoch war er heilfroh, die Truppe und die drei ihm auf Biegen und Brechen verschworenen Haudegen um sich zu haben. Denn die Nachrichten, die ihn bereits in Pilsen erreicht hatten und auch jetzt laufend eintrafen, verhießen nichts Gutes. Alles deutete darauf hin, daß der Kaiser einen schändlichen Schachzug gegen ihn plante.
Die Spione aus der Hauptstadt meldeten es, ebenso die Kuriere, die von den Burgen und anderswo stehenden Regimentern seiner eigenen Verbündeten kamen. Erst vor wenigen Stunden, bei der Offiziersbesprechung, hatte der bärbeißige Ilow den Inhalt der Depeschen folgendermaßen zusammengefaßt: »Ich fürchte, die Majestät legt's darauf an, Euch zum Dank dafür, daß Ihr jah-

relang Euren Kopf für den papistischen Glauben hingehalten habt, auf erzkatholische Weise zu bescheißen!«
Und dann, die Faust in Richtung Wien ballend, hatte der Obrist geraten, auf der Stelle gegen die Hauptstadt zu rücken und den Habsburger vom Thron zu stoßen.
Doch das ist mir nicht möglich, dachte Wallenstein jetzt, während die Sänfte ihm die schmerzenden Glieder prellte. Ich bin nicht imstande, noch einmal eine Armee in den Krieg zu führen; bei Lützen ging's noch, aber jetzt würde ich in der Schlacht keine Stunde mehr durchhalten. Nein, das einzige, was mir noch bleibt, ist die Diplomatie; wo ein fremder Kurier heranreitet, muß einer von meinen eigenen so rasch wie möglich wieder davon. Nur so kann ich's vielleicht noch aufhalten; das Rad des Schicksals möglicherweise noch einmal herumreißen. Verbündete brauche ich, vor allem die Protestanten zählen jetzt. Der Oxenstierna hat mir den Pakt, der einzig zum Frieden führen kann, bereits angeboten, aber ich Narr habe gezögert; ebenso hielt ich's in meiner Dummheit gegenüber dem Weimarer. Doch noch immer kann ich's forcieren; ich muß es zwingen, trotz dieser vermaledeiten Schmerzen ...
Damit rief er einen der Schreiber an seine Seite und diktierte zum wiederholten Male an diesem eisigen Februartag mehrere Brandbriefe. Wenig später sprengten die Kuriere nach verschiedenen Richtungen davon; die Kuriere, die neben der Gicht und dem Lärm der Soldateska ebenfalls zu Wallensteins Qual beitrugen, weil sie in Bewegung gehalten werden mußten und weil ihm, dem Kranken, deswegen kaum ein Augenblick Ruhe blieb.

Der Meldereiter hatte die Depesche des Friedländers am frühen Nachmittag in seine Ledertasche gestopft und war sodann spornstreichs losgaloppiert: Richtung Oberpfalz, wo das schwedische Teilheer lag. Jetzt, bei Einbruch der Dämmerung, lag die kleine südböhmische Stadt Taus vor ihm. Höchstens eineinhalb Meilen noch, dann würde er hinter den Mauern, deren Türme er vom Höhenweg aus bereits erkannte, das Pferd wechseln, einen Imbiß zu sich nehmen und sodann mit frischen Kräften weiterjagen können.
Wenn der Himmel klar bleibt und die Sterne das nötige Licht geben, dachte der Mann im wappenverzierten Koller und mit dem Federhut soeben, kann ich's bis zum Morgen nahe an die Neunburger Grafschaft heran schaffen. Kann dann, ehe der Tag vorüber ist, in Amberg sein und die Botschaft dort abliefern. Danach, in der bewußten Taverne, sind endlich die Weiber dran. Die dralle Blonde, die mir neulich schon schöne Augen machte, läßt mich gewiß in den Sattel. Und ein solches Stütchen zu reiten, ist allemal angenehmer als ...
Das Geräusch, das aus der Baumkrone unmittelbar über seinem Kopf kam, brachte den Kurier jäh in die Realität zurück; auffahrend sah er die heranschnellende Gestalt. Die Stiefelspitzen trafen ihn voll gegen die Brust; er verlor Bügel und Sattel und stürzte über die Kruppe seines Rosses auf den schneeüberkrusteten Pfad. Als er sich fluchend und mit dröhnendem Schädel wieder aufzurichten versuchte, blickte er genau in die Mündung einer Pistole.
Ein Marodeur! dachte er. Einer dieser Lumpenhunde, die einen wegen drei Kreuzern abmurksen und zum Fraß für die Wölfe liegenlassen!
Doch dann hörte er den Wegelagerer sagen: »Keine Angst! Ich will dir nicht ans Leben!«

»So?!« schnappte der wallensteinsche Bote. »Den Hals hätte ich mir brechen können!«
»Ein Reiter wie du verträgt schon mal einen Sturz«, kam es zurück. »Und jetzt hoch!« Mit zwei, drei schnellen Schritten war der Bewaffnete im Rücken des Kuriers, packte ihn am Kragen und stellte ihn endgültig wieder auf die Beine. »Pfeif deine Stute heran! Und dann dort hinüber ...«
Die Scheune stand am Rand einer Rodungsweide, auf die im Sommer die Stiere der Tauser Bauern getrieben wurden. Die beiden Männer verschwanden im Inneren; das nun draußen festgebundene Pferd äugte zurück zum Hochweg, schrak hoch, als aus dem rohgezimmerten Gebäude plötzlich der wütende Protest seines Herrn drang und dann jäh abbrach. Wenig später erschien die Gestalt des Wegelagerers wieder im Rahmen des Türsturzes; die Waffe steckte jetzt in seinem Gurt, unter dem Arm trug er ein zusammengerolltes Bündel. Ehe er nach dem Zügel der erbeuteten Stute griff, rief er in die Scheune: »Also, noch einmal: Du hast genügend Decken, Brot und Wasser dort drinnen, um durchzuhalten, bis es dir gelungen ist, deine Kette aufzufeilen. In höchstens zwei Tagen kannst du es mit dem Werkzeug, das ich dir ebenfalls gegeben habe, geschafft haben ...«
Ein Schwall wilder Schimpfworte drang daraufhin ins Freie, doch der mit der Pistole grinste nur, band das Pferd los und schwang sich in den Sattel.
Er trieb das Tier über die Sommerweide hinweg und drüben noch ein gutes Stück hinein in den schütteren Wald. Zuletzt kam von einer Lichtung das Wiehern eines zweiten Rosses. Der Reiter saß ab, befreite die Stute von Sattel und Zaumzeug und hievte beides auf den Rücken des eigenen Pferdes. Dann jagte er das

ledige Tier davon, bestieg den Hengst und zwang ihn, obwohl er der Stute hinterherwollte, zurück in die Richtung auf den Hochweg. Dort angekommen, galoppierte er jedoch nicht nach Taus weiter, sondern lenkte das Roß nach Süden; gleich darauf hatte ihn die nun schnell einfallende Nacht verschluckt.

Scharf gezeichnet lag die breit hingelagerte Silhouette von Wien unter dem sternenklaren Nachthimmel. Björn Steenholm atmete nach dem langen Ritt tief durch und dehnte sich im Sattel des Isabellfarbenen, der soeben den Kahlenberg ein Stück nordöstlich der Stadt erklommen hatte. Dann zog er die Zügel an, um den Anblick bewußt in sich aufzunehmen.

Dies hier, faszinierend und abstoßend, war das Herz des Reiches. Einmal mehr wünschte der Blonde sich, er hätte im Frieden hierherkommen können, um ohne die Spannung, die ihn auch jetzt wieder quälte, einzutauchen in das pulsierende Leben dort unten. Denn Wien, ohne die finstere katholische Macht in der Hofburg, in den viel zu vielen Klöstern und Kirchen dazu, hätte bezaubernd sein können. Zusammen mit Adjana hatte der Schwede diese andere, menschlichere Seite der Metropole sofort erahnt, nachdem sie vor Monaten hier eingetroffen waren. Sie hatten die malerischen Gassen mit den manchmal fast verwunschen wirkenden Häuschen der kleinen Leute gesehen, hatten Wein in den bewirtschafteten Wingerten auf den Donauhängen getrunken, hatten herzliche, hilfsbereite Menschen kennengelernt.

Doch das, leider, war eben nur der eine Aspekt. Der

andere äußerte sich in den sinistren Intrigen und dem menschenverachtenden Herrschaftswahn der kaiserlichen Despotie, ebenso in den Gestalten der in ganzen Rudeln durch die Gassen schleichenden inquisitorischen Dominikaner und Kapuziner. Dieses Belauern und tückische Bevormunden hatte ihn und die Welsche immer wieder abgestoßen. Das Schlimmste jedoch, für sie ganz persönlich, war das Wissen darum, daß sich inmitten dieser zutiefst papsthörigen Stadt der Lauenburger eingenistet hatte; der Meuchelmörder, dem unter dem Schutz Ferdinands II. kaum beizukommen war.
Tage- und wochenlang hatten Björn Steenholm und Adjana im vergangenen Herbst, nachdem sie die Metropole erreicht und in einem der Gasthöfe Quartier genommen hatten, überlegt und beratschlagt. Sie hatten den riesigen Komplex der Hofburg umkreist, wieder und wieder; hatten den Todfeind einige Male sogar von ferne gesehen. Doch sie hatten begreifen müssen, daß es in dieser Stadt ausgeschlossen war, nahe genug an ihn heranzukommen; es sei denn, sie hätten ein plumpes Attentat versucht, das mit Sicherheit eher sie als ihn das Leben gekostet hätte.
Nach langen, enttäuschenden Wochen hatte der Blonde eingesehen, daß in der Tat keine andere Möglichkeit bleiben würde als die, welche die Welsche und letztlich auch Schmuel ihm ohnehin schon aufgezeigt hatten. Immer häufiger hatte er sich an die Worte des Kohen erinnert: »Auch David hätte den Kampf gegen den Riesen Goliath vermutlich nicht gewonnen, wenn er auf das Schwert statt auf den Kieselstein gesetzt hätte ...« Und dann wieder an Adjanas Vision: »Die Verschwörung, die dem Kaiser gilt, wird aufgedeckt werden... Und im Gefolge seines Untergangs könnte auch der Herzog von Lauenburg seine Strafe finden ...«

Zuletzt hatte er sich entschlossen, diesen Weg zu gehen; die Augen der Schwarzhaarigen hatten aufgeleuchtet, als er es ihr gesagt hatte. Danach hatten sie den Brief hervorgesucht, den ihnen Schmuel mitgegeben hatte, als sie ihn nach dem Verlassen des Zinnwaldes noch einmal in Dresden getroffen hatten. Das Schreiben hatte ihnen Zugang zur jüdischen Gemeinde Wiens verschafft, und dies war eine unschätzbare Hilfe gewesen.
Die Mosaischen hier litten zwar unter schweren Repressalien, verfügten aber dennoch über ausgezeichnete Informationsquellen. Und die Freunde des Kohen von Dresden hatten dieses Wissen nutzen können; es war ihnen vorgekommen, als würde ein Schleier nach dem anderen gelüftet, die sonst die Politik und die Intrigen im innersten Kreis der Residenz für jeden Außenstehenden verhüllten. Björn und Adjana waren an geheime Nachrichten über Wallenstein und dessen Kontakte mit den Protestanten gekommen; ebenso an Informationen über diejenigen und vor allem denjenigen, die am Hof ihren ganz persönlichen Vorteil daraus zu ziehen versuchten. Und zuletzt, der Winter war längst darüber hereingebrochen, hatte der Plan Steenholms seine endgültige Form angenommen ...
Wieder atmete der Blonde tief durch und ließ einen letzten Blick über das nächtliche Wien und das Firmament schweifen, das sich jetzt bereits ganz leicht aufzuhellen begann. Dann wurde die Sehnsucht nach der Schwarzhaarigen in ihm übermächtig. Er trieb den Hengst wieder an und lenkte ihn den Kahlenberg hinunter. Etwa zwei Meilen Wegs waren es noch bis zum Brünner Tor im Norden der Stadt, in das die Straße von Böhmen her einmündete.
Der Blonde rechnete sich aus, daß er es gerade bis Son-

nenaufgang, wenn die Pforten geöffnet wurden, schaffen würde. Dies wiederum bedeutete: Er konnte ohne Aufenthalt weiterreiten und seine Geliebte noch im Schlaf überraschen. Auf diese Weise hätten sie, nachdem er sie so lange nicht gesehen hatte, noch den vollen Tag für sich, ehe sie sich mit Einbruch der Dunkelheit erneut würden trennen müssen …

Über das Firmament, das in der Morgendämmerung sternenklar gewesen war, trieben jetzt am Abend schwere, regenträchtige Wolken. In unregelmäßigen Abständen sprühten die Wassergüsse auf die Dachlandschaft und gegen die wuchtige Fassade der Hofburg. Die wachhabenden Musketiere duckten sich verbiestert in die einigermaßen geschützten Mauernischen und versuchten ihre Lunten trotz allem trocken zu halten; die Hellebardiere hatten laut Ordre im Freien auszuharren und fluchten lästerlich darüber.
Sie schimpften auch auf den Kurierreiter, der jetzt in schnellem Trab herankam und schon von weitem zu erkennen gab, wie wichtig er sich nahm. Der beinahe zierliche Bursche im wappengeschmückten Koller der wallensteinschen Boten schwenkte eine lederne Depeschentasche, während er das helle Roß schlitternd vor dem Portal zum Stehen brachte. Noch ehe einer der Wachtposten nach dem Zügel des erregt tänzelnden Tieres greifen konnte, rief er: »Brandeilige Nachricht des Herzogs von Friedland an den Lauenburger! Muß auf der Stelle weitergegeben werden! Selbst wenn die Durchlaucht sich im Puff suhlt! So hat's der Wallenstein mir wortwörtlich aufgetragen …«

Die Laune der Hellebardiere besserte sich, im Hintergrund feixten die Musketiere.
»Hast Pech, Kamerad«, rief lachend einer der Posten. »Der Herzog hält sich hier in der Burg auf. Ist vorhin gerade gekommen ...«
»Dann ruft mir einen von seinen Leuten her!« verlangte der Reiter. »Ich kann nicht selbst in den Palast. Der Gaul ist zu bremsig vom schnellen Ritt; ich muß im Sattel bleiben!«
Die Bitte war ungewöhnlich, doch einer der Hellebardiere, vermutlich weil er zumindest kurz ins Trockene kommen wollte, gehorchte und verschwand durch das Portal.
Der Kurier mühte sich mit seinem immer wieder steigenden und auskeilenden Pferd ab, bis der Mann in Begleitung eines lauenburgischen Sergeanten zurückkehrte. Im gleichen Moment klang es vom Sattel des hellen Rosses herunter: »Potzdonner, gleich geht das Vieh mir durch!«
»Die Depesche her!« brüllte der Unteroffizier. »Dann kannst du dir meinethalben samt deinem störrischen Gaul den Hals brechen!«
Der Wallensteinsche warf ihm die Kuriertasche zu. Im nächsten Augenblick preschte er auf seinem verstörten Tier davon und verschwand nach zwei Dutzend Galoppsprüngen in einer seitlich auf den Platz mündenden Gasse.
Dort jedoch stand der Apfelschimmel plötzlich wie angewurzelt. Der Reiter schob den vom Regen triefenden Federhut mit der breiten Krempe, der das hochgesteckte rabenschwarze Haar verbarg, aus der Stirn. Zufrieden spähte Adjana hinüber zur Hofburg, wo der Sergeant mit der Botschaft soeben hinter den hell beleuchteten Säulen des Portals verschwand.

Franz Albrecht von Lauenburg wartete ab, bis der Unteroffizier, der die Depesche des Generalissimus gebracht hatte, den Raum wieder verlassen hatte. Erst dann preßte er die Dolchspitze unter das protzige Siegel, das durch den Frost etwas gelitten zu haben schien: Es zeigte einen haarfeinen Riß. Doch der Herzog achtete nicht darauf, erbrach hastig die Petschaft und entfaltete mit fliegenden Händen das Pergament. »Der Donner treffe mich«, murmelte er dabei, »wenn's nicht etwas außerordentlich Wichtiges ist, was der Friedländer mir mitzuteilen hat!«

Nachdem er zu lesen begonnen hatte, ging sein Atem immer schneller; gleichzeitig verengten sich seine Augen mit der stechenden grünen Iris: ganz so, als belauerte er eine Beute, die er sich im nächsten Moment zu greifen gedachte. Zuletzt vermochte er seine Erregung nicht länger zurückzuhalten; halblaut wiederholte er die wichtigsten Sätze: »Daß ich als protestantischer Reichsfürst, noch dazu aus dem Norden, dem Kaiser nicht blind trauen dürfe, meint Wallenstein also ... Daß auch der habsburgische Stern einmal stürzen könne, sofern das richtige Bündnis gegen Ferdinand zustande komme ... Daß der am Meer eingesessene Uradel sich angesichts einer solchen Entwicklung klüglich absichern solle ... Daß derjenige hoch aufsteigen könne, der im geeigneten Augenblick quasi das Zünglein an der Waage bilde ...«

Der Lauenburger bedachte sich. Im Grunde nichts Neues, überlegte er. Allerdings scheinen sich die Gerüchte, die ich hier am Hof gehört habe, zu bestätigen. Der Friedländer paktiert mit den Evangelischen, hat offenbar etliche auf seine Seite gezogen, möchte das

Bündnis jetzt komplettieren. Wenn ich darauf eingehe, ist's freilich in den Augen der Majestät ohne Zweifel Felonie. Andererseits ...

Noch einmal überflog er das Pergament, dann erklang erneut das jetzt vor Gier heisere Flüstern: »Daß selbstverständlich eine derartige Tat zur Rettung des Reiches nicht ohne eine gewisse Gegenleistung erbracht werden müsse, versichert Wallenstein ... Ah, und jetzt kommt's: Was der Kaiser mir biete, sei ohne Zweifel nicht wenig ... Doch der Lohn könne sich vervielfachen, wenn er aus einer böhmischen Schatulle komme ... Genaueres ließe sich in Eger erfahren, unter vier Augen mit dem Friedländer dort ... Doch eines schon vorab: Jeder Vernünftige wisse schließlich, daß der Habsburger aus dem letzten Loch pfeife, während das Herzogtum Friedland zu den reichsten Latifundien Europas gezählt werden müsse ...«

Und das ist zweifellos wahr! dachte Franz Albrecht von Lauenburg. Böhmen und Mähren, die friedländische Herrschaft – das sind die einzigen Länder, die selbst heute noch von Gold und Silber nur so strotzen. Jederzeit, wenn er's darauf anlegen will, kann Wallenstein damit neue Armeen aus dem Boden stampfen. Armeen, denen der Wiener in der Tat nichts entgegenzusetzen hätte. Und unsereiner könnte dann, so es wirklich zur Rebellion kommt, im Gefolge des Habsburgers ausbluten und hätte am Ende einen Dreck davon. Während, schlüge man sich auf die andere Seite, der Sold so hoch wäre, daß der Krieg sich endlich doch einmal rentiert hätte ...

Einen Augenblick zauderte der Herzog noch. Dann wurde das gierige Glühen in seinen Augen übermächtig, und er rief nach dem Hauptmann seiner Leibtruppe.

Als der Offizier ins Gemach stürzte, wies sein Herr ihn an: »Mit dem ersten Morgenlicht will ich meine Bedekkung marschfertig haben! Das heißt: Trefft sofort alle Vorbereitungen, noch jetzt in der Nacht! Aber möglichst unauffällig! Damit es kein großes Gerede gibt, ehe wir verschwinden ...«
»Verschwinden? Wohin?« wollte der Hauptmann wissen.
»Dorthin, wo der Wallenstein steht: nach Eger!« erwiderte der Herzog, während ein verschlagenes Grinsen auf die Lippen des Offiziers trat.

14
DIE NACHT VON EGER

Das weitläufige Pachelbel-Haus, das noch immer den Namen jenes Geschlechts trug, das der westböhmischen Stadt Eger einst mehrere Bürgermeister gestellt hatte, stand am unteren Ende des Marktplatzes. Doch das Anwesen befand sich schon längst nicht mehr im Eigentum seiner Erbauer. Nachdem der Protestant Wolf Adam Pachelbel im Jahr 1628 öffentlich für die Religionsfreiheit eingetreten war, hatten seine katholischen Glaubensbrüder in Christo ihn eingekerkert, den Bürgermeister sodann für vogelfrei erklärt und ihn samt seiner Familie vertrieben.
Wallenstein wiederum hatte das Gebäude mit der eindrucksvollen gotischen Fassade bereits 1625 – damals noch als Gast des Patriziers – und neuerlich 1630 als Quartier genutzt. Nun, im ausgehenden Winter des Jahres 1634, hatte das Schicksal ihn zum dritten Mal hinter die Mauern von Eger geführt.
Der tagelange Marsch von Pilsen her – die Gicht, der

Lärm der Soldateska; dazu die politische Pflicht, Dutzende von Kurieren zu empfangen und wieder abzufertigen – hatte den Feldherrn erschöpft. Seit er am Vortag in Eger eingetroffen war, beseelte ihn nur noch der eine Wunsch: unter dem Dach des Pachelbel-Hauses zumindest für ein paar Stunden Zuflucht, Vergessen und vielleicht sogar Schlaf zu finden.
Jetzt, in der Abenddämmerung des 25. Februar, stellte der Leibdiener den Pokal mit dem dampfenden Kräutersud und der Beigabe von Laudanum für den Generalissimus auf die Anrichte neben dem Bett. Dann, endlich, zog der Lakai die Tür hinter sich ins Schloß. Aufseufzend griff Wallenstein nach dem Becher und trank einige Schlucke. Sein Blick fiel dabei durch das spitzbogige Fenster in der Wand gegenüber. Dahinter war dunkel die Silhouette der höher am Berg liegenden Burg zu erahnen: der von Kaiser Barbarossa erbauten Festung mit dem zyklopischen Turm.
Der Friedländer genoß den Gedanken, daß im Schutz des Bergfrieds und des gewaltigen Berings nunmehr seine eigene Truppe lag: das Gros der Reiter und Landsknechtshaufen, die von den Obristen Ilow, Terzka und Kinsky kommandiert wurden. Hinzu kamen auf und hinter den Wällen der Stadt weitere schottische, irische, italienische und spanische Verbände unter dem Befehl der Offiziere Gordon, Butler und Leslie, welche schon längere Zeit die hiesige Garnison bildeten. Albrecht von Wallenstein, auch wenn eine seltsame innere Unruhe ihm das Gegenteil vorzugaukeln schien, zwang sich zu der Überzeugung, er sei zumindest im Augenblick in Sicherheit. Wieder setzte er den Pokal an die Lippen und leerte ihn ganz. Dann sank er auf die Kissen der Lagerstatt zurück.

In den Ruhekammern über den Stallungen der Taverne am oberen Ende des Marktplatzes war an Schlaf nicht zu denken. Wachfreie Dragoner und Musketiere sorgten hier für einen Höllenlärm; immer wieder drangen Grölen, Gelächter oder jäh aufbrandendes Streiten über den Hofplatz. Doch obwohl Björn Steenholm und die Welsche sich das Recht auf den Strohsack mit einem ganzen Goldgulden hatten erkaufen müssen, störten sie sich nicht an der Rüpelhaftigkeit der Soldateska. Denn sie hatten die Kammer ohnehin nicht gemietet, um friedlich darin zu schlummern.

Ungleich wichtiger war für sie die Luke in der Giebelwand, durch die sie die erleuchteten Fenster des Rittersaales auf der Burg beobachten konnten. Der Blonde und Adjana wußten, daß Ilow, Terzka und Kinsky heute alle anderen wallensteinschen Offiziere zum Gelage auf die Festung geladen hatten. Gerüchte waren in Eger umgelaufen, wonach in dieser Nacht noch einmal demonstrativ ein Treuepakt der Chargierten besiegelt werden sollte: Auf Biegen und Brechen sollten die Obristen und Hauptleute, so es nach dem Willen der drei Genannten ging, sich angesichts der ungewissen politischen Situation dem Friedländer verpflichten.

Naturgemäß hatte diese Absicht innerhalb der Mauern der Stadt nicht geheim bleiben können; Björn und die Schwarzhaarige glaubten allerdings noch ein wenig mehr zu wissen. Und genau diese Vermutungen waren der eigentliche Grund dafür, warum sie sich die Kammer als Beobachtungsposten ausgesucht hatten. Wenn das Ungeheuerliche Wahrheit werden sollte, dann mußte es innerhalb der nächsten Stunden dort drüben auf der Burg seinen Anfang nehmen ...

In das ohrenbetäubende Toben der Tavernengäste mischte sich plötzlich ein Hornstoß; gleich darauf ertönte die Stimme des Nachtwächters, der draußen Aufstellung genommen hatte:

»Hört, ihr Leut, und laßt euch sagen:
Neun Uhr hat's vom Turm geschlagen!
Wahret Feuer und auch Licht,
damit der Stadt kein Schad' geschieht!«

Der Blonde tauschte einen Blick mit Adjana. »Der Mann ist völlig ahnungslos«, murmelte er. »Offenbar ist auf den Gassen noch alles in Ordnung ...«

Die Welsche, mit einem seltsamen Ausdruck in den Augen nickte. »Ja, aber die Nacht dauert noch lange ...«

Wieder begann das Warten, allmählich wurde der Frost unter dem sternenklaren Himmel bissig, stahl sich auch in die Giebelkammer. Der Schwede hüllte seinen Mantel um Adjana, zog sie näher an sich heran. Kopf an Kopf spähten sie weiterhin zur Festung hinüber; ihr Atem zeichnete jetzt rauchige Fahnen vor das helle Firmament im Rahmen der Balken. Und dann kam wiederum der Nachtwächter heran, stieß ins Horn und sang:

»Hört, ihr Leut, und laßt euch sagen:
Zehn Uhr hat's vom Turm geschlagen!
Wahret Feuer und auch Licht,
damit der Stadt ...«

Die Schwarzhaarige zuckte zusammen, als der melodische Ruf des Mannes plötzlich abbrach und unten gleichzeitig das Rennen einer größeren Schar Soldaten laut wurde, begleitet von Waffenklirren.

Beinahe im gleichen Augenblick schien hinter den erleuchteten Fenstern der Burg ein Tumult loszubrechen: Hektisch sich bewegende Schatten schienen dort oben einen satanischen Tanz aufzuführen. Wiederum

im selben Moment tauchte im Blickfeld der beiden Beobachter die bergwärts stürmende Landsknechtskompanie auf, deren Ziel ganz offensichtlich der Zugang zur Festung war.
»Es beginnt!« rief Björn Steenholm erregt. Er griff nach seinen Waffen, und dann liefen auch er und Adjana los.

Der von den heimlich kaisertreu gebliebenen Offizieren Gordon, Butler und Leslie inszenierte, heimtückische Anschlag verlief erfolgreich. Im Rittersaal der Burg hatten Ilow, Terzka und Kinsky sowie ihre dem Friedländer ergebenen Kameraden so gut wie keine Chance.
Ehe er noch vom Tisch hochgekommen war, hatte die Spitze eines Raufdegens Kinskys Hals durchbohrt; die beiden anderen Obristen leisteten kurzen, verzweifelten Widerstand, sahen sich aber von den Verrätern immer mehr in die Enge getrieben. Als schließlich die Landsknechtskompanie des unter Butler stehenden Hauptmanns Deveroux in den Rittersaal stürmte, fanden zusammen mit einer Handvoll anderer noch Fechtender auch die Obristen ihr Ende. Mit Musketenkolben wurde Terzka niedergeschlagen, sodann mit Schwert- und Dolchstichen verstümmelt. Ilow, wie ein rasender Eber um sein Leben kämpfend, stürzte unter einer gegen ihn geschleuderten Bank zu Boden; mit dem nächsten Herzschlag fuhren auch ihm die Klingen halbdutzendweise in den Leib.
Gordon, Butler und Leslie brüllten ihren Triumph heraus. Hohnlachend griff sich der Hauptmann der Lands-

knechte einen Humpen Rotwein und leerte ihn in einem Zug; gleich darauf traf ihn ein Blick seines Befehlshabers. Deveroux nickte mit blutunterlaufenen Augen, bellte seinen Soldaten einen Befehl zu und verschwand an ihrer Spitze wieder nach draußen.

Adjana und Björn drückten sich in einen Laubengang auf halber Höhe des Marktplatzes. Sie sahen den Trupp der außer Rand und Band geratenen Soldateska über die Zugbrücke der Festung kommen und dann bergab rennen: auf das Pachelbel-Haus zu.

In die Schatten der Arkaden und Giebel geduckt, folgten der Schwede und seine Begleiterin der Rotte ein Stück, gingen dann nahe des Quartiers Wallensteins erneut in Deckung. Von dort aus sahen sie, wie die verstörten und unschlüssigen Wachen vor dem Portal des Gebäudes ohne Vorwarnung niedergemacht wurden.

»Sie haben die Falle so raffiniert gestellt, daß der Friedländer bereits verloren war, als er in Eger einmarschierte ...«, flüsterte Björn Steenholm mit rauher Stimme.

Im gleichen Moment, vor Blutgier und Ehrgeiz außer sich, stürmte Hauptmann Deveroux an der Spitze seiner Truppe über die Leichen der hingemetzelten Posten hinweg.

Albrecht von Wallenstein, vom Lärm geweckt, hatte Mühe, aus dem Bett zu kommen. Der Schlaftrunk und dazu die pochenden Gichtschmerzen in seinen Beinen machten ihm jede Bewegung zur Tortur. Erst als er aus dem Vorzimmer die gellenden Todesschreie vernahm, peitschte die eigene Furcht ihn von der Lagerstatt hoch und trieb ihn zur dahinterliegenden Wand.

Unter einem schmetternden Schlag flog die Tür auf. Auf der Schwelle stand Deveroux; zu seinen Füßen lagen der Diener, der am Abend den Pokal gebracht hatte, und ein Page in ihrem Blut.

»Kanaille, was unterstehst du dich ...?!« heulte, mit sich überschlagender Stimme, der Herzog von Friedland auf.

»Der Kaiser wird mir's reichlich lohnen!« schrie ihn hohnlachend der Hauptmann an und fällte die vor dunkelroter Nässe schillernde Hellebarde gegen Wallenstein.

Der Friedländer, kreidebleich jetzt, preßte sich gegen die Mauer; abwehrend streckte er die Hände gegen die breite, gezackte Klinge aus. Mit einem geilen Funkeln in den Augen fintete Deveroux; einen Lidschlag später bohrte sich die Waffe in die Herzgrube des Generalissimus. Der Stoß war so heftig, daß die Spitze der Hellebarde am Rücken Wallensteins wieder austrat.

Das letzte, was der Herzog von Friedland in seinem Leben vernahm, war das unsäglich häßliche Kratzen des Stahls auf dem Verputz der Mauer.

Adjana preßte die Hand auf den Mund, als sie, immer noch im Schatten des Laubenganges stehend, das menschenverachtende Bild sah.

Die Landsknechte hatten den Leichnam Wallensteins

notdürftig in einen roten Teppich geschlagen und zerrten das grauenerregende Bündel soeben an den bloßen Füßen auf den Marktplatz. Auf jeder Stufe der Freitreppe vor dem Pachelbel-Haus, über die der schlaffe Körper schlitterte, prallte der Schädel haltlos gegen den Stein. Dann, nachdem die Gosse erreicht war, pfiff Deveroux gellend durch die Zähne und gestikulierte gegen die Burg hin. Der Maultierkarren, der von dort herunterkam, beschleunigte seine Fahrt. Wenig später wurde die Leiche in ihrer naß glänzenden Hülle unter dem höhnischen Geschrei der Umstehenden auf die Bretter geworfen. Anschließend wendete das primitive Fuhrwerk und nahm den Weg zurück zur Festung.

»Obwohl du die Vision hattest und man uns auch in Wien andeutete, daß es so kommen könnte, würde ich es nicht glauben, wenn ich es nicht mit eigenen Augen gesehen hätte«, raunte Björn.

»Damit hat sich also der Fluch erfüllt, der über dem Friedländer hing«, gab die Welsche, ebenfalls flüsternd, zurück. »Du weißt ja, es hieß immer, sein Astrologe Zenno habe ihm einst prophezeit, er würde den Tod Gustav Adolfs nicht sehr lange überleben ...«

»Fünfzehn Monate ...«, murmelte der Blonde. Ein Schmerz, der nicht dem Toten auf dem davonrumpelnden Karren galt, stand in seinen Augen. Doch dann ermannte er sich und deutete in Richtung der Taverne. »Komm!« drängte er. »Wir haben keine Zeit mehr zu verlieren! Jetzt, da die Verschwörer tatsächlich zugeschlagen haben, beginnt unser eigener Part in diesem Spiel um Leben und Tod! Alles hängt nun an einem seidenen Faden ...«

»An einem Faden, der in dieser Nacht entweder reißen oder zur Schlinge für einen tückischen Wolf werden wird ...« nickte Adjana.

Rasch kehrten sie zum Gasthaus zurück. In dem hektischen Aufruhr, der die Nacht zum Tage zu machen schien, achtete niemand auf sie. In der Kammer über den Ställen angelangt, holten sie die dunklen Umhänge aus dem Gepäck, warfen sie über und steckten einige weitere kleinere Gegenstände ein. Gleich darauf huschten sie erneut über den Hof, tauchten seitlich des Marktplatzes in eine gewundene Gasse ein und erreichten, nachdem sie eine Reihe weiterer Durchgänge passiert hatten, die Mauer nahe des Stadttores an der Straße nach Wien.

Schon am zeitigen Abend hatte der Blonde hier eine Stelle ausfindig gemacht, wo der hohe Stützpfeiler einer Kapelle dicht an das hölzerne Schutzdach des abgesperrten Wehrganges heranreichte. Sie untersuchten den Ort kurz, um festzustellen, daß die Luft rein war; im nächsten Moment flog der am Seil hängende Mauerhaken an der Kirchenfassade hoch und verfing sich hinter einem Vorsprung. Björn und Adjana kletterten den Stützpfeiler hinauf, faßten Fuß auf einem Sims darüber und sprangen über die schmale Kluft auf das Dach des Wehrganges. Im Handumdrehen war das Seil eingeholt, wurde nun an einer Mauerzinne neu befestigt und dann nach draußen geworfen. Die beiden schattenhaften Gestalten ließen sich den Stadtwall hinuntergleiten, duckten sich in den Graben, sicherten erneut. Als auf den Verteidigungsanlagen alles still blieb, huschten sie entlang der Straßenböschung davon.

Einige hundert Meter weiter erkannten sie das Wachfeuer, das zu Füßen eines kleinen vorgeschobenen Zollturmes brannte. Der Weg führte dort durch eine Wildbachschlucht; gegen den Nachthimmel waren auf der Plattform und vor dem Tor der Bastion die Silhouetten mehrerer Bewaffneter zu sehen, die vom Aufruhr in Eger offenbar noch nichts mitbekommen hatten und sich ruhig verhielten. Björn und Adjana schlugen sich seitlich in die Büsche und umgingen vorsichtig den Turm. Jenseits glitten sie ein Stück in den Hohlweg hinab, bis sie auf halber Höhe das ebenfalls schon zuvor ausgekundschaftete Versteck fanden.

Das Dach der kahlen Äste und Zweige verzerrte den Anblick des frostigen Sternenhimmels; dennoch konnten die beiden in den dunklen Umhängen erkennen, wie sich das ewige Rad des Firmaments auf die Mitternacht zu und dann über sie hinaus drehte. Von Zeit zu Zeit griff der Schwede nach der lederbezogenen Branntweinflasche, nahm einen kleinen Schluck gegen die Kälte, bot auch der Welschen davon an. Dann wieder besprachen sie sich flüsternd, stellten Vermutungen darüber an, wie groß genau wohl der Vorsprung gewesen war, den sie dank ihres zeitigeren Aufbruches und ihrer größeren Beweglichkeit gegenüber der wohl etwas langsameren Kavalkade aus Wien gehabt hatten.

Bei einer dieser Gelegenheiten stieß Björn, dessen Nerven jetzt zum Zerreißen gespannt waren, die bange Frage hervor, ob das Wild ihnen tatsächlich in die Falle gehen würde, oder ob sie am Ende nicht doch nur einem Hirngespinst nachgejagt waren. Adjana schaffte es schließlich, ihn zu beruhigen und ihm neuen Mut zu machen. Und wieder begann das ungewisse Warten – stundenlang, bis auch der Branntwein kaum noch gegen den Frost half und das Ausharren auf der knochenhart gefrorenen Erde der Böschung zur reinen Qual wurde.

Zuletzt, als die Sterne bereits bleicher wurden und die Welsche das Zähneklappern kaum noch zu unterdrükken vermochte, schien sich im Wald jenseits der Schlucht etwas zu verändern. Anfangs war es lediglich

eine Ahnung, doch endlich erklang ein undeutliches Wiehern, das beinahe augenblicklich vom Turm her beantwortet wurde. Wenig später, hier wie dort, wiederholte es sich, und nun war auch das Hufgetrappel zu hören. Björns Hand, die sich schon die ganze Zeit über um den Unterarm der Welschen gekrampft hatte, begann vor unterdrückter Spannung zu zittern.
Die kurze Frist, bis die Reiter sichtbar wurden, schien sich zu einer Ewigkeit zu dehnen. Aber auch dann, als die schattenhaften Gestalten unter ihnen auftauchten, hatten sie noch immer keine Gewißheit. Erst als der Anruf des Wachpostens »Wer da?!« kam und die Antwort ertönte: »Der Herzog von Lauenburg auf dem Weg zu Wallenstein!« atmete Björn Steenholm unendlich erleichtert aus. Gleich darauf, während die Kavalkade lärmend zum Halten kam, bohrten seine Augen sich in die Adjanas.
Die junge Frau nickte; im nächsten Moment war sie zwischen die Büsche getaucht und glitt rasch nach unten, direkt auf die stampfenden Rösser zu. Der Blonde, in seiner Angst um sie, griff nach der Pistole; seine Furcht wurde noch schlimmer, als der dunkle Umhang Adjanas mit der Dunkelheit verschmolz. Jetzt, da sie verschwunden war, litt er entsetzlich darunter, daß er nicht doch darauf bestanden hatte, es selbst zu tun. Zwar sagte ihm sein Verstand, daß sie kleiner und unauffälliger war als er; dennoch minderte dieses Wissen seine Qual nicht. Er hatte das Gefühl, dort unten müsse jeden Moment der Tumult losbrechen, müsse ihr irrwitziges Unternehmen auffliegen – und er nahm sich vor, an ihrer Seite zu sterben, wenn es denn so kommen sollte.
Doch dann, wie aus dem Nichts aufgetaucht, war sie plötzlich wieder an seiner Seite und deutete ihm mit

einem flüchtigen und dennoch innigen Kuß an, daß sie es geschafft hatte. Fast gleichzeitig ertönte aus der Schlucht ein barscher Befehl; sie erkannten beide die Stimme des Lauenburgers. Die Rösser trabten wieder an und passierten den Zollposten.
Oben, auf der Kante des Steilhanges, huschten wenig später der Blonde und die Welsche in den Hochwald und nahmen ihrerseits den verborgenen Weg zurück nach Eger.

Der Nachtfrost hatte die in den Burghof geworfenen Ermordeten über die Leichenstarre hinaus versteinern lassen.
Der kaisertreue Leutnant, der an diesem Morgen des 26. Februar 1634 den Befehl bekommen hatte, sie einzusargen, fragte sich zum wiederholten Male, wie die Kadaver Wallensteins, Ilows, Terzkas und Kinskys in die engen Bretterkisten gezwängt werden sollten. Zuletzt, um vor seinen Untergebenen nicht als Versager dazustehen, gab er Ordre, die Gebeine der Leichen zu zerschlagen. Eben als die Schenkelknochen des Friedländers unter den Kolbenhieben eines der Musketiere splitterten, preschte inmitten seiner Kavalkade Franz Albrecht von Lauenburg in die Festung.
Sein Schweißfuchs scheute und sperrte sich gegen die Zügel, als er die verrenkten und blutbesudelten Körper der Ermordeten erblickte. Auch der Herzog starrte im ersten Moment mit hervorquellenden Augäpfeln, fing sich jedoch sofort und herrschte den Leutnant an: »Wer, zum Teufel, hat jetzt den Befehl in der Stadt?!«
Als der Offizier zögerte und den Reiter mißtrauisch

musterte, brachte der sein Tier mit einem brutalen Ruck an der Kandare endgültig wieder zur Räson, spuckte gleichzeitig in Richtung der Toten und schnauzte: »Ich bin Franz Albrecht von Lauenburg! Komme direkt vom Wiener Hof! Also raus mit der Sprache! Euer neuer Kommandeur könnte es Euch sonst übel entgelten lassen!«
»So wißt Ihr also bereits, was sich vergangene Nacht hier zugetragen hat?« fragte der Leutnant lauernd.
Mit dünnen Lippen grinste der Herzog und wies auf Wallensteins Leichnam, der soeben über den Sargrand gezerrt wurde. »Glaubt Ihr, daß ich blind bin?! Der Verräter hat seine verdiente Strafe bekommen! Das steckte man mir schon gleich im Gasthof, als ich vor einer Stunde dort eintraf! Hätten's die Spatzen dort nicht von den Dächern gepfiffen, so wäre ich natürlich sofort zur Burg weitergeritten, um die Getreuen der Majestät vor der Verschwörung des Friedländers zu warnen ...«
Unwillkürlich nahm der Leutnant Haltung an. »Den Befehl in Eger hat vorerst der Obrist Leslie übernommen.« Er nickte dem Korporal zu, der neben ihm stand: »Melde ihm, Seine Durchlaucht, der Herzog von Lauenburg, ersucht dringend um eine Unterredung!«
Der Unteroffizier verschwand, sein Vorgesetzter wandte sich noch einmal dem Hochadligen zu und versicherte: »Es wird gewiß nicht lange dauern, bis Euch der Kommandant seine Referenz erweist. Vielleicht laßt Ihr inzwischen Eure Bedeckung dort drüben im Stall absatteln und stärkt euch selbst mit einem Becher Punsch in der Wachstube?«
Der Angesprochene akzeptierte das Angebot mit gnädigem Nicken und lenkte den Schweißfuchs, der ihn schon in der Schlacht von Lützen getragen hatte, zu der angegebenen Örtlichkeit hinüber.

In seinem Quartier nahe des Rittersaals der Burg, wo die Spuren des nächtlichen Gemetzels inzwischen notdürftig beseitigt worden waren, starrte der Obrist Leslie nachdenklich in seine Schale mit Warmbier, in der einige Brotbrocken schwammen. Das Frühstück war Nebensache geworden, seit die Ordonnanz den Unbekannten hereingeführt hatte.

»Ich frage mich, wie ich dazu komme, Euch anzuhören«, murmelte er nun unwirsch. »Zunächst gebt Ihr selbst zu, keineswegs in diplomatischer Mission hier zu sein, und dann verlangt Ihr auch noch von mir, daß ich einen Hochadligen des Reiches ...«

»Ich habe nichts verlangt, sondern Euch lediglich in Eurem eigenen Interesse darum ersucht ...«, erwiderte Björn Steenholm. »Ansonsten zählte auch der Friedländer zu den gekrönten Häuptern, verfügte sogar über bedeutend mehr Macht als der andere, und Ihr habt Euch dennoch nicht gescheut ...«

»Es war meine Pflicht der Majestät gegenüber!« versetzte der Offizier. »Wäre Wallenstein am Leben geblieben, so hätte der Kaiser stürzen können!«

Der Schwede wandte sich langsam zum Fenster, blickte auf die Dächer der Stadt hinunter, gab erst dann über die Schulter zurück: »Und was geschähe, wenn der lebende Herzog die Felonie seines toten Standesgenossen vollenden wollte? Ihr solltet in diesem Zusammenhang eines bedenken: Franz Albrecht von Lauenburg ist derzeit der Ranghöchste in Eger ...«

»Aber ich, verdammt nochmal, habe meine Regimenter!« rief Leslie – und erbleichte plötzlich.

»Richtig!« Jäh wandte Björn sich ihm wieder zu. »Doch außerdem stehen noch immer die zehn schweren Kompanien des Friedländers in der Stadt! Ich denke, die Kräfte dürften ziemlich ausgeglichen sein, sollte es hart auf hart gehen ...«

»Dazu ein Reichsfürst an der Spitze der Truppen von Ilow, Terzka und Kinsky!« Die Stimme des Obristen klang gepreßt.

»Vielleicht solltet Ihr meinen Vorschlag also doch noch einmal ernsthaft erwägen«, sagte der Blonde leise. »Ich bitte Euch schließlich um nichts weiter, als ...«

Er wurde unterbrochen, weil der Korporal aus dem Burghof in den Raum platzte. »Meldung meines Leutnants!« schnarrte der Unteroffizier. »Der Herzog von Lauenburg verlangt eine dringende Unterredung!«

»So, er verlangt«, schnaubte Leslie. »Nun, dann muß ich wohl gehorchen ...« Er stieß die Schale mit der Biersuppe endgültig von sich, erhob sich und wandte sich zur Tür. Ehe er hinausging, drehte er sich noch einmal zu Steenholm um: »Haltet Euch in der Nähe ... Herr! Aber unauffällig, ja?!«

Der Blonde nickte beflissen. Sein Gebaren war scheinbar untertänig, doch in seinen Augen blitzte es dabei eisig auf.

»Es spricht sehr für Euch, wenn Euch die Sorge um die Sache des Kaisers nach Eger getrieben hat, Durchlaucht!« Der Obrist Leslie verneigte sich leicht vor dem Lauenburger. »Während der letzten Tage hat sich gezeigt, daß die Majestät keinesfalls auf alle Vasallen des Reiches bauen durfte ...«

»Mein Roß habe ich beinahe zuschanden geritten, um noch rechtzeitig am Schauplatz der Verschwörung einzutreffen, nachdem mir in Wien die Augen aufgegangen waren! Spornstreichs bin ich losgeritten, nur mit der schwachen Bedeckung, um im Notfall noch eingreifen zu können«, schwadronierte der Herzog. »Mein eigenes Leben hätte ich in die Schanze geschlagen für den Thron! Denn unsere Pflicht ist es, das Haus Habsburg zu schützen! Gottlob hattet Ihr die Dreckarbeit dann schon erledigt ...«

»Ganz bestimmt wird Euch die Majestät den Lohn für Euren Mut nicht vorenthalten!« erwiderte, mit einem beinahe herzlichen Blick auf den Hochadligen, der Obrist. Dann legte er ihm sogar die Hand auf die Schulter. »Vorerst danke ich Euch aus ganzer Seele!«

Zufrieden lächelte der Lauenburger. »Euer Lob ehrt mich, Herr Kamerad!«

»Vielleicht kann ich noch ein wenig mehr für Euch tun, Euer Liebden«, versetzte aufgeräumt der Offizier. »Ihr sagtet, Euer Roß habe den scharfen Ritt nicht gut überstanden. Nun, ich versteh' mich aufs Kurieren, will mir das Tier gerne einmal ansehen. Habt ihr es dort drüben im Stall?«

Der Herzog nickte verdutzt; im nächsten Moment hatte ihm der Obrist den Arm um die Schultern gelegt und zog ihn mit sich zu dem böhmischen Gewölbe.

Der Schweißfuchs war mittlerweile abgerieben worden und machte durchaus nicht den Eindruck, als könnte er jeden Augenblick krepieren. Trotzdem untersuchte Leslie ihn sorgfältig; zuletzt fuhr seine Hand prüfend über den Widerrist. »Hier ist der Hengst blutrünstig«, murmelte er. »Scheint am Sattel zu liegen. Ich werde ihn mir besser mal ansehen ...«

Franz Albrecht von Lauenburg wollte abwiegeln – aber schon, auf einen Wink des Obristen hin, griff einer von dessen Musketieren nach dem mit dem auffälligen

Wappen geschmückten Ausrüstungsstück, das vorerst auf einem Schragen an der Stallwand abgelegt worden war, und trug es heran.
Und nun, ganz plötzlich veränderte sich der Tonfall Leslies: »Oft liegt der Fehler gar nicht an den Stegen oder Pauschen, sondern tiefer im Leder!« Mit diesen Worten riß er die Satteltasche auf, wühlte kurz darin und brachte ein gesiegeltes Pergament zum Vorschein. Sein Blick wanderte dabei kurz zu Steenholm hinüber, der jetzt im Schatten der Stalltür stand, neben sich eine zweite, kleinere Gestalt im dunklen Kapuzenmantel.
Aufgebracht protestierte der Herzog: »Mein Herr, was soll das?! Ich muß mich entschieden verwahren!«
»Sagtet Ihr nicht vorhin selbst, es sei unsere Pflicht, das Haus Habsburg zu schützen?!« erwiderte Leslie scharf. »Nun, ebendiese Pflicht nehme ich jetzt wahr!«
Damit schlug er das Pergament auseinander, seine Augen flogen über die Zeilen, dann las er mit lauter Stimme: »Was der Kaiser bietet, ist ohne Zweifel nicht wenig ... Doch der Lohn könnte sich vervielfachen, wenn er aus einer böhmischen Schatulle käme ... Genaueres ließe sich in Eger erfahren ...«
»Hört auf!« Die Stimme des Lauenburger überschlug sich fast.
»Ihr wollt das nicht hören ... Herr?!« fragte Leslie lauernd. »Ich kann's verstehen! Denn dieser Brief Wallensteins nennt den eigentlichen Grund für Euren Höllenritt nach Eger ...«
»Den scheinbaren Grund!« versetzte der Herzog und schalt sich innerlich für seinen Leichtsinn, das Dokument nach dem Eintreffen in der Stadt nicht mehr vernichtet zu haben. »Nur scheinbar sieht's so aus!« wiederholte er. »Denn es ist doch selbstverständlich, daß ich den Friedländer aufs Glatteis führen mußte, um sei-

ne wahren Absichten enttarnen zu können! Ich benötigte entsprechende schriftliche Äußerungen von ihm, die seine Verschwörung bewiesen. Doch sofort nachdem dieses Pergament, das Ihr in Händen haltet, bei mir eintraf, beendete ich das Spiel. Spornstreichs jagte ich hierher, um den kaisertreuen Offizieren zu Eger eigenhändig das Dokument vorzulegen. Wenn Ihr in Wien nachfragt, bekommt Ihr den Beweis! Man wird Euch bestätigen, daß ich nur Stunden nach der Ankunft des wallensteinschen Kuriers, der mir diese Depesche brachte, nach Böhmen aufbrach ...«

Der Obrist schien unschlüssig. »So könnte man die Sache selbstverständlich auch auslegen«, murmelte er. Wieder schweifte sein Blick über die Schulter des Lauenburgers hinweg zur Stalltür. »Andererseits ...«

»Was andererseits?!« schnaubte der Hochadlige.

»Andererseits könnte es noch weitere Briefe geben«, antwortete Leslie, steckte den einen weg und machte sich erneut am Sattel des Herzogs zu schaffen. Prüfend glitten seine Finger über die Pauschen, verharrten plötzlich – und dann zog er seinen Dolch.

Die scharfe Spitze schob sich in eine schmale Furche; dort, wo das Schenkelleder in den hinteren Sattelholm überging. Hier klaffte die obere Naht bereits ein Stück auf, und nun erweiterte der Obrist die Öffnung mit einem raschen Schnitt. Er griff hinein und brachte ein zweites, eng zusammengefaltetes Pergament ans Tageslicht.

Der Lauenburger war kreidebleich geworden; hektisch irrten seine stechenden grünen Augen zwischen dem Schriftstück und dem Gesicht Leslies hin und her. Zuletzt, als der Obrist wiederum laut zu lesen begann, schienen sie fast aus den Höhlen zu treten.

Folgende Sätze schleuderte Leslie dem Herzog entgegen: »Albrecht von Wallenstein, Generalissimus, an Franz Albrecht von Lauenburg ... Mit großer Genugtuung erfüllt mich Eure Bereitschaft, mir in der bewußten Sache zu Willen zu sein und, zusammen mit mir, den Sturz des Kaisers in Wien zu betreiben ... Ich rufe Euch nach Eger, um Euch hier die letzten nötigen Instruktionen zu geben ... Unmittelbar danach wollen wir losschlagen; ich mit der Armee, Ihr mit Hilfe Eurer Leibwache direkt am habsburgischen Hofe ...«

»Nein! Der Teufel soll mich holen, wenn ich ...« brüllte der Herzog und machte Anstalten, sich auf den Obristen zu stürzen, um ihm das Dokument zu entreißen. Doch es gelang ihm nicht. Die Musketiere Leslies, die unter dem Kommando des Leutnants bereits sprungbereit gestanden hatten, hielten ihn fest; wenige Herzschläge später wand sich der Lauenburger ohnmächtig in seinen Fesseln.

Verächtlich musterte der kaiserliche Obrist den Hochverräter und spuckte zuletzt vor ihm aus. Dann, zum dritten Mal an diesem Morgen ging sein Blick zur Stalltür. Doch seltsamerweise wandten der Fremde und seine Begleiterin im dunklen Kapuzenmantel sich nach einer kurzen Verneigung wortlos ab und waren im nächsten Moment verschwunden. Die einzige Erklärung, die Leslie für ihr ungewöhnliches Verhalten fand, war die, daß der Blonde und die Frau im geheimen Dienst der Majestät standen und ihren Lohn vermutlich direkt in Wien einzufordern gedachten.

In der Tat verließen Björn und Adjana, nachdem sie eilig gepackt hatten, Eger in Richtung auf die Hauptstadt. Doch den Lohn für ihre mutige Tat am Ende der vergangenen Nacht bekam die Schwarzhaarige bereits eine kleine Strecke hinter dem Tor.

Denn im Hohlweg beim Zollturm drängte der Blonde

seinen isabellfarbenen Hengst so nahe an den Apfelschimmel heran, daß er Adjana umarmen und küssen konnte. Danach flüsterte er ihr zu: »Vor wenigen Stunden hast du hier dein Leben riskiert, als du dich so geschickt an den Schweißfuchs des Lauenburgers heranwagtest und unseren zweiten Brief, den wir zusätzlich zu dem in Wien fälschten, unbemerkt ins Sattelleder schobst. Ich brauchte dem Stadtkommandanten dann nur noch den entsprechenden Hinweis zu geben. Und damit, mein Herz, hast vor allem du dafür gesorgt, daß der Mörder meines Vaters nun seine verdiente Strafe bekommen wird ...«

15
DAS SCHAFOTT

Novembernebel hüllten das Dominikanerkloster in graue, feuchte Schleier. Das massige Bauwerk und die unmittelbar dahinter aufragende Stadtmauer schienen wie aus einem Pfuhl hochzuwachsen. Nicht weniger bedrohlich schwamm ein Stück weiter der Schwarze Turm inmitten des farblosen Schlierens. Budweis, die uralte Metropole Südböhmens, schien im Morgengrauen dieses Tages schmutzige Leichenlaken angelegt zu haben.

Dann, ganz plötzlich, begannen im Zentrum des Marktplatzes die Trommeln zu dröhnen. Gleichzeitig glühten vor den Portalen des Klosters und des Stadtturmes die feurigen Zungen zahlreicher Fackeln auf. Je weiter sie sich dem Balkengerüst in der Mitte des öffentlichen Areals näherten, desto deutlicher schälten sich die Umrisse der beiden Prozessionen aus dem Nebel. Der Zug der weiß und schwarz gewandeten Domini Canes, der Mönche der Inquisition, schritt von Osten heran. Von Süden kamen die Ratsbüttel und Henkersknechte, die in ihrer Mitte auf dem Karren den Delinquenten mit sich führten: Franz Albrecht, den Herzog von Lauenburg.

Ein dumpfes Stöhnen durchlief die Menschenmenge, die, von den Paukenschlägen angelockt, mittlerweile aus den sternförmig einmündenden Gassen auf den Platz geströmt war. Als eines der beiden Maultiere vor dem schändlichen Gefährt den Schweif lüftete und mistete, brach höhnisches Grölen und Pfeifen los. Der Hochverräter schien unter diesen Kundgebungen der Verachtung zu schwanken; gehetzt irrte sein Blick hierhin und dorthin, ehe er sich wieder fing. Wenig später hatte der Henkerskarren das Spalier der Dominikaner erreicht, die sich inzwischen vor der Plattform des Schafotts aufgestellt hatten.

Franz Albrecht von Lauenburg starrte auf die lange Reihe der Kruzifixe, die sich ihm links und rechts der fürchterlichen Gasse entgegenreckten. Unwillkürlich erinnerte er sich an ein ganz ähnliches Bild, das er früher einmal gesehen hatte: ein Fahnenflüchtiger, der kreischend durch die Spieße gelaufen und am Ende der Gasse als ein Klumpen rohes Fleisch zusammengebrochen war. Er spürte, wie die Vorstellung ihn die Kontrolle über seinen Schließmuskel verlieren ließ; gleichzeitig wollte er die Hände vor die Augen schlagen, doch die Ketten um seine Gelenke verwehrten es ihm. Hilflos mußte er das Zischeln der Mönche, den molochisch vervielfältigten Anblick des Gekreuzigten und dazu weiterhin das rachsüchtige Johlen der Menge ertragen, bis die Maultiere zuletzt direkt unterhalb des Blutgerüstes zum Stehen kam.

Die Henkersknechte lösten seine Fesseln und zerrten ihn hinauf, trieben ihn weiter bis vor den Block mit der vielfach eingekerbten Mulde in der Mitte. Mit gezück-

ten Hellebarden hielten sie ihn in Schach, während nunmehr auch der Scharfrichter und in seiner Begleitung der kaiserliche Justitiar auf die Plattform kamen. Das Trommeldröhnen wurde zum Crescendo, brach dann jäh ab. In die schaurige Stille hinein erklang die Stimme des Vertreters Ferdinands II.: »Im Namen der Majestät verkünde und begründe ich den folgenden Urteilsspruch ...«
Wieder irrten die stechenden grünen Augen des Herzogs umher, ganz so, als suche er selbst jetzt noch nach einem Ausweg. Plötzlich fiel sein Blick auf die beiden Bettler, den großen und den kleineren, die ganz in seiner Nähe zu Füßen des Schafotts kauerten, die Kapuzen ihrer zerschlissenen Mäntel tief in die Gesichter gezogen. Sein ganzes Leben lang hatte der Lauenburger derartige Kreaturen zutiefst verachtet, jetzt aber beneidete er sie aus tiefster Seele um ihre armselige Freiheit; er konnte die Augen nicht von ihnen abwenden.
Er schaffte es erst, als die Stimme des Justitiars sich plötzlich hob und ihn direkt ansprach: »Aus diesen Gründen, Franz Albrecht von Lauenburg, wird dir kund und zu wissen getan, daß du dich der schändlichsten Felonie schuldig gemacht hast und dafür auf folgende Weise bezahlen sollst ...«
Der Herzog vernahm die Einzelheiten, dennoch schien die Stimme des Kaiserlichen unvermittelt wie aus weiter Ferne heranzudringen. Die Bettler waren schuld daran, deren Häupter nun auf einmal unbedeckt waren und deren Blicke sich wie Dolche in den seinen zu bohren schienen. Schlagartig erkannte der Lauenburger die beiden Augenpaare. Das dunkle hatte ihn einst, ehe er die Hexe dem Profos des schwedischen Heeres übergeben hatte, angefleht; das helle hatte er mehr als einmal im engsten Gefolge Gustav Adolfs gesehen.

»Nein! Ich bin unschuldig!« schrie er auf, wurde jedoch sofort durch einen derben Hellebardenstoß wieder zum Schweigen gebracht. Unmittelbar darauf schloß der Justitiar: »Die Strafe durch Enthaupten soll nach dem Willen des Kaisers unmittelbar nach der Verkündigung des Urteils vollstreckt werden!«
Wieder hörte der Herzog die Worte und sah sich dennoch von etwas anderem gefesselt: nämlich vom Gesicht des großen blonden Mannes, das ihm jetzt plötzlich so nahe war, daß er vernehmen konnte, was Björn ihm im Schutz des allgemeinen Tumults zu sagen hatte: »Unschuldig bist du in dieser Sache! Aber schuldig am Königsmord von Lützen!«
Im gleichen Moment begriff Franz Albrecht von Lauenburg alles; er begriff, daß es eine Gerechtigkeit jenseits jener gab, die er so zynisch mit Füßen getreten und zeitlebens verachtet hatte. Er begriff es in einem irrwitzigen Aufwallen von Haß gegenüber denjenigen, die ihn besiegt hatten, und er wollte ihnen diesen Haß noch entgegenschreien, doch es gelang ihm nicht mehr.
Denn jetzt packten die Henkersknechte seinen Körper und sein Genick, schwere Fäuste drückten ihn nieder auf den Block. Erst als sein Hals in der Mulde lag, war ihm noch einmal ein Blick möglich – doch Björn Steenholm und Adjana waren verschwunden. Die außer Rand und Band geratene Menge, die jetzt kreischend seinen Kopf forderte, schien sie verschluckt zu haben.

Der Blonde hatte der Welschen und auch sich selbst die letzte abstoßende Szene ersparen wollen; die beiden waren zu ihren Pferden geeilt und hatten die Stadt auf kürzestem Weg verlassen. Nun, nach einem langen und wie befreienden Galopp, verschwand die Silhouette der Mauern und Türme hinter ihnen im wabernden Dunst. Sie tauschten einen Blick, ließen die Tiere in Trab und schließlich in Schritt fallen.

»Es ist vorbei«, seufzte Adjana. »Und dabei glaubte ich seit Eger, es würde nie enden.«

»Ja, es war ein sehr langer Weg von Lützen bis Budweis«, stimmte Björn zu. »Die kaiserlichen Mühlen mahlten ausgesprochen bedächtig; zuerst die Untersuchungen in Pilsen, dann in Wien, dann wieder hier in der südböhmischen Provinz, für die Ferdinand sich letztlich entschied, um nicht allzuviel Aufsehen durch die Vollstreckung des Urteils zu erregen. Und die ganze Zeit unsere Furcht, es könnte dem Mörder meines Vaters doch noch gelingen, sich wieder reinzuwaschen.«

»Es war ein Hasardspiel«, nickte Adjana. »Aber nur so konntest du gewinnen.«

»Nein, wir haben gewonnen«, berichtigte der Blonde sie. »Ohne deine Hilfe hätte ich es nie geschafft!«

Die Welsche lächelte, dann tastete sie nach der Hand des Mannes, der ihr vertraut geworden war wie kein anderer. Björn Steenholm verflocht seine Finger mit ihren; langsam verschwanden die Reiter im Nebel, in den sich nun die ersten Sonnenbahnen mischten.

ECON HISTORISCHER KRIMI

Elizabeth Peters

Im Schatten des Todes

Ein Kriminalroman aus dem 19. Jahrhundert

192 Seiten, TB 25145-7

Lizenzausgabe

Schlimm genug, daß Amelia Peabody allein nach Ägypten reist, aber ihre neue Freundschaft zu der mittellosen und verrufenen Evelyn Barton-Forbes sprengt nun wirklich alle Konventionen der viktorianischen Etikette. Als die lebenslustige Evelyn, die eigentlich nur vor ihrer mißglückten Verlobung fliehen wollte, bald nicht nur von unzähligen Verehrern, sondern auch von einer erstaunlich lebendigen Mumie verfolgt wird, ist ihre unerschrockene Beschützerin und Hobbydetektivin Amelia gefordert ...

»Peters versteht es meisterhaft, eine Liebes- und Abenteuergeschichte mit einer Kriminalgeschichte zu verflechten.«

The Philadelphia Inquirer

»Einfach köstlich!«

Library Journal

HK 2

ECON TASCHENBÜCHER

ECON